대통령과 기생충

청년의사는 젊은 생각으로
건강한 삶에 필요한 책을 만듭니다.

대통령과 기생충

서민 지음

[청년
의사]

| Prologue |

기생충의 진실, 그것이 알고 싶다

우리 사회에서 미모가 한 인간을 평가하는 최고의 가치 기준이 된 것은 이미 오래 전부터이다. 미(美)에 대한 선호야 인간의 본성이겠지만, 한 구석에서 수줍게 '아름다움'을 추구하던 예전과 달리, 최근에는 미모를 탐하는 게 훨씬 노골적이고 뻔뻔해졌다. 그러다 보니, 사람들은 "미모가 사회 생활에 도움이 되느냐?"라는 질문에 90% 이상이 "그렇다"라는 대답을 하고, 그 말을 실천하기라도 하는 양 앞다투어 성형외과를 찾는 실정이 되고 말았다. 과거에는 여자에게만 미의 잣대를 들이댔지만, 최근에 와서는 그 화살이 남자에게까지 와 나같이 하위 20%에 속한 사람을 불안하게 만들고 있다.

미모를 따지는 건, 비단 사람에게만 국한되지 않는다. 요즘은 개 한 마리를 사더라도 예쁜 걸 산다. 몇 년 전만 해도 '치와와'나 '퍼그' 같이 못생긴 개들이 많이 팔렸을지 몰라도, 지금은 '마르치스', '요크셔테리어', '코코스파니엘' 같이 개의 상징은 바로 '털'이라는 것을 증명이라도 하듯 화려한 털을 무기로, 나름대로 미모를 꾸려나가는 개들이 애완용으로서 인기 상위권을 차지하고 있다.

이런 판국이니 혐오스러운 외모를 지닌 회충이 아예 생명체로서 대접조차 받지 못하는 건 당연해 보인다. 그렇다고 해도 회충에 대한 사람들의 증오는 지나친 감이 있다. "회충에 걸리느니 차라리 결핵에 걸리겠다"라고 말하는 사람의 비율이 거의 100%에 달한다는, 정말 말도 안 되는 여론 조사 결과까지 나오는 실정이니 말이다.

왜 말이 안 되냐고? 결핵은 마이코박테륨(Mycobacterium)이라는 세균에 의한 질병인데, 일단 걸리면 증상도 심할 뿐더러, 세 가지 약을 최소한 9개월 이상은 먹어야 할 만큼 치료가 힘들며, 이로 인한 사망자도 심심치 않게 나오는 실정이다. 반면 회충은, 그 숫자가 아주 많지 않으면 대개는 증상이 없고 약 한 번에 바로 치료된다. 그럼에도 불구하고 결핵보다 회충을 미워하고 괄시하다니, 이게 다 외모를 따지는 우리 사회의 잘못된 풍토 탓이 아니고 무엇이겠는가.

물론 회충의 과오도 있다. 60~70년대 당시의 회충들이 좀 심한 활동을 벌인 것은 사실이다. 기생충이란 것이 원래 사람들 등쳐먹고 사는 게 체질화된 놈들이지만, 사람들조차 먹을 것이 없어 굶주리던 그 시절에 무분별하게 자손을 증식시켜 인간에게 해를 끼친 것은 두고두고 반성할 일이다. 당시 사람 수보다 몇 배 많은, 억 단위의 자손들을 전국에서 우글대도록 만든 것, 그리고 한 소녀에게 1천 마리가 넘게 기어들어가 끝내 그 소녀를 영양실조로 숨지게 만든 건 변명의 여지가 없다.

하지만 회충의 득세는 정부로부터 강력한 탄압을 불러왔고, 그 결과 수억 마리에 달하던 회충은 이제 멸종 단계에 이르렀다. 심지어는 회충을 천연기념물로 지정해야 한다는 얘기가 나올 정도이니, 회충이 과거에 아무리 잘못이 많다 한들 이 정도면 충분히 대가를 치른 게 아닐까? 나름대로 존재 의미를 가지고 창조되었을 회충이, 완전히 멸종되어야 인간의 직성이 풀리는 것은 아니지 않는가? 회충이 바라는 것은 그저 약간의 양식과 피곤한 몸을 누일 수 있는 장소뿐, 그 정도의 아량조차 없다면 인간을 어찌 '만물의 영장'이라 부를 수 있단 말인가? 이제 회충을 그만 미워하자. 그리고 그들이 내미는 손을 넓은 마음으로 받아들여 보자.

문제는 회충이 아니다. 회충이 기생충의 대명사로 인식되어 온몸으로 박해받는 동안 회충보다 예뻐서 애완용으로 기르고 싶을 만큼 수려한 외모를 자랑하는 기생충들이 어느 새 인간의 몸 속을 점령해 버렸다. 수려한 외모와는 달리, 그들은 회충보다 몇 배는 더 위험한 놈들이다. 간을 망가뜨리고, 뇌를 침범하며, 눈을 멀게 하는 일도 서슴지 않는 기생충들인 것이다.
　물론, 그들의 심성 자체가 돼먹지 못해 그런 것은 아니다. 기생충이 사는 목적은 아마도 인류와의 평화 공존이겠지만, 몇몇 기생충은 그들의 생명 부지를 위해 할 수 없이 몹쓸 짓을 해야 하는 상황에 처하기도 한다. 예컨대, 심심하면 독을 뿜어 인간을 공격하는 세균들과는 달리 '간모세선충'은 그저 간에 얌전하게 누워 알을 낳을 뿐이다. 그 알들이 간에 축적되면 간을 못쓰게 되는 심각한 상황이 발생하기도 하지만, 생명체가 종족 보전을 위해 알을 낳는 것을 어찌 무어라 꾸짖을 수 있겠는가? 같은 생명체의 입장에서 생각해 볼 때, 생명체의 가장 본원적 기능인 생식을 못하게 한다는 건 진정 '피도 눈물도 없는' 인간의 잔악한 행위일지도 모른다.
　'스파르가눔'이 뇌로 이동하는 것 또한, 스스로에게 필요한 적합한 환경을 찾기 위함이다. 우리가 맘에 드는 곳으로 이사를 다니듯, 스파르가눔의 이사 또한 절대로 나쁜 의도는 없다.
　그럼에도 불구하고 어쩔 수 없는 진실 하나는, 기생충의 천성이 선하다는 것을 백분 이해한다 하더라도 그 결과가 우리 인간에게 해가 된다면 '읍참마속(泣斬馬謖)'의 심정으로 그들을 도려낼 수밖에 없다는 것이다. 따라서 우리가 진정으로 해야 할 일은 회충의 멸종에 그저 안도하는 것이 아니라, 해로운 기생충들을 가려내어 인간의 삶을 훨씬 건강하게 이끄는 것이다.

2001년 가을, 난 〈딴지일보〉의 기자가 되었다. '빨리 기사를 쓰라'는 명령에 평소 생각했던 '기생충의 소설화'를 시도해 보았다. 생활 속에 정착된 기생충들의 신상 명세를 제대로 알리고, 그들의 공격이 얼마나 위험한지 경고하고 싶었기 때문이다. 이 책은 그곳에 연재된 글을 다듬고 실질적인 의학 정보를 첨가하였으며, 약간의 '재미'도 덧붙였다.

    이야기의 대부분은 허구이지만 '마음만 독하게 먹는다'면 충분히 일어날 수 있는 상황들이다. 이 책을 읽고 기생충의 위험성을 조금이라도 깨달을 수 있다면 더 바랄 나위가 없을 것 같다.

    지금까지 길러주신 부모님과 날 기자로 뽑아준 딴지 여러분들 흔쾌히 책을 내 주신 청년의사 출판사 분들, 그리고 기꺼이 이 책을 사 주신 모든 분들께 깊은 감사를 드린다.

2004년 2월 집구석에서
서민

| Foreword |

'파블로 곤충기' 이후, 최고의 엽기생물문학!

단언컨대, 이 의사 양반보다 더 웃기고 드라마틱하며 창의적인데다 스릴까지 넘치게 이 각별한 무척추동물에 관해 이야기할 수 있는 사람, 지구상에는 없다.

〈딴지일보〉에 '건강 동화'라는 듣도 보도 못한 분야를 창안해, 탐정이 되어 풀어 가는 그 해학적 내러티브는 가히 천재적이다.

이 책으로 '기생충탐정소설'이라는 기상천외하며 교훈적이기까지 한 장르가 개척되어, 또 이 책으로 그 장르적 완성도가 바로 정점에 도달했다고 해도 누가 뭐랄 사람 있으랴.

그 이외 이런 이야기를 이런 방식으로, 이렇게까지 재미있게 전개해낼 수 있는 자 아무도 없음이니.

2백여 년 전 파블로 선생의 곤충기 이후, 최고의 '엽기생물문학'이 되겠다.

〈딴지일보〉 총수
김어준

Contents

Prologue | 기생충의 진실, 그것이 알고 싶다
Foreword | '파브로 곤충기' 이후, 최고의 엽기생물문학! — 〈딴지일보〉 총수 김어준

기생충학이여 영원하라!

17   입영전야
35   고환이 흔들리고 있다
45   어느 여대생의 죽음
57   손잡이를 훑는 여자
65   대통령과 기생충

너희가 기생충을 알아?

89   신찬섭을 죽여라
107 유부 초밥의 비밀
117 채찍을 휘두르는 선생님
131 삼겹살 살인 사건
149 미녀의 기침

기생충 탐정에게 건배를!

161 골프의 여왕을 구출하라
177 상속
195 개의 눈
209 날아라 독수리

부록-기생충, 알아야 예방한다!

개회충—개를 사랑하는 길 230
스파르가눔—뱀, 정력에 좋다고요? 232
장모세선충—필리핀에서 날아온 기생충 234
요충—아이들, 특히 조심! 236
광절열두조충—농어, 연어회가 원인! 238
회충—그들의 최후의 선택은? 240
편충—기생충도 예쁘다고? 242
유구낭미충—돼지고기는 바싹 구워야 할까? 244
폐흡충—폐에만 사는 건 아니지 246
선모충—덜 익은 바비큐는 조심! 248
말라리아—mal + air ➡ 나쁜 공기? 250
동양안충—눈이 커도 죄! 252
Tip—기생충약, 이렇게 드세요 254
Quiz 256

Epilogue l 알면 사랑하게 된다

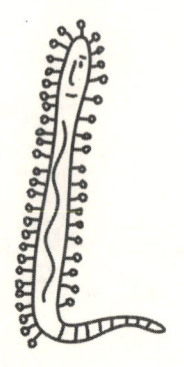

기생충학이여 영원하라!

"기생충학은 기생충을 박멸하는 게 목적이 아닙니다. 기생충을 가지고 인류 평화에 기여할 수 있는 의미 있는 연구를 하는 게 바로 우리들의 의무이죠. 지금까지, 의학의 진보는 사실 대장균을 통해 이루어져 왔습니다만 미래의 연구는 인간과 훨씬 더 가까운 기생충을 통해 이룩될 것입니다."

— 〈대통령과 기생충〉 中

입영전야

"너! 이리 좀 와 봐!"

다음 사람이 체중계에 올라섰을 때, 허정우 소령은 뭔가 불길한 느낌을 받았다. 황달 여부를 확인하기 위해 눈을 뒤집어 공막을 살펴볼 필요도 없을 만큼 얼굴 전체가 노랗게 떠 있었다.

"많이 아픈가?"

정우의 말에 그는 매우 힘든 얼굴로 고개를 끄덕였다. 배가 볼록한 게 눈에 뜨였다. 원래 배가 나온 사람과, 복수가 차서 튀어나온 사람을 구분하는 것은 바로 배꼽의 모양, 이 사람처럼 배꼽이 튀어나와 있다면 복수 때문일 것이 분명했다. 배꼽 주위로 혈관들이 선명하게 보였다. 그렇다면 간경화가 상당히 진행되어 있다는 말인데, 그런 상태로는 입영은 고사하고 생존 자체가 어려울 지경으로 보였다.

'이런 몸으로 어떻게 신검을 받으러 왔을까?'

정우는 위생병을 불렀다.

"앰뷸런스, 지금 쓸 수 있지?"

위생병이 그렇다고 하자, 정우는 그 남자를 병원에 데려가라고 지시하고는 그의 병적 기록부를 살폈다. 남자의 이름은 문희철, 23세, 이번이 세 번째 징병 검사였다. 앞선 두 번의 검사에서 모두 혈중 GPT★간

_{'효소 수치'로, 간염 등 간이 깨질 때 상승한다.}가 2백을 넘어서 재검사 판정을 받은 터였다. GPT가 높다고 꼭 간질환이 있으라는 법은 없지만, 2백이 넘도록 만드는 원인은 간염 말고는 달리 생각할 수 없었다. 우리 나라 간염 환자의 대부분은 B형 바이러스에 의한 간염이지만, 항체검사 결과 이 환자는 B형 간염도, C형 간염도 아니었다.

"소령님, 큰일났습니다."
점심을 먹으러 가려는데, 위생병이 헐레벌떡 달려왔다. 옷을 보니 온통 피투성이었다.
"무슨 일이야?"
위생병의 말은 이러했다. 환자를 병원으로 옮기는 도중에 환자가 갑자기 피를 토하기 시작했는데, 워낙 분수처럼 피를 토하는 바람에 손을 쓸 수가 없었고, 병원에 도착하기 전에 환자가 그만 죽어버렸다는 거다.
정우는 황망했다. 의사 생활을 하면서 죽음을 경험하지 않은 건 아니었지만, 지금처럼 신체 검사를 받으러 온 환자가 죽은 건 처음 있는 일이었다. 정우는 자신이 뭔가 잘못한 일이 있는지 생각해 보았지만, 자신이 한 일이라고는 그를 보자마자 병원으로 보낸 것 뿐이니 문제될 만한 일은 없었다. 게다가 그 정도 아픈 환자라면, 당장 죽지 않더라도 그리 오래 살기 힘든 일이었다.
"시신은 어떻게 했나?"
"인근 병원 영안실에 안치했습니다. 가족들과도 연락됐고요."
정우는 그 병원으로 전화를 걸어 부검 여부를 확인했으나, 가족들의 반대로 부검이 이루어지지 못했다고 했다. 뭔가 꺼림칙했다.
'아, 그렇지!'
머리칼을 쥐어뜯던 정우에게 한 사람의 이름이 떠올랐다. 정우는 휴대폰의 '전화번호 찾기'에 '마태수'를 입력했다.

마태수가 기생충에 관심을 가지게 된 것은 어려서 겪은 잊지 못할 사건 때문이었다. 그의 나이 이제 일곱 살, 누나가 '큰일'을 봤던 요강을 비우던 마태수는 호기심이 들어 그 안을 들여다보았다. 똬리를 튼 대변 안에 뭔가가 꿈틀거리는 게 어린 그의 눈에 들어왔다.

"뭐지?"

자세히 살펴본 후, 그게 30cm가 넘는 엷은 주황색의 벌레라는 걸 확인한 순간 마태수는 그만 정신을 잃고 말았다. 눈을 떠 보니 요강은 산산조각이 나 있고, 자신의 옷에는 대변이 흠뻑 묻어 있었다. 더 놀라운 것은 자신의 배 위에서 그 벌레가 여전히 꿈틀거리고 있는 것이었다. 공포에 떨면서도 마태수는 그 벌레를 잡아다가 돌로 힘껏 내리쳤다. 한 번, 두 번, 세 번…. 벌레의 몸에서 끈적끈적한 액체가 배어 나왔다.

비싼 요강을 깼다고 어머니에게 종아리를 맞으면서도 마태수의 머릿속은 오직 꿈틀대던 벌레 생각으로 가득했다. 그리고는 다짐했다.

'이 벌레들, 내가 반드시 없애버리고 말 거야!'

그 벌레가 '회충'이라는 것을 안 것은 그로부터 몇 년이 지나서였다.

마태수가 서울지방 병무청에 도착한 건 다음 날 오후였다. 이틀 전 내린 비 탓인지 목련 나무 아래는 떨어진 꽃잎이 태초의 그 우아함을 잃고 처절하게 나뒹굴고 있었고, 그 위로 맑게 갠 3월의 햇살이 내리쬐고 있었다.

실내로 들어오니, '신검'을 앞둔 건강한 청년들이 바닥에 앉아 자기 차례를 기다리고 있었다. 그 중 몇 명이 마태수의 호기심을 불러일으켰다. 그들은 주위를 살피면서 무엇인가를 끊임없이 하고 있었기 때문이다. 마태수는 조심스럽게 한 남자의 옆으로 다가가 넌지시 말을 건넸다.

"지금 뭐 하시는 중인가요?"

남자는 마태수를 경계의 눈초리로 잠시 응시하다가, 이내 해가 될 사람이 아니라고 판단했는지 일급작전을 전달하는 요원처럼 나지막이 대답했다.
"아, 이렇게 철사를 비스듬히 들고 오랜 시간 바라보다 보면, 사시가 되지요."
아닌게 아니라, 그의 눈은 이미 사팔눈이 되어 있었다.
"사시가 되면 일상 생활에 지장이 없나요?"
남자는 사팔눈으로 웃어 보였다.
"아니오. 한 1주일 지나면 돌아와요."
마태수는 고개를 끄덕이고 다음 남자에게 갔다. 그는 꺼먼 액체가 들어 있는 병에 수시로 입을 갖다대고 있었다.
"지금 뭐 하시는 겁니까?"
마태수의 질문에 그 역시 당황한 기색을 보이며 잠시 마태수를 노려보다가 귓속말로 속삭였다.
"이건 간장인데요, 이걸 다 마시면 엑스레이에서 폐가 까맣게 나오죠. 그럼 군대를 안 갈 수도….”
마태우스는 고개를 갸웃거렸다.
'간장을 마시면 폐로 가나?'
마태수는 그 옆에 앉아 있는 남자를 쳐다보았다. '히죽' 웃는 그의 얼굴, 아뿔사! 사내는 이빨이 하나도 없었다. 바람이 빠지는 소리로 사내가 쑥쓰러운 듯 말을 했다.
"구래 안 가여고 다 배서요."
이 외에도 서로 말은 안 하지만 어깨를 강제로 탈골시키려는 사람, 등에다 용 문신을 새긴 사람, 디스크 수술을 했는지 허리를 만지며 신음하는 사람까지, 모두들 이번 신체검사에 나름대로의 목표를 위해 철저히 준비한 것 같았다. 하긴, 인생에서 가장 중요한 3년을 군에서 썩는 걸 원할 사람이 누가 있을까. 이렇게 억지로 군대에 간들, 어찌 강한 군대가 될 수 있을까. 마태수는 이제는, 모병제에 대한 논의가 필요한 시기라고 생각했다.

초등학교에 들어간 지 한 달만에 마태수는 담임 선생님에 의해 다른 친구들 몇몇과 함께 교실 앞으로 불려나왔다. 영문을 몰라 어리둥절해 있는 그들에게 선생님은 이렇게 말했다.
"이 친구들이 바로 기생충에 걸린 애들이에요. 특히 마태수는 회충, 편충, 십이지장충이 다 있네?"
아이들이 '까르르' 웃어 댔다. 마태수는 부끄러운 나머지 얼굴이 화끈거렸다. 그러고 보니, 보름쯤 전에 대변을 모아서 냈던 기억이 났다. 동시에 어렸을 적 '요강' 사건이 떠오르며, 그 길고 꿈틀대던 것이 온몸으로 스멀거리며 기어오르는 것 같은 느낌이 들었다. 잊었던 악몽이 되살아나 괴로워하고 있는 그에게, 선생님은 엷은 미소와 함께 마태수의 자존심을 무참히 박살내는 한 마디를 던졌다.
"약 먹고 잘 씻어야 기생충에 안 걸려요. 마태수, 너는 특히 열심히 씻어라, 응?"
선생님이 준 약을 먹고 나자 하루만에 1년 전에 봤던 것과 비슷한, 20cm가 넘는 회충이 대변으로 빠져나왔다. 모든 기생충을 오직 회충, 한 종류로만 여겼던 마태수는 편충과 십이지장충 등 크기가 작은 기생충도 회충과 같이 빠져 나왔다는 것은 알지 못했다.
마태수는 가슴에 독기를 품고, 나뭇가지로 벌레들을 집어 운동장으로 가져갔다. 도합 네 마리였다. 아버지의 서랍에서 훔쳐온 성냥으로 나뭇가지에 불을 붙였다. 뜨거운지 벌레들이 심하게 꿈틀거렸다. 그의 처절한 불장난은 그가 회충이라고 생각하는 벌레들이 완전히 타서 재만 남을 때까지 계속되었다.

"어이, 친구! 뭘 보고 있나?"
마태수가 왔을 때, 허정우는 창 밖을 내다보고 있었다.

"아, 마태수! 어서 들어와. 하나도 안 변했네."
"너도 그런데 뭘. 이게 도대체 몇 년만이야."
창 밖을 보니 내리쬐는 햇살 아래, 열 명이 넘는 청년들이 운동장을 돌고 있었다.
"쟤들은 뭐야?"
"응, 귀가 안 들리는 애들이지."
"그런데 왜 운동장을 뛰게 해?"
정우가 웃으며 대답했다.
"저렇게 한 스무 바퀴쯤 뛰게 한 다음, '멈춰!' 하고 고함을 지르면 다들 그 자리에 서지."
그 말에 마태수도 웃음을 터뜨렸다.
"꾀병이 많나 보지?"
정우는 고개를 끄덕였다.
"아유, 말도 마! 웃겨 죽겠다니까."
"그나저나 날 부른 이유가 뭔데?"
일등병이 녹차 두 잔을 탁자 위에 내려놓았다. 둘은 의자에 걸터앉았다.
"그게 말이야…."
정우의 얘기를 다 듣고 난 마태수는 고개를 갸웃거렸다.
"글쎄… 내가 보기엔 말이야, 간경화로 인한 출혈의 전형적인 경우 같은데?"
"그렇긴 한데, 뭔가 좀 이상해서. 너도 알잖아? 내 육감이 동물적이라는 거."
마태수는 소리 내어 웃어 보였다.
"그거야 잘 알지. 출석 부르는 날만 귀신같이 수업에 참석했던 너 아니냐?"
허정우도 웃음을 터뜨렸다.

"기억하는구나. 지금도 그래. 감사 나오는 날은 귀신같이 알아낸다고, 하하."

"알았어. 네 육감을 믿도록 하지. 한 번 조사해 볼게."

마태수는 자료를 복사해서 밖으로 나온 후, 문희철의 시신이 안치된 병원 영안실을 찾았다. 영정 앞에서 오열하고 있는 중년의 여자가 아마도 그의 어머니 같았다. 말을 붙이기가 미안해서 주방에서 손님 시중을 들고 있는 소복 차림의 젊은 여인에게 말을 건넸다. 그 여인은 사망자의 누나라고 했다.

"저는 마태수라고 합니다. 경황이 없으신 줄은 알지만, 동생의 직접적인 사망 원인을 조사하기 위해 몇 가지 여쭤 보겠습니다. 동생이 간이 안 좋은 건 언제부터지요?"

"저흰 전혀 몰랐어요. 평소 건강하던 애였거든요. 보름 전부터 얼굴이 노랗게 뜨고 힘들어해서 걱정을 했더니, 자기가 알아서 한다고 그래서…."

여인은 고개를 숙였다.

"병원은 안 다녔나요?"

"제가 아는 한은 그래요. 그런데 이렇게 갑자기 변을 당하다니 믿어지지가 않아요."

"혹시, 가족 중 간이 안 좋으신 분이 계시는지요?"

여인은 고개를 저었다. 그 때 한 떼의 문상객이 몰려와, 더 이상의 질문은 할 수 없었다. 신체검사에 의하면 그는 1년 전부터 간이 안 좋았다. 그런데 병원에 간 적이 없다니? 간경화로 죽을 지경이 되면서까지 병원에 안 간 건 상식적으로 납득이 가지 않는다. 뭔가 이상했다.

간기능 이상에 대한 병무청의 기준은 다음과 같다.

■ 병원에서 간조직검사를 받은 만성간염 신검자의 경우, 반드시 간조직검사 결과지와 병사용 진단서를 지참해야 하며, 간조직검사상 간염의 심한 정도를 '간염활성지수'

및 '섬유화' 점수로 판단하여 4급 혹은 5급으로 판정한다.
- 간조직검사를 받지 않은 신검자의 경우, 최초 신검에서 간기능 검사상 이상 소견이 관찰되었다면 3개월 간격으로 3~4회의 병무청 재신체검사를 통해 간기능검사 이상 여부를 검사하게 되며, 그 결과 SGOT*SGPT와 더불어 간세포 파괴 정도를 나타낸다. 혹은 SGPT가 백 이상으로 지속되는 경우는 5급, 백 미만인 경우는 4급으로 판정하게 된다.

위 기준에 따르면 문희철이 이번에도 혈중 GPT가 백 이상으로 높은 경우, 군대가 면제되는 상황이었다. 그러니까 간이 아픈 걸 방치할 이유는 충분했다. 체중이 덜 나가는 사람은 살을 빼서, 많이 나가는 사람은 살을 더 찌워서 군대를 안 가려는 판국에, 간이 아프다면 군대를 안 갈 유혹을 받는 건 당연한 일이었다.

마태수는 건강보험공단에 가서 문희철의 병원 기록을 뒤졌다. 주민등록증이 발급된 18세 이후, 그가 병원에 간 기록은 치과 진료가 고작이었다. 2년 전 대학에 입학할 때 받은 신체검사에 의하면 혈중 GPT는 23으로, 정상 범위였다. 간이 나빠진 건 그러니까 그 이후의 일. GPT가 1년 이상 높은 상태로 유지되는 질병을 전문의에게 문의해 본 결과, 다음과 같은 답변을 얻었다.

- B형, C형 바이러스에 의한 만성간염 → 문희철은 바이러스에 음성이었다.
- 알콜에 의한 간경화 → 문희철은 술을 많이 마시지 않는 편이었다.
- 독성 간염 → 하지만, 1년 이상 GPT가 높게 유지되는 일은 드물다.
- 지방간 → 뚱뚱한 사람인 경우 그럴 수 있지만, 문희철은 오히려 마른 편이었다.

답답했다. 도대체 어디가 아픈 걸까? 그걸 알아내는 방법은 딱 하나, 비윤리적이긴 해도 이쯤 되면, 어쩔 수 없는 일이었다.

어릴 적 공포의 순간에 이미 결정되었던, 그의 삶의 목적이라 해도 과언이 아닌 기생충학을 전공하기 위해서 마태수는 의과대학에 가야만 했다. 오로지 회충에 대한 증오심 때문에 그는 열심히 공부했다. 초등학교 때 대변으로 배출한 회충을 박제해서 책상머리에 붙여 놓고 쓰디쓴 표면을 혀로 핥으며 의지를 다졌고, 밤에는 회충처럼 만든 침대에서 잠을 잤다.

각고의 노력으로 입학한 대학에서 마태수는 회충 박멸의 그 날이 한층 가까워졌음을 생각하며 더욱더 이를 악물고 공부에만 몰두했다. 방학 때마다 기생충학 교실에서 일을 했고, 기생충에 관한 과목이라면 언제나 최고의 성적을 거두었다. 그러던 어느 날, 갑자기 그는 기생충 연구를 그만두어야겠다고 담당 교수에게 말했다.

"아니, 이게 무슨 소리냐, 그토록 기생충에 관해 관심을 갖고 공부를 하더니… 우리 과목은 너처럼 창의력과 의지를 가진 학생이 꼭 필요해."

"저도 제 목숨을 걸고 기생충학을 연구하기 위해 의과대학에 들어왔어요. 하지만 이젠 다 틀렸어요."

"뭐가 틀렸다는 거지?"

10여 년을 넘게 굳은 의지로 오직 앞만 바라보고 달려왔던 그에게, 스스로의 결정이기는 했지만 모든 것이 무너지는 심정은 어쩔 수 없었다.

"회충이… 회충이 다 멸종되어 버렸잖아요. 회충을 박멸하는 게 제 꿈이었는데…."

"이런… 멸종한 건 회충이지, 기생충이 아냐!"

무너져 내리던 가슴 한 켠에 밝은 빛이 '쨍' 하고 내리쬐는 느낌이 들었다. 교수님의 얘기가 이어졌다.

"지금까지의 기생충학이 회충과의 전쟁이었다면, 회충이 멸종된 지금은 그간 신경을 못 썼던 다른 기생충들에 관심을 쏟을 수 있다네. 회충이 모양에 비해 온순한 놈이라면, 눈에 보이지 않은 채 사람들의 몸 속에 도사린 다른 기생충들은 진짜 위험하지. 경우에 따라서는 사람의 목숨을 빼앗을 수도 있어. 나도 회충이 좋아서 기생충학의 길에 들어섰지만, 회충보다는 이런 애들과 싸우는 게 어찌 보면 더 보람있는 일인 것 같아."

그랬다. 나무에만 집착한 나머지 숲이라는 커다란 세계를 그는 잠시 간과하고 있었던 것이다.

"이봐, 마태수, 난 이미 늙었어. 그놈들과 싸우기에는 나의 정열이 너무 초라해. 우리에겐 자네 같은 '젊은 피'가 필요해. 우리 교실에 남아주지 않겠나?"

이 세상에는 아직도 몸을 바쳐 싸울 만한 기생충이 많았다. 평소 점잖던 사람에게 항문을 긁게 만드는 '요충', 설사를 하게 만드는 '작은와포자충', 피부에 종괴를 만드는 '스파르가눔', 하나하나가 마태수의 피를 다시금 들끓게 만들었다. 게다가 멸종했다고 믿었던 회충도 시시때때로 나타나 그의 가학성을 증폭시키는 마당이니… 마태수는 머릿속이 환해지는 기쁨에 두 주먹을 불끈 쥐었다.

다음 날 아침 일찍, 마태수는 영안실을 찾았다.

"여기요!"

며칠 동안의 밤샘으로 인해 영안실 안의 사람들은 모두 얼굴이 누렇게 떠 있었다. 이미 일면식이 있는 문희철의 누나가 그래도 만만했는지, 마태수는 그녀에게로 다가갔다.

"문희철 씨의 입관식이 언제입니까?"

입관식은 오후 한 시에 있을 예정이었다. 시간이 남았음을 확인한 그는 가슴에 숨긴 장비를 확인하고 한 쪽 구석에 자리를 잡고 누웠다.

얼마나 지났을까, 밖에서 들리는 소음에 놀란 마태수는 잠에서 깼다. 시계를 보니 한 시가 거의 다 되어 있었다. 마태수는 가방을 들쳐 메고 시체 안치실로 갔다. 가족, 친지들이 벌써 빼곡이 들어차 있었다. 마태수는 사람들 틈을 헤치고 시체 쪽으로 접근했다. 황달이 심했는지 피부가 노랗게 변해 있었다.

'저렇게 젊은 사람이…'

늘 그렇지만, 젊은 사람의 시체를 보는 건 안타까운 일이다. 막상 시체를 보니 행동으로 옮기기가 영 내키지 않았지만 어쩔 수 없는 노릇이라고 스스로를 달래며, 마태수는 넘어지는 척하면서 시체 쪽으로 몸을 날렸다. 안치실은 금세 아수라장으로 바뀌었다. 상주들에 의해 멱살을 잡힌 마태수는 실수로 시체 위로 넘어졌음을 설명하고 가까스로 유족들을 진정시킨 후, 황급히 안치실을 나서야만 했다.

병리과로 달려간 마태수는 품 속에서 뭔가를 꺼냈다.

"이거 좀 빨리 슬라이드로 만들어 주세요."

병리과 직원이 어리둥절한 눈으로 마태수를 바라봤다.

"누구…신지… 그리고 무슨 일이신지…?"

마태수는 명함을 내밀고는 대충 상황을 설명한 뒤, 도움을 청했다. 그다지 내키지는 않았으나, 사람의 목숨과 관련된 일이라 생각하였기에 직원은 마지 못해 그의 청을 들어 주었다.

고개를 갸웃하는 직원을 뒤로한 채 마태수는 병원을 나왔다. 술을 먹기에는 이른 시간이었지만, 마태수는 근처 술집으로 들어가 삼겹살에 소주를 시켰다. 영 기분이 개운치 않았다. 시체 위로 쓰러졌을 때, 마태수는 전광석화 같은 손놀림으로 시신의 간 조직을 떼어냈다. 워낙 가느다란 바늘을 찔러 넣었으니 식별하기는 힘들겠지만, 고인에 대한 예의는 분명 아니리라. 시신의 고통스러운 얼굴이 떠오르는 듯해 더더욱 마음이 아파왔다.

"여기 소주 한 병 더 주세요!"

학위를 딴 마태수는 공부를 더 해서 대학에 자리를 잡을지에 대해 잠시 고민했다. 그것 역시 세계 평화에 이바지하는 길이었기에…. 하지만, 마태수는 좀더 직접적으로 사람들의 불편을 덜어 주고 싶었다. 기생충학을 전공하면서 일반 사람들이 갖고 있는 기생충에 대한 지식이 너무 왜곡되어 있다는 걸 느낀데다가 때마침 읽은 푸에르토리코 사람 '사무엘 세라노' 박사의 전기가 그를 매료시켰기 때문이다. 기생충학자였던 세라노는 미궁에 빠진 사건들 중 상당수가 기생충에 의한 것임을 밝혀내고 기생충을 이용해 세계 평화를 위협하는 범인들의 음모를 분쇄해 냈다. 굵직한 사건들을 수도 없이 해결해 낸 그는 국민들로부터 많은 칭송을 받았으며, 나중에는 기사 작위를 받기도 했다.

"그래, 바로 이거야!"

한 때 기생충의 천국이었던 우리 나라, 세계에서 머리 좋기로 이름난 한국 사람들이 만들어 내는 범행에 기생충을 이용한 범죄는 당연히 있을 터였다. 단지, 그 원인을 간파하지 못한 채 '기생충 범죄' 라는 내막이 감추어지고 있을 뿐….

마음을 정한 그는 사무실을 얻었고, '마태수 기생충탐정 사무소' 라는 간판을 내걸었다. 주위의 반대가 심한 건 지극히 당연했다.

'야, 요즘 기생충이 어디 있냐?' 라는 얘기부터 '기생충에 걸리면 병원에 가지, 너한테 가겠냐?' 는 힐난까지, 모두가 부정적이었다. 그들의 말도 옳다. 기생충이 한 시대를 풍미했던 건 사실이지만, 요즘 세상에 누가 기생충의 존재에 위협을 느끼는가. 하지만 그는 자신의 의견을 굽히지 않았다.

"난 '한국의 세라노' 가 될 거야! 굶고 살더라도 꼭 원하는 일을 하겠어!"

주위의 모든 반대를 무릅쓰고 시작한 탐정사무소의 개업식이 끝나고 빈정대던 친구들이 모두 돌아간 사무실에서 마태수는 핀으로 손가락 끝을 찔렀다. 붉은 피가 몇 방울 나오기 시작했다. 마태수는 손가락을 꾹 눌러 가면서 종이에 다음의 네 글자를 썼다.

'滅蟲平和(멸충평화: 기생충을 없애 평화를 이룩하자)'

"이것 좀 보게나."

마태수는 현미경에 슬라이드를 끼운 채로 정우를 불렀다.

"내가 보면 뭐 아나?"

현미경 앞에 앉은 정우는 외마디 비명을 질렀다.

"아니! 이게 도대체 뭔가?"

잘라진 벌레의 단면 수십 개가 정우의 시야에 나타났다. 벌레 주위로 광범위한 섬유화가 진행되어 있었고, 가끔씩 보이는 간세포가 아니라면 그 조직이 간이라는 걸 알아보기도 힘들 정도였다.

"죽은 문희철의 간조직이지. 그가 간경화에 빠진 건 바로 개회충 때문이야."

"이럴 수가… 그래서 바이러스에 음성이었군. 그런데 간조직은 대체 어디서 난 건가?"

마태수는 손을 내저었다.

"그건 묻지 말게. 문제는 문희철이 어떻게 그리도 많은 개회충에 걸렸느냐 하는 거야."

정우는 뭉툭한 턱을 손으로 쓰다듬었다.

"집에서 기르는 개가 회충에 걸려 있는 건 아닐까?"

"그럴 수도 있지. 하지만 내가 알아본 결과, 그는 아파트에 살았고 개를 기르지 않아."

정우는 의아한 표정으로 마태수를 바라보았다.

"그럼 어떻게?"

"동네 개들한테서 옮을 수도 있어. 개똥을 모아둔 곳에서 흙장난을 한다면 말이지. 하지만, 그가 흙장난 같은 걸 하기엔 너무 나이가 많지 않겠어?"

마태수는 있는 대로 폼을 잡은 뒤 입을 열었다.

"그래서… 그의 집을 찾아갔지."

마태수가 문희철의 아파트를 찾았을 땐, 가족들 모두가 장지에 다녀온 직후였다. 매우 지쳐 있었기에 낯선 사람의 방문이 달가울 리가 없었다. 더군다나 그는 입관식의 비장함에 초를 친 인물이 아니던가. 초인종을 누른 후, 대문 앞에서 실랑이를 벌이던 마태수는 한 마디를 던졌다.

"아드님은 어떤 음모에 의해 희생되었을 가능성이 있다니까요."

잠시 침묵이 흘렀다. 마태수는 이 때를 놓치지 않았다.

"진상을 규명해야 아드님의 영혼도 편히 쉴 수 있지 않겠어요?"

그 말이 통했는지, 현관문이 열렸다. 마태수는 성큼성큼 집 안으로 들어갔다.

마태수는 문희철의 책상 서랍을 뒤지기 시작했다. 별의별 물건이 다 들어 있었다. 그 나이 때의 남자들에게 마치 필수품처럼 여겨지는 〈PLAYBOY〉와 〈PENTHOUSE〉 몇 권도 얼른 눈에 들어왔다. 서랍을 더 뒤진 끝에 마태수는 수상해 보이는 병을 발견할 수 있었다. 흔히 볼 수 있는 플라스틱 병이었고, '잘 흔들어 드세요' 라는 문구가 쓰여 있었다. 뚜껑을 열어 보니 속에 든 액체가 거의 말라 있었다. 마태수는 침을 한 방울 섞은 뒤 손가락으로 저었다. 그리고 가방에서 돋보기를 꺼내 그 액체를 관찰했다.

"그, 그랬더니?"

흥분한 정우가 다음 얘기를 재촉했다.

"예상대로야. 개회충의 알이 잔뜩 보이더군. 그 병은 그러니까 개회충알을 담아 놓은 병이었던 거지."

정우는 놀라움을 금치 못했다.

"그럼… 신체검사 때마다 혈중 GPT가 높았던 건 개회충의 알을 먹어서였군! 군대를 안 가기 위해서 말야."

"아마도 그렇겠지. 하지만 그런 방법을 문희철 혼자서 터득했을 것 같지는 않아서 그의 어머니에게 여쭤 봤지. 문희철이 1년쯤 전에 큰돈이 필요한 적이 없었냐고. 어머니가 한참 생각하더니 이렇게 대답하시더군. 교련 시간에 쓸 총을 사야 한다고, 1백만 원을 가져간 적이 있다고. 어머니는 몰랐다는 거야. 교련이 없어진 지…. 알고 나서 다그쳤을 땐, 이미 돈을 다 써버렸다고 하더래. 친구들과 놀면서."

"그러니까 누군가가 개회충알을 먹으면 군대를 안 갈 수 있다고 꼬셨을 테고, 문희철이 그걸 산 게로군. 그러다 너무 많은 알이 들어가는 바람에 간경화가 온 거고."

"그렇지."

마태수와 정우는 입영 대상자 중 문희철과 비슷하게 혈중 GPT가 높으면서 간염 바이러스에 음성인 사람을 찾았다. 생각보다 많아, 모두 스물세 명의 이름이 떴다. 그 중 세 번 모두 GPT가 높아 면제된 사람이 열여섯 명, 나머지는 한 번, 혹은 두 번 GPT가 높아 재검을 받아야 하는 경우였다.

마태수는 그 중 한 명에게 찾아갔다. 분명 그도 문희철과 같은 행로를 걷고 있을 게 뻔했다. 아니나 다를까, 약간의 위협을 가하자 그는 개회충알의 제공자에 관한 소재를 실토했다. 두 달 후에 2차 '신검'이 있을 예정이라, 보름 후에 개회충알의 제공자를 만나 다시 약을 받을 거라고….

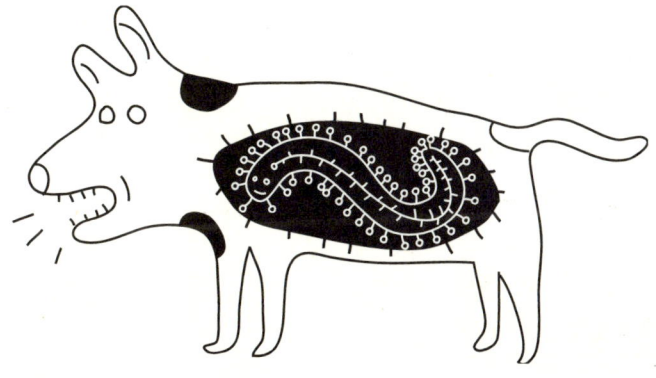

보름 후, 여의도 공원에서 마태수는 형사 몇 명을 데리고 화장실 주위를 에워싼 후, 예정대로 접선하는 '범인' 을 현장에서 체포할 수 있었다. 사내의 가방에서 회충 알이 가득 든 병 세 개가 발견되었다. 사내는 '병역기피방조죄' 및 '미필적 고의에 의한 살인 혐의' 로 구속영장이 청구되었다. 그리고 이미 군대가 면제된 열여섯 명을 포함해 개회충을 이용해 군대를 면제받으려던 스물세 명 전원이 현역 입대가 결정되었다.

정우와 마태수는 여의도 공원 매점에 앉아 술을 들이켰다.
"이 땅에 징병제가 존재하는 한, 그리고 군대 문화가 지금처럼 폭력적인 한, 군대를 안 가기 위해 목숨을 걸 사람은 앞으로도 계속 나타날 거야. 그런 의미에서 본다면 저 스물세 명 역시 피해자가 아닐까?"
마태수의 말에 허정우도 동감을 표시했다.
"맞아. 또, 있는 놈 자식은 이래저래 군대를 안 가는 풍토에서 어떻게 군대의 사기가 높을 수 있겠어? 우리 나라도 앞으로는 모병제로 전환하는 걸 생각해 봐야 돼. 그놈의 '돈' 이 문제이긴 하지만. 어쨌든 고마웠네. 자네가 아니었으면 제2, 제3의 희생자가 생길 뻔했어. 이거, 얼마 안 되지만…."
허정우는 안주머니에서 돈을 꺼냈고, 마태수는 주저하지 않고 그 돈을 받았다. 우정에 앞서 어디까지나 공적인 일이라고 생각했기 때문이다.
둘은 그 날 코가 비뚤어지게 술을 마셨다. 공원 잔디 위에 벌러덩 누운 그들의 입에서 누가 먼저랄 것도 없이 노래가 흘러나왔다.
"밟아도 뿌리 뻗는 잔디풀처럼 /
시들어도 다시 피는 무궁화처럼 /
……
우리도 힘을 모아 하나로 뭉쳐 /
힘세고 튼튼한 나라 만드세 /

아리 아리아리랑…."
　주위 시선도 아랑곳 않고 노래를 몇 곡 부르고 난 뒤, 둘은 헤어졌다. 정우는 택시를 잡아탔고 마태수는 술도 깰 겸 여의도 공원 벤치에 자리를 잡고 앉았다. 하늘을 올려다봤다. 사건을 해결한 뒤여서인지, 별이 유난히 밝게 보였다. 처음에는 탐정의 길을 택한 걸 후회하기도 했지만, 이제 조금씩 보람이 느껴졌다.
　그 때, 어디선가 울음 소리가 들렸다. 맞은 편 벤치에서 나는 소리인 것 같았다. 마태수는 그 쪽으로 눈을 돌렸다.

고환이 흔들리고 있다

봄이라 해도, 3월의 밤은 으슬으슬 뼛속이 시려왔다. 벤치에 앉아 있는 그 남자는 대충 보아 40대 후반인 듯했다. 한 손에 소주병을 거머쥔 채 눈물을 흘리고 있는 그의 문제는 대체 무엇일까? 마태수는 호기심이 일었다. 돈? 아님, 자식 때문에? 믿었던 부인이 바람을 폈을 수도 있는 일이다.

남자가 자신의 '거기'를 내려다보았다. 그냥 땅바닥을 보는 것은 아닌 듯이 보였다. 그 남자는 모두 여섯 번이나 아래를 내려다보았다. 다시 소주를 마신다, 남자의 눈에서 또 다시 눈물이 흐른다, 남자의 시선이 다시 한 번 그곳으로 향한다, 반복되는 일련의 행동 속에는 뭔가 문제가 있음을 마태수는 느낄 수 있었다. 그가 고통스러운 표정으로 바라보는 '거기'…, 뭐가 문제인 건가… 앗! 그렇다.

'그게 없어!'

원인을 알아낸 마태수는 벤치로 걸어가 그 남자 곁에 앉았다. 남자는 마태수를 한 번 힐끗 보더니 다시 소주 한 모금을 들이켰다. 마태수는 낮게 중얼거렸다.

"고환 때문에 슬프시죠?"

남자는 깜짝 놀라 눈이 휘둥그래지더니, 황급히 두 손으로 그곳을 가렸다.
"뭐, 뭐라고 했소?"
"고환이 하나 없으시네요?"
남자는 기절할 듯이 자리에서 벌떡 일어났다.
"다, 당신은 누구요?"
마태수는 명함을 꺼내 그에게 내밀었다.
"마—태—수? 탐정이라고?"
"걱정 마십시오. 고환을 가지고 협박하려는 것이 아닙니다. 다만 선생님이 괴로워하시는 것 같아서…."
남자는 주머니에서 담배를 꺼내 물었다. 마태수는 자신의 주머니에서 라이터를 꺼내 불을 붙여 줬다.
"후—."
남자가 담배 한 모금을 내뱉으며 한숨을 쉬었다.
"탐정…이라고 했죠? 내게서 원하는 게 뭐요?"
"슬퍼보이시더군요. 어떤 사연인지 듣고 싶습니다."
남자는 다시 소주를 들이켰다.
"남의 일인데, 알아서 뭐 하게요?"
마태수는 남자의 손을 잡았다.
"제가 도울 일이 있을지도 모르지 않습니까? 제가 사실은 비뇨생식기 전문 탐정이거든요."
남자는 고개를 가로 저었다.
"아무도 날 도울 수 없을 거요. 혼자 있고 싶소."
"어르신! 어르신이 왜 짝고환이 되었는지 알아야 다른 사람이 그렇게 되는 걸 피할 수가 있지 않겠습니까? 어르신, 부디 넓게 생각해 주십시오!"
한동안 침묵을 지키던 남자가 드디어 입을 열기 시작했다.

사내의 이름은 '정자왕', 올해로 47세라고 했다. 서른 살에 결혼했으며 두 딸이 있단다.

"제가요, 이래 봬도 별명이 '9시 뉴스'였습니다."

"9시 뉴스라뇨?"

"그러니까, 9시를 알리는 시보가 울릴 때 '밤일'을 시작하면 뉴스가 끝날 때까지 그랬다는 거 아닙니까?"

마태수는 '피식' 웃음이 났다. KBS의 경우, 정규 뉴스가 끝나는 시간은 9시 40분, 스포츠뉴스까지 따지면 50분쯤 된다. 그 시간 동안 계속해서 일을 치른다는 게 물론 대단한 일이 아닐 수도 있다. 아는 이 중에는 두 시간의 지속성을 과시하는 사람도 꽤 있으니 말이다. 하지만 40~50분 정도면 그래도 상위권에 속한다고 볼 수 있지 않은가. 20분을 '마의 벽'이라며 고군분투하는 사람도 수두룩하니까.

"그런데 언제부터인가…."

정 씨의 표정은 이내 침울해졌다.

"언제부턴가 '1분 뉴스'로 별명이 바뀌었습니다. 왜 그런지 모르겠어요. 자신이 없으니 자꾸만 아내와의 관계를 회피하게 되고, 어느 해인가는 1년 동안 단 세 차례만 일을 벌이기도 했지요. 아내는 노골적으로 눈치를 줬고, 심지어 절더러 '토끼'라고 놀리기까지 하더군요."

"토끼라뇨?"

"모르시는구먼? 토끼는 말이요, 10초만에 일을 끝낸다오. 지금껏, 딴 건 몰라도 정력 하나만큼은 세다고 스스로 자부했는데, 그런 나를 토끼라고 부르다니, 정말 치욕스럽소."

"혹시, 정말 좋아서 하는 게 아닌, 그러니까 말이죠, '의무방어전' 정도로만 생각하기 때문에 그런 건 아닐까요?"

"탐정 양반, 댁은 몇 분이나 합니까?"

갑작스런 반문에 마태수는 당황했다.

"저, 저 그러니까… 한, 한 시간은…."

고환이 흔들리고 있다 37

놀란 나머지 생각 없이 둘러댄 마태수의 말에 정 씨는 한숨을 푹 내쉬었다.

"겉보기에도 그렇게 보입니다. 나이도 한창 때 같고…. 내 정력이 약해지자, 아내는 갖은 수단을 다 쓰기 시작했소. 장어, 사슴피를 비롯해서 정력에 좋다는 건 아무리 비싸도 다 먹어 봤지요."

"그래서 효과를 보셨습니까?"

"먹고 나서는 잠깐 효과가 있는 것 같았지요. 하지만 그 때뿐이었습니다."

정 씨는 다시금 술을 들이켰다. 그리고는 술이 다 떨어졌는지 남은 몇 방울을 입에 '톡톡' 털어넣었다.

"술 한 병 더 사다드릴까요?"

마태수의 물음에 정 씨는 두 손을 저었다.

"아니오, 괜찮소."

정 씨는 옷소매로 입가를 훔친 뒤, 말을 이었다.

"그래서 결국 뱀을 먹게 되었지요. 사실 아내는 진작부터 뱀 얘기를 했지만, 먹기가 꺼려져 안 먹었지요. 하지만 다른 게 다 효과가 없는 와중에 더 이상 거부할 명분이 없었소."

마태수는 사람들이 왜 뱀을 정력에 좋다고 여기게 되었는지를 생각해 보았다. 물론 과학적인 증거는 없다. 아마도 길다랗게 생긴 뱀의 형태로 유추해 보건대, 다른 정력제인 장어 역시 유사한 형태를 지니고 있는 것으로 보아, 우리 조상들은 굵고 긴 것이 정력에 좋다는 막연한 생각을 하고 있었던 것 같다.

'해구신' 또한 정력에 좋다는 이유로 고가에 매매되고 있다 하지 않은가. 물개가 암컷을 여럿 거느린 정력의 상징인 건 이해하지만, 그걸 먹는다고 해서 정력이 좋아진다는 건 아인슈타인의 뇌를 먹으면 머리가 좋아진다는 것만큼 비이성적인 생각이 아닐 수 없다.

어찌 되었든 정 씨는 뱀을 먹었다. 살아 있는 뱀의 머리를 자른 뒤,

껍질을 벗겨 내고 초장에 찍어서 먹었단다.
"맛은 어땠나요?"
"이보슈! 뱀을 맛으로 먹는 사람이 어디 있소? 어쩔 수 없이 먹는 거지."
"아, 죄송합니다. 저 그런데 고환은…."
"자꾸 보채지 마시오. 안 그래도 얘기하고 있잖소."

뱀을 먹고 난 뒤, 정 씨는 '밤일'이 제법 잘 되는 듯했다. 아내가 좋아했음은 두말 할 나위가 없었다. 그런데 1주일쯤 지나자, 한쪽 고환이 부풀기 시작했다. 처음에는 정말 효과가 확실하다고 자못 감탄해 마지않았다고 한다. 그러나 시간이 흐르면서 정 씨는 고환이 아파옴을 느꼈다.
 점점 심해지는 통증에 마침내 병원으로 달려 간 그는 상상도 할 수 없는 놀라운 말을 들었다. 고환 속에 기생충이 있으며 그로 인해 염증이 생겨 아픈 것이고, 그 기생충은 뱀을 먹으면 걸릴 수 있다고.
"그럼… 제 고환이 커진 것도…."
의사는 고개를 끄덕였다. 정 씨는 다급해졌다.
"선생님, 그럼 이제 어떻게 해야 합니까?"
"수술로 고환이랑 기생충을 제거할 수밖에요."
"네? 고환도요?"
정 씨는 그냥 까무러칠 뻔했다.
"상황을 봐서 둘 다 제거할 수도 있고, 잘하면 한 쪽은 살릴 수도 있습니다. 물론 수술을 해 봐야 아는 거고, 지금은 장담할 수 없습니다."
정 씨는 눈물이 핑 돌았다.
"내 고환…."
다행히도 정 씨는 한 쪽의 고환은 살릴 수 있었지만, 그 뒤부터 '짝고환'이란 불행을 감당하며 살고 있다고 했다.
 정 씨가 걸린 기생충은 '스파르가눔'이었다. 하얀 실같이 생겨서는 사람 몸에 들어오면 피부의 이곳 저곳을 쏘다니며 병을 일으키는 벌레로, 10cm가 넘게 자라기도 한다. 무릎, 사타구니 등 피부 어디든지 갈 수 있는데, 이 기생충은 아주 엉큼해서 남자는 고환을, 여자는 유방을 주로 침범한다. 뱀을 날로 먹었을 때 걸리기는 하지만 꼭 뱀을 먹지 않더라도 약수에 들어 있는 물벼룩을 먹으면 걸릴 수 있는데, 재수 없는 경우에는 뇌로도 갈 수 있는 해로운 기생충이었던 것이다.

"그럼, 밤일은 어떻게?"

"밤일이 문제입니까? 그 뒤로 3년째 아내와 각방을 쓰고 있습니다. 그 일만 생각하면 어찌나 분통이 터지는지."

마태수는 자신을 위해서 한 일의 결과로 아내 탓을 해서는 안 될 것 같다고 이야기했다.

"그게 뭐, 날 위한 겁니까? 제가 정력이 좋으면 득을 보는 건 아내인데."

"그건 그렇지 않습니다. 물론 부인께서도 좋아하시겠지만, 선생님도 잃었던 자신감을 되찾지 않으셨나요? 정력이 약해지고 나서 매사에 의욕이 없고 기죽어 사셨죠?"

정 씨는 그렇다고 했다.

"그것 보십시오. 선생님의 부인께서는 그런 선생님이 딱해서 생활의 활력을 되찾아드리려 그러신 겁니다. 정력이란 말이죠, 그건 마음 속에 있는 겁니다. 그리고, 외람된 말씀이지만 선생님은 정력이 약해지셨던 게 아니라, 부인에 대한 애정이 예전같지 않으셨던 겁니다.

부인을 처음 만날 때로 기억을 되돌려 보세요. 손이라도 닿을라치면 심장이 방망이질 쳐 대던 기억, 있으시죠? 그 땐 뱀을 먹지 않았어도, 붕어빵 한 개를 먹더라도 오랜 시간 동안 부인과 사랑을 나눌 수 있었을 겁니다. 선생님의 문제는 '정력'이 아닙니다. 처음의 느낌을 더 이상 간직하지 못하는 게 문제라면 문제인 거죠.

집에 돌아가 다시 부인을 바라보세요. 비록, 그 때의 젊음은 사라졌을지라도 십수 년 동안 선생님과 기쁨과 슬픔, 희망과 고통을 함께 나누면서, 이제는 선생님의 분신이 되어 버린 부인을 발견하실 수 있을 겁니다. 어떻게 또 하나의 자신인 부인을 사랑하지 않을 수 있겠어요? 짝고환이면 어떻고 고환이 세 개면 어떻습니까?"

마태수의 말에 정 씨는 느끼는 바가 많은 듯했다. 마태수는 며칠 뒤, 정 씨가 자신감을 되찾는 데 도움이 될 수 있을 거라 생각하고, 아는 의사에게 부탁해 그에게 '인조 고환'을 만들어 주었다. 시간이 흘러 계절이 바뀌었고 마태수는 '정자왕'을 점점 잊어갔다.

공원 벤치에 앉아, 책을 읽고 있는 여자 곁으로 한 남자가 슬그머니 다가왔다. 가을 햇살 아래에서 한가로이 즐기는 독서를 방해하는 남자가, 여자는 괜스레 거북스러웠다.

"어?"

남자의 갑작스런 외마디에 그녀는 읽던 책을 내려놓고 남자를 쳐다봤다.

"머리에 뭔가 벌레가 있네요?"

"네, 뭐라고요?"

그녀는 믿을 수 없다는 듯 황당한 표정을 지었다. 벌레라니?

"움직이지 마세요! 제가 빼 드릴게요."

남자는 그녀의 머리를 만지는 척하면서, 소매 끝에서 무언가를 슬쩍 꺼냈다.

일이 잘 풀리지 않아, 머리를 식힐 겸 공원을 걷고 있던 마태수는 뛰어난 미모는 아니었지만 한가롭게 앉아 책을 읽고 있는 모습이 아름답게 보여, 조금은 거리를 두고 앉아서는 일종의 관음증적인 즐거움을 누리고 있던 차였다. 반대편 벤치에서 그녀를 바라보던 마태수는 남자의 동작을 하나도 놓치지 않고 지켜보았다.
"이것 보세요. 이게 회충이라는 건데, 댁의 머리카락 속에 있었다고요."
여자는 비명을 지르며 자리에서 일어났다.
"근데, 이게 어떻게 아가씨 머리에 붙어 있는지 모르겠네요. 하기야, 이 기생충이란 벌레들은 때와 장소를 가리지 않는 놈으로 늘 조심해야 하는 존재이긴 하죠. 기생충이란 본래…."
마태수는 상대방의 소행이 짐작되자 그에게로 다가갔다.
"이봐! 수작은 그만 부리지."
마태수는 사내의 손목을 잡아채며 소매를 훑었다. 회충 몇 마리가 떨어졌다.
"기생충을 이용해 여자를 꼬시려는 건 이미 한물간 수법 아닌가?"
자신의 수법이 탄로났음을 알아챈 사내는 후다닥 달아나려 했다.
"이봐, 회충 가져가야지!"
마태수는 회충을 집어, 달아나는 사내의 등 뒤로 던졌다. 날아간 회충은 사내의 목에 감겼다.
"어디, 두고 보자!"
사내는 자신의 계획을 깡그리 무너뜨린 마태수에게 독기를 품으며 도망쳐 버렸다.
"고맙습니다. 어떻게 감사를 드려야 할지…."
여자는 다소곳이 고개를 숙였다.
"뭘요, 인생이란 서로 돕고 살아야 하는 거 아닙니까? 마침, 제가 그런 놈들의 수작을 알고 있던 터라… 조심하시고, 전 이만…."
바람이 불자, 낙엽이 우수수 떨어졌다. 뒤를 돌아보니 그녀는 여전히 마태수를 바라보고 있었다. 그런 그녀를 향해 마태수는 손을 흔들었다. 그리고는 앞으로 돌아서려는 순간, 그만 인도의 턱에 부딪혀 보기 좋게 넘어지고 말았다.
"어쿠쿠!"
아프기도 했지만, 그보다도 창피한 생각이 앞서 선뜻 일어날 수가 없었다. 그 때, 한 남자의 목소리가 들렸다.
"괜찮습니까?"
손을 잡아 마태수를 일으킨 사람은 분명, 마태수에게는 낯이 익은 얼굴이었다.
"정자왕 씨!"
"마태수 씨, 제가 얼마나 당신을 찾아 헤맨 줄 아시오?"
정 씨는 간만에 마태수의 생각이 나서, 휴대폰의 위치 확인 서비스를 통해 이곳으로 마태수를 찾아왔다고 했다. 웃고 있는 정 씨의 모습에서 짝고환으로 인해 괴로워하던 예전의 모습은 찾아볼 수 없었다. 인조 고환은 자리를 잘 잡았는지 다른 쪽과 보기 좋게 균형을 이루고 있었다.
그 날 이후로 정 씨의 밤 생활은 다시 활기를 찾았고 부인의 사랑도 한층 두터워졌으며, 9시 뉴스의 명성도 회복했다고 했다.
"모든 건 마음먹기에 달렸다는 당신 말이 내 삶을 바꿔 줬소. 정말 고맙소. 마태수 씨, 당신은 훌륭한 탐정이오. 그리고…."
정 씨는 손에 들고 있던 걸 마태수에게 내밀었다.
"이거 받으시오!"
정 씨가 내민 건 영광굴비였다.
"이렇게 귀한 걸 다…."
"아니오. 고맙다는 말도 못해서 늘 마음에 걸렸소."
굴비는 마태수가 가장 좋아하는 음식 중의 하나였다. 마태수는 감사의 인사를 전했다.
"그럼, 이제 난 가 봐야겠소. 아내와 약속이 있어서…."
"그 약속이란 게 혹시?"

마태수의 질문에 정 씨는 호탕한 웃음을 터뜨리고는 저벅저벅 걸어갔다. 마태수는 멀어져 가는 정 씨를 향해 굴비를 흔들었다. 서쪽 하늘에는 뉘엿뉘엿 해가 기울어 가고 있었다.

어느 여대생의 죽음

몇 건의 사건을 해결하고 나니, 마태수의 사무실에는 이런 저런 문의가 제법 들어오기 시작했다. 물론 아직도 불필요한 전화가 더 많고, 의뢰라는 것도 '잃어버린 고양이를 찾아내라' 는 등의 그야말로 일반 탐정 사무소의 소일거리 정도의 수준에 불과했지만, 그래도 마태수는 좋았다. 우리 나라에서 초유의 직업인 '기생충탐정' 이란 게 조금씩 자리를 잡아가는 것 같았기 때문이다.

하지만 여전히 마태수를 맥빠지게 하는 건, 수사를 하다 보면 원인이 기생충이 아닌 경우가 대부분이라는 것이다. 항문이 가렵다던 한 남자는 샤워를 잘 안 하는 게 원인이었고, 대변에서 기생충이 나왔다고 수선을 피던 주부는 조사 결과, 전날 먹은 채소 줄기가 대변으로 나온 것에 불과했다. 하기야, 그러한 것을 가려내고자 있는 것이 탐정이란 직업이 아니겠는가.

그러나 문제는, '기생충이 원인이 아니다' 라는 설명을 듣는 순간, 의뢰인의 태도가 180°로 돌변하여, 주기로 했던 출장비조차 주려고 하지 않는다는 것이다. 신장에 생긴 돌을 제거하기 위해 초음파★ESWL: 체외충격파 쇄석술.를 쓰는 경우가 있다. 몇 시간 초음파를 쏘아서 돌이 깨지는 경우야 그렇다 치지만, 돌이 깨지지 않더라도 치료비는 똑같이 내야 한다. 원인이 기생충이건 아니건 간에 진단을 내려 준 그 결과 자체까지도 무시당하는 것은 우리 국민이 여전히 기생충에 관해서는 '어떠한 대접'도 해 주고 싶지 않은, 징그러운 벌레에 대한 멸시의 극한 표현이 아닐까라는 생각에 마태수는 씁쓸했다.

탐정 사무소의 홍보와 사업 확장을 위해 마태수는 취재원을 한 명 고용했다. 이렇다 할 직업이 없는 20대 젊은이로, 여기저기 세상 구경하는 게 취미라고 했다.

"좋은 취미군요. 취재원으로는 적격인걸요."

마태수는 기생충 사건을 한 건 물어다 줄 때마다 자기가 받는 돈의 20%를 주기로 했다.

"일종의 브로커네요!"

그가 눈을 반짝이며 말했다.

"뭐, 그렇다고 할 수 있지요."

마태수는 그에게 기생충에 걸린 사람들의 특징을 몇 가지 가르쳐 주었다. 첫째, 몸 여기저기를 긁는다, 특히 항문 쪽. 둘째, 공연히 초조한 기색을 보인다. 셋째, 의자에 앉을 때 끝 부분에만 걸터앉는다…. 그가 마태수의 말을 가로막았다.

"그건 왜 그렇죠?"

"항문이 가려우니까 의자 모서리로 긁기 위한 거죠."

마태수는 계속해서 말했다.

"넷째, 석유나 피마자유 냄새가 난다. 이건 혼자 기생충을 해결하려고 이상한 것들을 먹기 때문이죠. 다섯째, 기타 보편적인 상식으로 이해할 수 없는 행동을 하는 자. 이런 사람들을 보면 제게 전화 주세요."

마태수는 자신의 명함을 그에게 건네줬고, 명함을 받은 그는 번개같이 사라졌다. 그러나 마태수의 기대와는 달리 석 달이 지나도록 취재원으로부터 단 한 통의 전화도 걸려오지 않았다.

그 날 역시, 마태수는 한 시간에 한 번 올까말까한 시시한 상담을 하면서 오전 시간을 보내고 있었다. 11시 반쯤 준비해 간 도시락을 먹고 난 마태수는 휴대폰 시계가 12시가 됨과 동시에 가방에서 망원경을 꺼내 들고 창가로 갔다. 점심 때인지라 여기저기 골목골목 식당을 찾는 무리들이 넘쳐났다.

마태수는 망원경을 눈에 갖다댔다. 사람을 구경하는 것만큼 재미있는 일이 또 있을까. 한 사람 한 사람 얼굴과 차림새, 그리고 행동을 관찰하고 있으면, 언제나 재미난 소설을 읽고 있는 느낌이 들었다.

그는 거리의 사람들을 관찰하면서 유행의 흐름도 놓치지 않았다. 얼마 전만 해도 여자들은 여성스러운 긴 치마를 즐겨 입더니, 경기가 안 좋아지면 치마 길이가 짧아진다는 속설처럼 최악의 경제 성장률을 보이고 있는 요즘, 거리에는 다시 아슬아슬하게 시선을 끄는 미니스커트가 유행이었다.

그의 시선 속으로 늘씬한 여자의 자태가 들어왔다. 요즘 유행하는 짧은 청치마를 입었다. 아무리 마음이 우선이라지만, 외모가 남다르다는 건 어쨌든 신이 주신 선물인 것은 틀림없다. 넋을 잃고 그녀를 바라보는데 전화벨이 울렸다.

"따르릉!"

마태수는 나쁜 짓을 하다 걸린 학생처럼 민망해진 기분으로 요란하게 울려 대는 전화기 쪽으로 다가갔다.

"여보세요!"

"저… 거기가 마태수 기생충탐정 사무소입니까?"

수화기에서 들리는 목소리는 중년 여자의 것으로, 한껏 슬픔에 차 있었다.

"그렇습니다. 무슨 일로 그러시죠?"

"제 딸이… 제 딸이… 죽었어요."

말을 하다 말고 여인은 울기 시작했다.

"사모님, 진정하시고, 차분하게 말씀을 해 보세요."

여인의 말은 이러했다. 자신에게는 스물두 살 된 딸이 있는데, 이틀 전에 갑자기 죽었다는 것이다. 의사의 말로는 심한 탈수가 원인이라고 했을 뿐 왜 그렇게 탈수가 왔는지는 모른다고 했다.

"아, 그렇군요. 근데, 전 그저 기생충탐정일 뿐입니다. 그런 건 국립과학수사연구소에나…."

"딸애의 서랍에서 회충약이 나왔다고요!"

처음에는 의사의 말에 그런가 보다 했는데 시간이 갈수록 딸아이의 죽음이 석연치 않음을 느끼게 되었고, 그러던 차에 딸아이의 방에서 한 다발의 회충약을 발견했다는 것이다. 그 정도의 양이라면 심각한 상황이었을지도 모르는데 전혀 내색하지 않았던 것으로 보아, 딸아이가 차마 말 못할 사정으로 인해 괴로워하다가 결국 죽음으로 내몰린 것이 아닌가 한다는 것이 부인의 말이었다.

우리 국민의 60% 이상이 몸 속에 최소한 기생충 한 마리씩 보유하고 있던 때가 있었다. 그 여파로 인해 아직도 봄, 가을로 구충제를 먹는 가정이 많긴 해도, 스물두 살 된 여자가 책상 서랍에 회충약을 잔뜩 갖고 있었다는 건 좀 이상했다. 그녀의 집으로 가는 도중 마태수는 계속해서 뇌까렸다.

'회충약, 그리고 탈수….'

회충 때문에 설사를 하는 경우는 있지만, 탈수 현상이 극도로 심해서 죽음으로까지 몰고 가는 경우는 없다. 그리고 회충은 특별한 일이 없는 한, 약을 먹으면 금방 해결이 된다. 그렇다면….

초인종을 누르자 중년의 부인이 문을 열어 주었다. 전화를 걸었던 그 여인인 듯했다. 부인은 아직도 딸의 죽음을 현실로 받아들이지 못하는 것 같았다. 마태수는 먼저 부인에게 위로의 뜻을 표했다.

딸의 이름은 이향숙. 자라면서 말썽 한 번 부린 적 없이 곱게 자란 그녀라, 가족들의 슬픔은 이만저만이 아니었다.

"따님의 방을 보고 싶군요."

부인은 2층으로 마태수를 안내했다. 방은 아담했지만, 깔끔하게 꾸며져 있었다. 책상 위에는 죽은 그녀가 가족들과 함께 찍은 사진이 놓여 있었다.

'저렇게 청순하고 예쁜 처녀가 왜 죽었을까?'

아름다운 처녀의 죽음에 안타까운 마음이 앞서는 건 인지상정인가. 그런데 사진 속의 이향숙이란 여자의 얼굴은 왠지, 처음 보는 얼굴 같지 않았다. 어디선가 본 듯한 어렴풋한 기억이 나는 듯도 했지만 확실히 떠오르지 않았다.

기생충약은 책상 위에 놓여 있었다. 새 것이었고, 포장도 뜯지 않은 상태였다. 부인의 말에 의하면 청소를 할 때나 그 외에도 딸의 방에서 기생충약이 발견된 적은 없다고 하니, 그녀가 정기적으로 구충제를 먹지 않았던 것만은 분명했다. 왜 그녀는 기생충에 걸렸다고 생각했을까. 그랬다면 왜 약을 먹지 않은 걸까. 부검을 해 보면 확실한 걸 알 수 있겠지만, 그녀는 이미 한줌의 유골로 변해 '용미리'에 안치된 후였다. 책꽂이에도 특별히 이상한 건 없었다.

'기생충, 기생충약, 기생충, 약병…' 아무리 생각해도 별다른 생각이 떠오르지 않았다. 머리가 복잡할 땐, 마태수는 화장실을 가서 소변을 보는 버릇이 있다. 화장실은 인간의 원초적 욕구가 충족되는 곳이기도 하지만, 사건에 있어서 단서의 '보고'가 될 수 있는 곳이라는 믿음을 갖고 있기 때문이다.

그녀가 주로 사용했다는 2층 화장실에서 시원하게 오줌 줄기를 뽑아내는 동안 화장실 주위를 둘러보던 마태수는 어떤 곳에 시선을 멈췄다. 지름 3mm, 황토색의 점. 생긴 지 며칠은 된 듯 말라붙어 있었다.

마태수는 손가락으로 그 점을 만졌다. 그리곤 손가락을 자신의 입으로 가져갔다. 그의 미각이 틀리지 않는다면, 그건 분명 설사 중 튄 것이었다. 자세히 살펴보니, 그런 점은 사방에 있었다. 심지어 변기에서 1m가 넘는 곳에까지도 튀어 있었다. 설사의 파편이 그곳까지 튀었다는 것은 그녀의 설사가 얼마나 격렬했는지를 보여 주는 증거였다. 그렇다면 그녀를 사망에 이르게 한 탈수의 직접적인 원인은 설사 때문인 게 명백했다. 좀더 확실히 하기 위해서 마태수는 다른 곳에 위치한 점에도 혀를 갖다댔다. 같은 맛이었다.

"쨍그랑!"

컵 깨지는 소리가 났다. 소리에 놀라, 문 쪽을 보니 부인이 쟁반을 들고 서 있었다.

"지금 뭐 하시는 거죠?"

"수, 수사 중입니다."

"수사를 참 특이하게 하시네요."

부인은 쭈그리고 앉아 컵의 잔해를 치우기 시작했다.

설사의 원인 중 기생충이 차지하는 비중은 지극히 낮다. 이번 사건을 기생충 때문이라고 가정해 본다면 사람이 죽을 때까지 설사를 하는 기생충은 딱 한 종이 있다. '장모세선충 (Capillaria philippinensis)'. 우아한 이름으로 보나 빈약하기 짝이 없는 모양으로 보나, 이 기생충이 그토록 심한 설사를 일으키리라고는 상상도 못할 것이다. 하지만 우리나라 최초로 이 기생충에 걸렸던 사람이 86kg의 체중에서 40kg이 될 때까지 설사를 계속한 것, 그리고 이 기생충이 유행했던 필리핀에서 1천 명이 넘는 사람이 탈수로 목숨을 잃은 걸 보면 크기가 작고 외모가 보잘 것 없다고 무섭지 않은 건 결코 아니다.

40kg이 빠진 그 사람에 대해 병원에서 한 번이라도 대변 검사를 실시했다면 기생충의 알을 발견했을 것이고, 그랬다면 그 사람이 2년간 가진 재산을 전부 날려가며 병원을 전전하지는 않았을 것이다. '결핵은 우리 나라에 없다'라는 생각이 폐결핵의 근절을 어렵게 하듯, '기생충은 멸종했다'라는 오해 역시 기생충의 창궐을 돕는다고 마태수는 생

각했다.

'그나저나 이향숙은 왜 그렇게 설사를 했을까?'

그녀가 걸린 기생충이 장모세선충이라고 가정한다면, 모든 게 들어맞았다. 그녀의 서랍 안에 있던 회충약도 장모세선충에 잘 듣는 약이었다. 그런데 약을 사 놓고 먹지 않은 이유는 대체 뭐란 말인가.

그녀의 서랍을 살피던 마태수는 시외버스 표 조각 하나를 발견했다. '승객보관용'이라고 쓰인 그 표 안에는 '동서울 → 남원 8월 19일 AM 10:00'라고 되어 있었다.

그녀라고 남원에 가지 말라는 법은 없다. 하지만 우리 나라에서 발견된 장모세선충 환자 세 명 중 두 명이 남원 사람이라는 기록을 알고 있던 마태수에게 그 쪽지는 그냥 지나쳐 버릴 수 없는 단서로 다가왔다. 그녀가 남원에 놀러가서 그 몹쓸 기생충에 걸렸고, 그로 인해 목숨을 잃었을지도 모른다는 생각이 뇌리를 스쳤다.

"8월 19일이라고요?"

부인은 잠시 생각해 보더니 이렇게 대답했다.

"아마 그 때쯤일 거에요. 친구들이랑 어디 놀러간다고 했어요. 1박 2일로 MT를 다녀온다고 했던가?"

마태수는 다시 물었다.

"혹시 따님이 심하게 설사를 계속하는 건 아셨습니까?"

부인은 고개를 저었다.

"아니오. 전혀 몰랐어요. 얼굴이 바싹바싹 말라가기에 어디 아픈 곳이 있는지만 물어 봤지요. 괜찮다고 하기에 그냥 넘어갔는데… 그런데, 우리 딸이 설사 때문에 그렇게 된 거에요?"

부인의 눈에 다시금 눈물이 어렸다.

"아직 단정지을 수는 없습니다. 조금 더 알아봐야겠지요."

마태수는 그녀의 사진을 한 장 얻었다. 그리고 다음 날 아침, 동서울 터미널에서 남원행 버스에 올랐다.
 마태수는 남원에 가야겠다는 생각을 하긴 했지만 구체적으로 무엇을 할지 막연했다. 그가 알고 싶은 건, 그곳에서 과연 그녀가 무엇을 했는가 하는 것이었다. 그나마 한 가지 다행스러운 건 그녀가 여기서 1박을 했다는 것이다. 하루를 묵었으면 여기 어디엔가 그 흔적을 남겼기 마련이니까.
 남원은 생각보다 조그만 도시였기에 숙박을 할 수 있는 곳은 열 곳도 채 안 되었다. 마태수는 사진을 들고 첫 번째 여관으로 갔다.
 "이 아가씨, 혹시 여기 묵었던 적 있나요?"
 카운터를 지키던 아주머니는 한참 들여다보다 고개를 저었다.
 "왜 그러시는데요?"
 마태수는 숙박계를 확인했다. 가명을 썼다 해도 20대 여자가 여관에 드는 건 그리 흔한 일은 아니라고 생각했다. 하지만 8월 19일에 그 여관에 든 여성은 없었다. 마태수는 남원에 있는 여관과 모텔들을 차례대로 뒤져 나갔다. 세 번째로 방문한 여관에서 마태수는 '이지혜'라는 여인이 8월 19일 작성한 숙박계를 확인할 수 있었다. 그는 주인 아주머니에게 사진을 내밀었다.
 "글쎄요, 제가 머리가 나빠서 그런지, 본 것 같기도 하고 안 본 것 같기도 하고, 그렇다고…."
 혹시 생각이 나면 전화를 달라고 한 뒤 마태수는 '이지혜'라는 여인이 묵었던 방에 짐을 풀었다. 샤워를 하는데 전화벨이 울렸다. 머리를 감던 그는 잽싸게 뛰어나가 전화를 받았지만, 이미 전화는 끊어진 뒤였다.
 '혹시 뭔가 생각난 게 아닐까?'
 마태수는 목욕을 하다 말고 카운터로 뛰어내려갔다.
 "아주머니, 혹시 저한테 전화하셨나요?"
 "아… 네…."

"뭐 생각난 게 있나요?"

아주머니는 심드렁하게 대답했다.

"그게 아니고, 아가씨 넣어 줄까 물어 보려 했시유."

어이없는 얘기에 마태수가 황당한 표정을 짓고 있는데, 아들로 보이는 남자아이가 아주머니를 찾아왔다. 초등학교 5~6학년 정도로 보였다. 마태수는 혹시나 하는 심정으로 그 아이에게 다가갔다.

"혹시… 이 여자 기억하니?"

"아, 이 누나!"

"그래, 이 누나를 본 적 있어?"

아이는 고개를 끄덕였다.

"그럼요, 저하고 같이 물고기도 잡은걸요."

"물고기라고?"

마태수는 아이를 근처의 슈퍼로 데려갔다.

"뭐든지 먹고 싶은 게 있으면 골라."

갑자기 횡재를 만난 기분으로 아이는 이것저것 마구 고르기 시작했다. 마태수는 아이가 원하는 과자를 양껏 사준 후, 다음과 같은 사실을 알 수 있었다. 숨진 이향숙은 물고기 채집 차 남원에 왔다고 하고선 여관집 주인 아들과 물고기를 잡았고, 잡은 물고기를 도시락 통에 담아갔다. 그로부터 8주 뒤 그녀는 목숨을 잃었다.

"혹시, 물고기를 잡은 데가 어딘지 가르쳐 줄 수 있겠니?"

양손에 가득 든 과자 봉지를 싱글벙글 쳐다보며, 아이는 자신이 물고기를 잡았던 냇가로 마태수를 인도했다.

다음 날 아침, 마태수는 주인집 아이의 도움을 받아 물고기를 잡았다. 물고기를 아이스 박스에 담고 얼음을 채운 뒤, 주인집 아주머니와 아이에게 감사의 인사를 전한 그는 서울행 버스에 올랐다.

자신의 사무실로 돌아온 마태수는 입체 현미경으로 잡아온 물고기를 하나하나 검사했다. 스무 마리의 붕어 중 열한 마리에서 장모세선충의 유충을 발견할 수 있었다. 크기 2mm 정도의 유충 수십 마리가 물고기의 근육에서 꿈틀거렸다.

장모세선충의 유충은 마태수 역시 처음 본 것이었지만, 크로스(Cross) 박사의 논문에 실려 있는 사진과 모양이 정확히 일치했으므로 어느 정도 확신할 수 있었다. 음대에 다니는 그녀가 기생충을 얻기 위해 물고기를 잡았다면 이유는 단 한가지 뿐!

"따님이 평소 살이 쪘다고 걱정한 적이 있지요?"

이향숙의 어머니는 말없이 고개를 끄덕였다.

"따님은 그래서 설사를 유발하는 기생충에 일부러 걸린 겁니다. 살이 찐 사람들이 훨씬 더 풍부한 성량으로 노래를 부를 수 있는 건 사실이지만, 한창 미모에 신경 써야 할 나이에 자신의 비만이 괴로웠던 거지요. 게다가 이미 익숙해져 버린 식습관으로 번번이 다이어트에 실패하자, 따님은 새로운 방법을 찾은 겁니다. 그것도 한 번의 노력으로 가능한….

아마도 이 방법은 어느 인터넷 사이트에서 알아낸 것 같습니다. 어느 정도까지 살이 빠진 뒤 기생충 약을 먹을 생각이었겠지요. 하지만 그걸 먹을 새도 없이 죽음이 엄습한 겁니다."

부인의 눈에서 눈물이 흘러내렸다. 언제부턴가 모든 여인의 지상과제처럼 되어버린 지나친 '다이어트 열풍'이 딸을 죽음으로 몰아간 것이었다. 다이어트를 위해 이뇨제를 먹다가 죽은 여대생처럼.

남성들의 시각에 익숙해진 여성들은 늘 남성이 만든 거울로 자신을 비춰보기 마련이다. 동양인에게는 힘든 체형인 36·24·36의 신화가 여성들을 사로잡고, 그것을 달성하기 위해 갖은 노력을 마다 않는다. 늘씬한 몸매는 어느덧 '상징 자본'이 되어 그 여성의 장래를 보장하기까지 하는 상황이 되어버렸다. 마태수는 답답했다. 우리 사회가 이런 유치한 놀음에서 언제쯤 벗어날 수 있을지….

술을 마셨다. 저 세상에 가버린 그녀를 생각하면서…. 몇 잔 째의 소주를 비웠을 무렵, 마태수의 머리 속에는 사진 속의 이향숙 얼굴이 무언가와 오버랩되기 시작했다. 공원 벤치 위에서 차분하게 책을 읽고 있던 그녀의 모습이 되살아나기 시작했다.

'아! 그 때 기생충을 가지고 수작을 걸던 사내의 치근덕거림을 막아 주었지.'

마태수는 갑자기 눈시울이 화끈해졌다. 우연이었지만 잠깐 말도 건넸던 그녀, 그토록 싱그러운 미소를 짓던 그녀가 불과 얼마의 시간이 지난 지금, 저 세상 사람이 되어 있다니….

마태수는 어쩌면 자신이 그녀를 구할 수도 있었을 거라는 자책감에 연거푸 소주잔을 들이켰다.

창으로 쏟아지는 한낮의 햇살에도 아랑곳없이 마태수는 잠에 빠져 있었다. 그 때, 한 통의 전화가 마태수를 깨웠다. 어머니였다.

"왜 이렇게 전화를 안 받니?"

"어, 엄마, 어쩐 일이세요?"

"얘, 참한 여자가 있단다. 얼굴도 아주 예쁘고, 직장도 튼튼하대."

"……."

"그런데… 조금 뚱뚱하다는데…."

"엄마! 나 뚱뚱한 여자 싫어하는 거 알잖아요?"

전화를 끊은 마태수는 '뚱뚱하다' 는 기준이 궁금했다. 요즘 여자들이 웬만해선 자신들이 모두 뚱뚱하다고 생각하는 터라, 뚱뚱하다는 것이 과연 어느 정도의 객관적 진실성을 반영하는 건지 헷갈렸기 때문이다. 모든 사람의 시선으로 정의된 뚱뚱함이라면 마태수는 그런 여자와 결코 '선' 이란 것을 보고 싶지는 않았다. 동시에 입에서는 쓴 웃음이 지어졌다. 과도한 다이어트를 비난하는 자신조차 그 유행에서 자유롭지 못하다는 것을 생각하면서….

창 밖의 햇살이 유난히 따갑게 비쳐 들고 있었다.

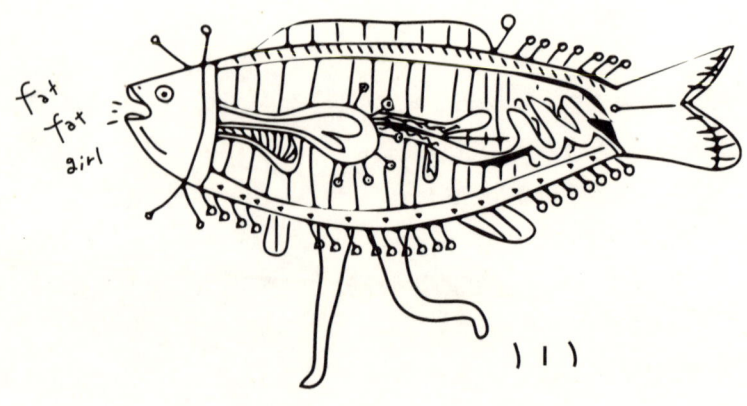

손잡이를 훑는 여자

그 사람에게 제보를 받은 건 지난 주였다. 새벽 두 시, 지금껏 한 번도 도움을 준 적이 없던 취재원에게서 전화가 걸려온 것이다.
"마태수 씨, 저 기억하시겠습니까?"
잠이 덜 깬 상태에서 그의 기억력은 그저 희뿌연 안개 속을 헤맬 뿐이었다.
"취재원으로 임명된 박이라고 합니다만…."
"아, 오랜만이오. 그간 연락이 뜸했소."
"여기저기 다니느라 바빴지요. 다름이 아니라, 선생님께서 말씀하신 대로 수상한 자를 발견해서요."
취재원의 말은 이러했다. 자신은 지하철 3호선을 타고 출퇴근을 하는데, 어느 날 지하철에 있는 손잡이를 모두 쓰다듬으며 지나가는 여자를 발견했다는 것이다. 처음엔 그저 무심히 보았는데 몇 번 계속해서 그녀의 똑같은 행동을 목격하자 호기심이 일더란 것이었다.
전화를 걸기 바로 전 날, 취재원은 손잡이를 훑고 지나가는 그녀를 또 발견하자 이번에는 그녀의 뒤를 밟았다고 한다. 지난번처럼 그녀는 지하철 손잡이를 어루만지며 이동 중이었다. 다음 칸, 그리고 그 다음 칸… 순간, 그녀는 뒤를 돌아보았고, 누군가가 자신을 따라온다는 낌

새를 느껴, 문이 열리는 것과 동시에 내려버렸다고 했다.

"뭔가 냄새가 납니다."

그렇지 않다면 자신을 피해서 전철에서 내릴 리가 있겠냐는 것이 그의 견해였다.

"선생님이 정해준 기생충 환자의 특징 중 다섯 번째, 보편적인 상식으로 이해할 수 없는 행동을 하는 자에 정확히 들어맞지 않습니까? 그런데, 미모는 정말 탁월하더군요."

그 날 오후, 마태수는 취재원과 함께 지하철 3호선을 탔다. 그녀는 퇴근길 인파가 한 차례 휩쓸고 가 조금은 한산한 시간, 압구정 역 부근에 나타났다고 한다. 혹시 몰라, 7시 전후로 충무로와 신사를 오고가며 전철 안을 살폈으나, 그들의 표적은 쉽사리 눈에 들어오지 않았다.

취재원의 관찰에 대해 100% 신뢰가 가는 것은 아니었지만, 하루 이틀 안에 해결이 나지 않는다 하여, '꼬리'를 내리는 것은 마태수의 성격이 용납하지 않았다. 오고가는 전철 안에서 그녀의 존재를 쫓기 시작한 지 4일째, 드디어 그들의 눈앞에 그녀가 나타났다.

압구정을 지날 무렵 취재원이 옆구리를 찔렀다. 취재원으로부터 바로 그녀임을 확인받는 순간, 마태수는 숨이 멎는 아찔한 느낌에 잠시 긴 호흡을 골라야 했다.

한 손으로 손잡이를 훑으면서 걸어오는 그 여인은 한눈에 봐도 고급스러워 보이는 검은 원피스를 입고 긴 머리를 찰랑거리며, 사뿐사뿐 걸어오고 있었다. 유독 손잡이를 번갈아 쥐는 것을 뺀다면 그녀는 흠 잡을데 없는 이 시대의 미인의 조건을 갖추고 있었다.

임무를 끝내고 사라지는 취재원의 인사가 아니었다면, 그녀의 외모에 여전히 넋을 잃고 있었을 것이다. 마태수는 퍼뜩 정신을 차렸다. 짐받이에 놓인 생활정보지로 얼굴을 가린 그는 살금살금 그녀의 뒤를 밟았다.

다음 칸에 가서도 그녀는 손잡이를 어루만지며 이동했다. 손잡이를 잡는 게 어떤 해악을 끼치는 걸까? 취재원의 말이 아니었다면, 마태수는 그녀를 별로 이상하게 보지 않았을지도 모를 일이었다. 그저 갈아타기 편하려고 앞쪽으로 가는 건 아닐까? 순간 그녀가 뒤를 돌아보았고, 마태수는 반사적으로 들고 있던 생활정보지로 얼굴을 가렸다. 문이 열리고, 그녀가 내리는 게 보였다. 마태수도 그녀를 따라 내렸다. 약수 역이었다. 6호선으로 갈아타려나 했지만 그녀는 계단을 성큼성큼 오르더니 화장실로 들어갔다.

마태수는 화장실이 보이는 기둥 뒤에 숨은 채, 그녀가 나오기를 기다렸다. 그녀는 다시 3호선을 탔고, 가끔씩 전화를 거는 것 외에는 아까 그랬던 것처럼 전철 끝에서부터 손잡이를 잡으며 앞쪽으로 이동하기를 반복할 뿐이었다.

'도대체 뭘 하려는 걸까?'

머릿속이 혼란해질 무렵, 열차는 을지로 3가에 도착했고, 그녀는 전철에서 내렸다. 여전히 생활정보지로 얼굴을 가린 채, 마태수는 그녀의 뒤를 밟았다. 그녀는 2층에 위치한 카페로 들어섰다.

"미자, 여기!"

다른 여자 둘이 그녀의 이름을 부르며 손을 흔들었다. '유유상종'이라던가? 그녀의 친구들 역시 굉장한 미인이었다.

미자는 친구들과 손을 잡으며 반가워했다. 그 동작에서 마태수는 어색함을 느꼈다. 뭔가 지나치게 친밀한 듯이 구는 듯한, 한마디로 '오버'를 하는 게 역력했기 때문이다. 잠시 이야기를 나누던 미자는 화장실에 간다고 일어섰다.

그녀가 다시 자리로 돌아왔을 때, 마태수는 뭔가 짚이는 게 있었다. 그녀는 지금껏 두 번이나 화장실에 갔지만, 나올 때 물기가 묻어 있던 적은 없었다. 손을 씻고 잘 말렸을 수도 있지만, 손을 아예 씻지 않은 것처럼 보였다. 그녀는 친구들 앞에 놓인 음료를 맛보겠다며 자기 쪽으로 가져왔고, 빨대로 그걸 마시는 척하며 컵 주위를 쓰다듬었다. 그 모습을 유심히 지켜보던 마태수의 머릿속에서 뭔가가 섬광처럼 떠올랐다.

그녀는 지금 손으로 뭔가를 묻히고 있는 것이었다! 마태수는 가지고 있던 노트북 컴퓨터를 꺼내서 필요한 정보들을 입력했다. 그리고 난 뒤, 재빨리 약국에 다녀왔다. 다행스럽게도 그녀들은 아직 자리에 있었다. 실마리를 풀어내어 다소 느긋한 마음이 된 마태수는 맥주 두 병을 시켰고, 그녀들을 바라보면서 천천히 맥주를 들이켰다.

10시가 넘어서야 그녀들은 자리에서 일어났다. 그 때까지 그녀는 화장실에 네 번이나 다녀왔고, 그럴 때마다 친구들의 손금을 봐 주는 등 반드시 신체 접촉을 시도했으며, 친구들의 음료수 컵을 자주 어루만졌다. 친구들과 헤어진 그녀에게로 마태수가 다가갔다.

"미자 씨!"

그녀는 마태수를 바라보더니 누구냐고 물었다. 마태수는 다짜고짜 물었다.

"항문이 가렵죠?"

순간 그녀의 얼굴이 굳어졌다.

"아니, 이 아저씨가, 대체 뭐, 뭐라고 하는 거야, 지금?"

"흰 벌레…."

그의 말에 그녀가 새파랗게 질려 떨기 시작했다.

"잠깐 얘기 좀 합시다."

마태수는 그녀를 두고 앞장서서 걸었다. 고개를 푹 숙인 채, 그녀는 그의 뒤를 따라갔다. 어느 조용한 카페에 들어 선 마태수는 다시 맥주를 시켰고, 아무 것도 먹지 않겠다는 그녀에게 녹차를 시켜 줬다.

"언제부터 그랬죠?"

"뭘 말인가요?"

마태수가 웃자 망설이던 그녀는 고개를 숙였다.

"3, 3개월 됐어요."

"많이… 가려운가 보죠?"
그녀의 얼굴이 붉어졌다.
"미치겠어요. 거기가… 다 헐었는걸요."
"그렇다고 해서 미자 씨가 사회에 복수하는 게 용납되는 건 아니지 않을까요?"
말없이 녹차를 마시던 그녀는 마태수를 노려봤다.
"왜, 왜 나만 이런 일을 당해야 하나요? 내가 얼마나 힘든지 당신은 이해하나요? 쪽팔리게… 흑흑."
마태수는 빙긋이 웃으며, 주머니에서 약을 꺼냈다.
"자, 이게 '알벤다졸'이라는 약이에요. 이거만 먹으면 깨끗이 나을 수 있어요."
그녀는 마태수의 얘기에 울음을 그치고 약을 신주단지 받들 듯 건네받았다.
"정말… 이거면 그 무서운 벌레들이 없어지나요?"
"그럼요, 절반은 지금 당장, 절반은 20일 후에 먹으면 됩니다."
3개월 전부터 미자는 항문 주위가 가려웠다. 하루 세 번씩 샤워를 해도 결과는 마찬가지였다. 그렇다고 다 큰 처녀가 항문 때문에 병원에 간다는 것은 너무도 수치스러웠다. 항문 주위에서 하얀 벌레를 발견했을 때, 미자의 공포는 극에 달했다.
미자는 인터넷 사이트를 뒤졌다. 그 결과 그 벌레가 요충이라는 것, 요충알을 먹으면 감염된다는 것, 요충이 항문 주위에 알을 낳는다는 것, 요충알은 한 번 묻혀 놓으면 오랫동안 감염력을 유지할 수 있다는 것 등을 알게 되었다. 다른 사람이 묻혀 놓은 요충알에 자신이 감염된 것이라는 데 생각이 미치자, 미자는 자신을 그렇게 만든 사회에 복수하기로 결심했다.
'내가, 착하게만 살았던 내가 말하기도 민망하게 왜 항문이 가려워 밤잠을 설치고, 항문이 헐 때까지 긁어야 하는가.'

그래서 미자는 화장실에 가서 항문을 만진 후, 그 손으로 지하철 손잡이를 만졌다. 누구를 만나도 반갑게 악수를 했고, 그들의 숟가락에 요충알을 묻혔던 것이다.

"제가 요충인 건 어떻게 아셨어요?"

"의자에 앉는 자세를 보고 알았지요. 요충에 걸리면 의자의 끝 부분에 걸터앉게 되지요. 그걸 '요충 자세'라고 하는데, 워낙 특징적이라 그것만 보고도 진단이 가능합니다. 그 밖에 수시로 화장실에 가는 점, 나오면서 손을 안 씻는 것 등을 보고 의심했습니다."

아무 말도 못하는 그녀에게 마태수는 덧붙여 이야기했다.

"우리가 사는 사회는 말이죠, 더불어 사는 사회랍니다. 기쁨은 더하고, 슬픔은 나누어야 해요. 사회에 복수하는 건 어리석은 짓이죠."

다음 날부터 마태수는 그녀가 주로 지나쳤던 약수 역 근처의 유치원을 조사했다. 예상대로 원생의 반 이상이 요충에 걸려 고생하고 있었다. 마태수는 유치원을 돌며 약을 나누어 주었다.

그 중에는 유치원 원장도 한 명 있었다. 처음에는 아무런 내색도 않던 그녀는 마태수가 사태의 심각성과 치료법을 설명하자, 눈물지으며 항문이 헐었다고 고백했던 것이다. 마태수는 그녀에게 말해 주었다.

"항문의 질병은 부끄러운 게 아닙니다. 그걸 부끄러워하는 사람들의 태도가 결국 병을 키우게 되는 거죠. 이 아이들의 키가 전철 손잡이를 잡을 수 없다는 걸 감안하면, 아이들은 당신한테서 요충이 옮았을 겁니다. 다른 사람은 몰라도, 애들과 늘 접촉하는 유치원 선생님은 반드시 무균질이어야 합니다."

유치원을 다녀 온 날, 마태수는 취재원을 전화로 불러내서 함께 술을 마셨다.

"애써 줘서 고맙습니다. 오늘은 제가 낼 테니 마음껏 드세요."

소주 한 잔을 들이킨 후 취재원은 자신의 사례금에 대해 물었다.

"걱정 마세요. 준비해 왔습니다."

굳어 있던 취재원의 얼굴이 밝아졌다. 하지만 건네받은 봉투의 금액을 확인한 그는 봉투를 바닥에 내동댕이치며 냅다 소리를 질러 댔다.

"이게 뭡니까? 애들 장난하는 건가요? 겨우 5만 원이라니…."

"저… 그게…."

마태수는 서둘러 그를 진정시켰다.

"이번 사건에서 전 한푼도 받은 바가 없습니다. 그러니까 어디까지나 제 돈으로 드리는 거지요. 제가 이 직업을 택한 건, 기생충을 이용해 세계 평화를 위협하는 놈들의 음모를 막는 게 목표지, 돈을 바래서가 아니지요. 약소한 줄은 알지만, 지금 저도 그리 형편이 넉넉지 않아서요. 이해해 주시기 바랍니다."

취재원은 불쾌했지만, 마태수가 거짓말하는 것 같지는 않기에 애꿎은 술잔만 비웠다.

몇 개월이 지난 뒤, 마태수는 지하철 안에서 미자를 우연히 다시 보았다. 그녀는 여전히 아름다웠고, 아주 편안한 자세로 의자에 앉아 책을 읽고 있었다. 그의 시선을 느꼈는지 그녀가 살며시 고개를 들었다. 잠시 머뭇거리다 뒤늦게 그를 알아본 그녀는 살며시 미소를 지어보였다.

미인의 미소는 가끔, 머리 속을 '텅' 비게 만드는 마력이 있다. 말을 꺼내려는데 무슨 말을 어떻게 해야 할지 마땅히 생각나지 않은 마태수는 자신도 모르게 이렇게 말했다.

"항문 헐었던 건 다 나았나요?"

말을 내뱉자마자 '아차차!' 중대한 실수를 했다는 걸 깨달았지만, 이미 모든 사람의 시선은 그녀 쪽으로 쏠렸고, 그녀의 얼굴은 빨갛게 달아오르고 있었다.

"뭐라고요?"

"그, 그게 그러니까… 요즘은 항문 안 긁냐구요?"

마태수의 눈에서 불이 '번쩍' 한 건 바로 그 때였다. 그녀가 휘두른

손잡이를 훑는 여자 63

핸드백에 한 방 보기 좋게 맞은 것이었다.
　'내가, 내가… 무슨 짓을 한 걸까.'
　마태수는 자신의 실수를 뼈저리게 후회했다. 그 때, 전철 문이 열렸고 그녀는 후다닥 전철을 내렸다. 그 이후, 3호선을 탈 때마다 그녀의 존재를 확인했지만 마태수는 그녀를 다시 볼 수 없었다.

대통령과 기생충

"기생충이 없어진 지가 언젠데, 각 대학마다 기생충학 교실이 아직도 있는 겁니까? 이건 낭비이자, 비효율적인 짓입니다. 기생충은 과거의 일입니다. 우리는 미래를 대처하기에도 시간이 모자랍니다. 기생충학 교실은 우리 나라 전국에 두세 개만 있으면 충분합니다."

라디오에서 흘러나오는 노주현 당선자의 연두기자회견을 듣고 있던 마태수는 잡고 있던 운전대를 급하게 돌려 길가에 차를 댔다. 손이 부들부들 떨리고 마음속에서는 분노가 치밀어 올랐다.

이게 과연 말이 되는 소리인가. 아무리 시대가 변했다고 한들, 아직껏 우리 나라에서 대통령의 말은 지대한 영향력을 미치기 마련이다. 안 그래도 평소 기생충학 교실을 없애지 못해 안달이던 각 대학들은 분명히 앞다투어 교실을 없애버릴 게 불을 보듯 훤했다. 마태수는 두 달 전 일을 떠올렸다.

대선이 두 달 앞으로 다가와 있던 무렵, 대선 구도는 양강 구도로 짜여져 한치 앞을 내다 볼 수 없는 상황이었다. 기생충학회에서는 평의원회의가 소집되었다. 이번 대선에서 과연 어느 후보를 지지할 것인가를 결정하기 위해서였다.

대세는 이회청이었다. 그도 그럴 것이, 기생충학회 회장단과 만난 자리에서 이 후보는 이런 말을 했었던 것이다.

"제가 어릴 적에 회충에 걸려 고생을 참 많이 했지요. 회충이 2백 마리가 넘게 나온 적도 있었던 탓에 동네에선 '회청'이란 이름보다 '회충'으로 더 많이 불렸습니다, 허허.

기생충학은 중요한 학문이며, 우리 나라가 경쟁력을 가질 수 있는 몇 안 되는 분야 중의 하나라고 생각합니다. 열심히만 해 주신다면 제가 몸이라도 팔아서 돕겠습니다."

그는 대통령에 당선된다면 기생충학회에 아낌없는 지원을 하겠다고 약속했다.

학회 회장이 입을 열었다.

"오래 끌 것도 없이, 이회청 후보를 지지합시다. 이의 없으시죠?"

왁자지껄한 웃음 소리와 함께 "없습니다"란 말이 여기저기서 들려왔다. 이 때,

"이의 있습니다!"

쩌렁쩌렁한 의외의 목소리에 의원단은 일시에 물을 끼얹은 듯 조용해졌다. 회장은 자신의 귀를 의심했다. 손을 든 사람은 마태수였다. 학교를 떠나 탐정 사무소를 열긴 했지만, 평의원 자격은 아직까지 유지하고 있었다.

"회장님 말씀에 이의를 제기합니다."

회장은 예상치 못한 상황에 당황하기도 했지만, 한편으로는 짜증이 났다. 빨리 회의를 끝내고 이 후보 측에서 마련한 만찬에 참석할 예정이었기 때문이었다.

"저… 무슨 문제가 있는지 말씀해 보시죠."

마태수는 천천히 자리에서 일어났다.

"에… 그러니까…."

뜸을 들이는 마태수의 태도에 회장은 시계를 들여다보았다.

"에… 우리가 기생충학을 전공한 이유가, 남들이 흔히 생각하듯 소위 의사라는 직업이 가져다주는 부귀영화를 누리기 위해서는 아닐 거라고 생각합니다. 기생충은 언제나 소외 받는 사람들을 공격하여 질병을 일으키는 주범입니다. 여러분은 기본적인 생활조차 위협받는 가난한 사람들을 위하고, 좀더 나은 의료 발전을 위해 기생충학을 택한 게 아닙니까? 그런데 소외 받는 사람들이 지지하는 후보를 제쳐 두고, 우리의 이익만을 위해 특정 후보를 지지한다는 것이 가당키나 한 얘기인가요?"

마태수의 말이 끝나자 사람들은 술렁이기 시작했다. 그가 그야말로 '구를 만큼 굴러', 이제는 세상사의 흐름에 조용히 순응하고자 하는 사람들의 비굴한 마음을 건드린 것일까?

항로를 벗어나 탈선을 시작하는 배의 키를 움켜쥐는 다급한 심정이 된 회장은 크게 심호흡을 한 후 말을 이었다.

"좋습니다. 이견이 나왔으니 민주적 방식에 따라 표결로 지지 후보를 결정하기로 하겠습니다. 먼저 이회청 후보를 지지하시는 분들, 손 들어 주세요."

힐끗힐끗 곁눈질해 가면서 마태수를 뺀 의원들은 하나둘씩 손을 들기 시작했고, 결국 오래 전 그리이스의 작은 도시에서나 있을 법한 만장일치제의 모습을 재현해 내고야 말았다.

"말도 안 됩니다. 이런 분위기에서 무슨 놈의 표결을 한단 말입니까? 민주 선거의 원칙이 '비밀 선거' 라는 것도 모르십니까?"

마태수의 항변에 회장의 얼굴은 험악하게 변했다.

"지금까지 우리 평의원회의에서는 거수로 의견을 결정해 왔습니다. 지금껏 아무런 말씀도 안 하시다가, 왜 갑자기 그러시는지 이해할 수 없군요."

낙동강 오리알 신세가 되어 버린 마태수는 대세를 막을 도리가 없었다.

다음 날, 신문들은 미생물, 해부학, 약리학회 등에 이어 '기생충학회도 이회청 후보 지지 결의' 라는 기사를 일제히 내보냈다. 그리고 마태수는 기생충학회로부터 한 통의 메일을 받았다.
"상부 회의 결과, 마태수님의 평의원 자격을 박탈하기로 결정하였습니다."

노 당선자의 연두기자회견 다음 날, 평의원들 간에 긴급 회의가 소집되었다. 회장이 먼저 입을 열었다.
"우려하던 사태가 발생하고야 말았습니다. 기생충학 교실이 두세 개 대학만 있으면 된다니, 이게 말이나 됩니까?"
신라대 김유신 교수가 그 말을 받았다.
"설마 했지만, 이렇게까지 할 줄 몰랐습니다. 우리가 이대로 당하기만 할 수는 없지 않나요?"
다혈질인 백제대 계백 교수가 일어났다.
"그렇습니다. 당장 청와대 앞으로 몰려갑시다! 그냥 가기 뭐하니까 목에다 회충을 한 마리씩 감고 갑시다!"
회장이 고개를 끄덕이며 동감을 표했다.
"그거 좋은 생각 같소! 내일 아침 회충을 들고 청와대 앞에서 모이기로 합시다."
"좋소! 우리의 힘을 보여 줍시다!"
사방에서 결의를 다지는 소리들이 터져 나왔다. 바로 그 때,
"저는 반대입니다."
고구려대 양만춘의 말에 사람들의 시선은 모두 그에게로 쏠렸다. 회장은 그에게 못마땅하다는 눈초리를 보내며 물었다.
"그럼, 양 교수는 이대로 죽자는 거요? 도대체 반대하는 이유가 뭐요?"
양만춘은 천천히 자리에서 일어났다.

"우리는 모두 지성인입니다. 그래, 배웠다는 사람들이 겨우 생각한 다는 게 기생충을 목에 감고 시위를 하는 겁니까? 시민들이 그 장면을 TV로 보면서 어떻게 생각할 것 같습니까? 과연 '잘한다'고 할까요? 그건 우리 얼굴에 스스로 먹칠을 하는 것밖에 안 됩니다."

기생충을 목에 걸고 시위하는 모습을 상상해 보니, 의원들은 좀 전까지 고양되었던 의지가 수그러드는 걸 느꼈다. 누군가 입을 열었다.

"그럼 양 교수는 어떤 다른 대안이 있다는 거요?"

"제가 대안도 없이 이런 소리를 했겠습니까?"

계속해서 말을 이어가는 양만춘의 가늘게 찢어진 눈꼬리는 뭔지 모를 '무기'를 가지고 있음을 암시하는 듯했다.

"회충을 포함한 기생충들이 60~70년대에 이 나라를 지배했던 것은 사실입니다. 그리고 멀쩡한 사람들이 입으로 회충을 토해 내던 그 시절, 그 때가 바로 기생충을 전공하는 우리들의 전성기였던 거지요. 하지만 지금은 어떻습니까? 사람들은 '요즘 세상에 기생충이 어디 있냐'며 우리를 비웃습니다."

스스로의 감정에 취한 양만춘이 주먹으로 책상을 내리치는 바람에 구석 자리에서 졸고 있던 발해대 장보고 교수는 어리둥절한 표정으로 주위를 둘러보면서 입가에 고인 침을 닦았다.

"하루는 제 딸이 학교에 다녀오더니 이런 말을 하더군요. '아빠, 혹, 아빠는 왜 기생충 같은 걸 공부했어? 애들이 날더러 '벌레딸' 이라면서 징그럽다고 옆에 오지도 않고, 놀아 주지도 않아' 라고 말입니다. 이런 고통을 겪으면서도 우리는 기생충을 연구하고 있습니다. 기생충으로 인한 피해가 줄어들었다고 기생충학 교실을 없앤다면, 범죄가 줄어든다고 해서 경찰도 없애야 하는 겁니까? 그리고 지금 기생충이 정말로 없습니까? 요충도 많고, 말라리아도 창궐 중입니다. 그밖에도…."

"자, 양 교수의 뜻은 잘 알겠는데, 아까 얘기한다던 그 '대안' 이란 게 뭔지 설명 좀 해 주시오."

회장이 말을 끊었다.

"아, 대안 말입니까? 그러니까 제 말은… 기생충을 다시 부활시키자는 거지요. 좀더 구체적으로 말하면…."

양만춘은 주머니에서 조그만 병 하나를 꺼냈다.

"이건 회충알입니다. 이 병 안에 적어도 1천만 개 가량의 회충알이 들어 있지요. 물론 마음만 먹으면 더 만들 수도 있습니다. 이걸 각자 구역을 나누어서 삼겹살집에 공급되는 상추에다 뿌리는 겁니다. 두 달, 적어도 두 달이면 전국에 난리가 날 테고, 그렇게 되면 사람들은 우리들의 바짓가랑이를 붙잡고 살려달라고 빌 겁니다."

신라대 김유신이 손을 들었다.

"우리가 했다는 게 탄로 나면 어떡하죠?"

계백도 맞장구를 쳤다.

"맞아요. 갑자기 회충이 급증하면 그 원인을 조사할 테고, 그러면 우리의 오늘 모임에 관해서 조사를 할 수도 있을 텐데…."

"두 분은 언제나 그렇게 걱정이 많으시군요."

양만춘이 코웃음을 쳤다.

"우리 나라 사람들 중에는 아직도 봄, 가을로 구충제를 먹는 사람이 많습니다. 그것은 아직까지 우리 사회가 회충의 공포로부터 자유롭지 못하다는 증거이기도 합니다. 회충 환자가 발생하면 '내가 무언가 잘못해서 회충에 걸렸구나' 라고 생각하지, 누가 일부러 회충을 풀었다고 생각하겠습니까? 더구나 우리 나라에서는 아직 회충이 박멸되지 않았습니다. 자, 이렇게 말을 합시다. 근근히 명맥을 이어 가던 회충이 올 겨울의 이상 고온 때문에 급증한 것 같다고."

참석자들은 고개를 끄덕이며 동의를 표했다.

"말 되네, 기발한 생각이야."

"양 교수님, 그런데 그 회충알은 어디서 난 겁니까? 구하기 쉽지 않았을 텐데."

양만춘은 껄껄 웃었다.

"이건 제가 만든 겁니다."

"네? 뭐라고요?"

"석 달 전, 저희 병원에서 수술을 받던 환자로부터 회충 세 마리가 발견된 적이 있습니다. 그 중 두 마리가 암컷이었죠. 그 때 이런 생각이 들었습니다. 이걸 어떻게 이용해 볼 수 없을까. 그러다 결심했지요. '내가 먹자!' 혹시 앞으로 유용하게 쓸 일이 있을지 모른다는 생각에, 그래서…."

양 교수는 손수건을 꺼내 이마의 땀을 닦았다.

"회충의 자궁에서 알을 꺼낸 뒤, 인큐베이터 속에서 부화시켰지요. 3주쯤 지나고 난 뒤 그 알들을 모아 빵에다 얹었습니다. 그리고는 두 눈 딱 감고 그 빵을 먹었습니다. 정확히 7주가 지나자 제 대변에서 회충알이 나오기 시작했습니다. 전 대변을 볼 때마다 변에서 회충알을 분리해 병에다 모았습니다. 회충알의 수로 보건데, 제 몸에는 적어도 스무 마리 이상의 회충이 들어 있는 것으로 생각됩니다. 회충의 수명을 1년으로 잡는다면, 앞으로 8개월 동안은 얼마든지 회충알을 얻을 수 있습니다."

조금은 겸연쩍게 회충알의 입수 과정을 설명한 그를 향해, 누군가 박수를 치기 시작했다. 박수 소리는 점점 커 갔고, 얼마 후에는 모든 사람들이 자리에서 일어나 박수를 쳐댔다. 박수 소리가 뜸해질 무렵, 회장이 자리에서 일어났다.

"양 교수, 수고 많았어요. 우리 나라에 양 교수 같은 분만 있다면 이 나라가 이렇진 않을 겁니다. 양 교수가 우리 학회에 처음 들어올 때부터 전 양 교수가 비범한 인물이라는 걸 한눈에 알아봤지요. 자, 그럼 그 회충알 살포… 멋있게 '회충 프로젝트'라고 하죠. 그 회충 프로젝트에 혹시 반대하시는 분은 안 계시겠죠?"

모두들 서로를 쳐다보았다. 손을 드는 사람은 아무도 없었다. 그도 그럴 것이 자신들의 생계가 걸린 문제가 아닌가.

"반대하시는 분이 없는 걸로 알고…."
 그 때였다. 문이 열리더니 한 사내가 들어왔다.
 "이의 있습니다!"
 모두의 시선이 문쪽으로 향했을 때, 그들의 눈 앞에는 마태수가 서 있었다. 비록 평의원 자격이 박탈되기는 하였지만, 기생충학의 운명이 걸린 이 시점에 잠자코 앉아 있을 수만은 없었던 것이다.
 "우리 자신의 존속을 위해 선량한 국민들을 희생양으로 삼는다는 게 있을 수 있는 일입니까? 국민들의 건강보다 우리의 이익이 더 중요하단 말입니까?"
 "이봐! 마군! 자넨 여기 들어올 자격이 없어. 자네의 평의원 자격은 이미 박탈되었다고!"
 회장이 밖을 향해 소리를 치자, 건장한 체격의 경비 두 사람이 들어왔다.
 "이분, 밖에까지 모셔 드려요."
 경비들은 마태수의 양팔을 잡았다.
 "회장님, 국민들을 희생시키지 않고도 기생충에 대한 경각심을 불러일으킬 좋은 방법이 제게 있습니다. 한 번만 믿어 주십시오!"
 "당신을 내가 믿을 것 같나? 뭣들 하는 게요? 당장 끌어내요!"
 국민들을 상대로 기생충을 뿌리는 게 그다지 내키지 않았던 마한대 돈병한 교수는 마태수의 생각이 뭔지 궁금했다.
 "회장, 그 방법이란 게 뭔지 한 번 들어나 봅시다."
 그의 말이 끝나자 조심스레 여기저기서 동조하는 발언이 나왔다.
 "그래요, 맘에 안 들면 그 때 가서 내보내면 되잖소."
 "맞아요, 얼마 전까지 한솥밥을 먹던 우리 식구 아니오."
 회장은 별로 내키지 않았지만 경비들에게 마태수를 놓아 주라고 했다. 앞으로 걸어나간 마태수는 잠시 생각을 정리하는 듯하더니 입을 열었다.

"제게 발언할 기회를 주셔서 감사합니다. 그러니까 저희 고모께서…."

10분 후, 회의장에서는 다시 기립박수가 울려퍼졌다. 그 박수는 오랫동안 계속되었고 마태수는 만장일치로 평의원 자격이 회복되었다.

노주현 대통령이 취임하던 날, 그는 특유의 진솔한 화법으로 많은 이들의 마음에 희망을 심어 주었다.

"낡은 정치, 끝장냅시다! 부정부패 없는 나라, 만듭시다! 지역 감정, 물리칩시다. 우리는 할 수 있습니다! 그리고 해야 합니다."

그 날 밤,

"아니, 왜 그거밖에 안 드세요?"

반도 안 먹고 숟가락을 내려 놓는 대통령을 부인은 걱정스러운 얼굴로 바라보았다.

"모르겠소. 속이 더부룩한 게, 요즘 영 식욕이 없소."

"당신, 어디 아픈 거 아니에요? 주치의에게 상의해 보지 그래요."

"안 그래도 그럴 참이었소."

영 찜찜한 표정으로 식당을 나가는 대통령을 보면서 부인은 보약을 지어야겠다고 생각했다.

"캑캑!"

마태수는 연방 기침을 해댔다. 목이 간질간질하고, 폐 속에 뭔가 들어 있는 것처럼 답답했다. 전에 없던 증상이었다.

"왜 그러지? 알레르기가 다시 도진 건가?"

"글쎄요. 특별한 이상은 없어 보이는데…."

10년 이상 노주현의 주치의를 맡고 있는 마해영은 검사 결과를 보면서 미간을 찌푸렸다.

"내시경 검사로는 별다른 게 없습니다. 혈액 검사 결과도 다 정상이고요. 약간 빈혈의 징후가 보이긴 하지만, 크게 신경 쓰실 필요는 없습니다."

"빈혈? 내가 빈혈이란 말이오?"

"의학적으로는 헤모글로빈 수치가 13g/dl 이하를 빈혈로 규정합니다. 대통령께서는 12.5g/dl 정도니, 크게 우려하실 건 아닙니다. 요즘 식욕이 없으셔서 그런 모양인데, 철분제를 드시면 금방 회복하실 겁니다."

"그 밖에는 다 괜찮단 말이죠?"

"에… 또….

마해영은 투박한 안경을 고쳐 썼다.

"검사 결과 모든 게 다 정상 범위입니다. 혈당이 97이고… 크레아티닌 농도, 아, 이건 신장 기능을 말해주는 것으로 0.2 정도면 정상이고… 어디 보자… 음… 호산구가 조금 높군요."

"호산구? 그건 뭐요?"

"백혈구의 한 종류입니다. 알레르기나 기생충 감염 시 수치가 높아지지요. 보통 백혈구 중 0~2% 정도를 차지하는데, 대통령께서는 5%로 조금 증가되어 있군요."

"그래도 괜찮은 거요? 내가 어릴 적 천식을 앓은 적이 있는데…."

"아마 그래서 그럴지도 모르지요. 요즘 세상에 기생충에 걸렸을 리는 없고… 어쨌든 5%는 별로 의미 있는 소견은 아닙니다."

이상 없다는 얘기를 들었지만, 노주현은 여전히 속이 좋지 않았다. 빈혈이 걱정되어 미역국을 끓인 아내의 정성에도 불구하고 그는 절반도 못 먹고 숟가락을 놓아버렸다. 신기하게 먹은 건 없어도 대변은 꼬박꼬박 나왔다.

노주현은 변기에 걸터앉았다. 6.15 선언 3주년을 맞아 김정일이 서울을 방문하기로 하는 등 남북 관계는 잘 풀려가고 있었다. 경제 지표

또한 순조로웠다. 야당도 이전 정부 때와는 달리 대승(大乘)적으로 협조하여, 각종 개혁 입법 처리에 대부분 동의를 해 줬다. '큰나라당' 이 지도부 개편을 통해 새로운 야당으로 거듭났기 때문이기도 했지만, 무엇보다도 야당을 국정 파트너의 한 축으로 생각하고 진심으로 대하려고 노력하는 대통령의 자세가 야당에게 '어필' 하였던 것이다. 이렇게 모든 일이 순조롭게 풀려나갔지만 몸이 아프다 보니 노주현은 울적하기 그지없었다.

"첨벙!"

대변이 떨어지면서 변기의 물이 엉덩이에 튀었다. 노주현은 미간을 찡그렸다. 순간 주치의의 말이 생각났다.

'알레르기나 기생충 감염…. 기생충! 내가 왜 한 번도 그 생각을 안 해 봤을까. 뱃속에 회충이 있으면 속이 더부룩하고 밥맛이 없다는데, 내가 딱 그렇지 않은가.'

노주현은 변기에서 내려와 변기 속을 들여다보았다. 볼품 없게 생긴 대변이 똬리를 틀고 있었다. 피식 웃음이 나왔다.

"한창 때는 색깔도 곱고, 굵고 힘찬 똥을 쌌었는데 이게 뭐람? 나도 늙었나 보군."

그는 청소용 솔 자루로 대변을 휘저어 보았다. 대변이 물에 섞이며 물 색깔이 흐려져 갔다. 그 때, 그의 눈에 희멀건 물체가 보였다. 네모나고 길쭉한 물체가 물 속에서 꿈틀대고 있었다.

'헉! 이게 뭐지?'

분명 잘못 본 건 아니었다. 공포감이 밀려왔다. 노주현은 막대기로 그걸 건지려 했다.

"여보! 당신 지금 뭐 해요?"

부인이 부르는 소리에 놀란 노주현은 화장실 바닥에 나동그라지고 말았다. 바닥에 머리를 부딪혔는지 의식이 점점 혼미해졌다.

"여보!"

아내가 부르는 소리가 점점 아련해져 갔다.

눈을 떴다. 수심에 잠긴 아내의 얼굴이 보였다. 아들 녀석도 며느리와 함께 와 있었다.
"건하야, 네가 웬일이가?"
"아버님이 쓰러지셨다고 해서요."
며느리는 울먹이며 대답을 하였다. 시계를 보니 밤 11시가 조금 지나 있었다.
"괜찮다. 바닥에 미끄러졌을 뿐이니 어서 돌아들 가."
아들 건하는 노주현의 심기를 살피고는 조심스럽게 입을 열었다.
"아버님, 그런데 변기에서 뭐 하고 계셨어요? 어머니 말씀으로는 평소답지 않으셨다는데…."
노주현은 자신의 몸에 기생충이 있다는 걸 알리고 싶지 않았다. 나 같은 '인텔리'가 기생충에 걸리다니, 말이 되는가?
"음… 그러니까… 그래, 변기가 막혀서 뚫고 있는 중이었다."
아내가 끼어 들었다.
"당신, 요즘 먹은 것도 없는데, 변기가 막힐 만큼 변을 봤단 말이에요? 물은 잘만 내려가던데…."
"아무 것도 안 먹어도 대변은 나오는 법이오. 그런데 당신, 물을 내렸단 말이오?"
노주현은 자리에서 벌떡 일어났다. 며느리가 황급히 손으로 얼굴을 가렸다. 그제야 노주현은 자신이 아랫도리에 아무 것도 걸치지 않았음을 알았다.
"여보, 바지 좀 갖다 주겠소?"
바지를 입은 노주현은 가족들에게 어서 돌아가라고 말한 뒤, 황급히 화장실로 향했다. 아들이 낮은 목소리로 말했다.
"정말, 아버님이 이상하신 것 같아요. 요즘 너무 무리하시는 것 같더니…."
그 때, 화장실에서 노주현의 목소리가 들렸다.
"여보! 나무젓가락 하나만 갖다 주구려!"
가족들은 서로 얼굴을 바라보았다.
"너희 아버지, 정말 왜 이러신다니?"
"뭐 해요? 빨리 젓가락 갖다 줘!"
다시 한 번 부르는 소리가 나자, 부인은 젓가락을 챙겨서 화장실로 달려갔고 노주현은 젓가락을 받아들고 변기 위에 앉았다. 열심히 힘을 줘 봤지만 바람만 나왔다.
"하긴, 그나마 나올 건 아까 다 나왔으니…."
다시 '변의'를 느낄 때까지 기다려도 되지만 그러기가 싫었다. 몸 속에 기생충을 두고는 편히 잘 수가 없을 것 같았다.
'내가 기생충에 걸렸다니….'
그는 아까 봤던 그 네모난 벌레를 머릿속에 떠올렸다. 희고 네모난 놈이 꿈틀거리는 모습은 정말이지 엽기적이었다. 정치에 입문하고 난 뒤 많은 시련을 겪었지만, 이것은 또 다른 시련임에 분명했다. 그는 다시금 배에 힘을 주었다.
"풍덩!"
작은 덩어리가 빠지는 소리가 났다. 노주현은 변기에서 내려와 변기 안을 들여다보았다.

마태수는 속이 영 불편했다. 입맛도 없었고, 수시로 헛구역질이 났다.
"임신이라도 했나? 왜 이러지?"
마태수는 소화기 내과에 한번 가 봐야겠다고 생각했다.

"이봐, 안 비서!"
만찬장으로 가는 승용차 안에서 노주현은 자신의 보좌관에게 귀를

대 보라고 했다. 안강재, 그는 처음 국회의원에 당선될 때부터 자신을 보필하던 오른팔이다. 지난 경선 때부터 대선에서 승리하기까지 자신이 지치고 힘들 때마다 그는 언제나 자신의 곁을 지켰다.

"내가 자네에게 뭐 하나 줄 테니까, 근처 약국에 보이고 약을 달라고 해."

노주현은 손에 들고 있는 병을 안 비서의 양복 주머니로 옮겼다.

"그리고, 이건 우리 둘만의 비밀이야. 알았지?"

안 비서는 말없이 고개를 끄덕였다. 그리고 그 길로 당장 약국을 찾아갔다.

"글쎄요. 이런 건 처음 보는데…."

단발머리를 찰랑대며 희고 긴 손으로 병을 요리조리 돌려 보던 약사는 고개를 갸웃거렸다.

"이거, 어디서 나셨어요?"

"아는 분이 주시기에 그냥 받아왔는데요. 꼭 약을 받아오라고 하셔서…."

"제가 보기에는 기생충 같거든요. 이거 드시면 될 거에요."

약사가 내민 약은 '젤콤' 이었다. '회충, 요충, 십이지장충을 한방에!' 라는 문구가 새겨져 있었다. 안 비서는 생각했다.

'아, 기생충에 걸리셔서 그렇게 부끄러워하셨구나!'

보좌관이 가져다 준 약을 1주일이나 먹었건만 그 네모난 벌레는 매일같이 대변을 통해 기어나오고 있었다. 처음 이틀은 약효가 안 올라와 그럴 거라고 생각했다. 하지만, 사흘째에도 여전히 그놈들이 관찰되니 미칠 노릇이었다.

이젠 더 버틸 도리가 없었다. 밤이 꽤 깊었지만, 도저히 이대로는 잠을 이룰 수가 없기에, 노주현은 자신의 휴대폰 7번 버튼을 길게 눌렀다. 7번에는 주치의의 번호가 입력되어 있었다.

"아니 이럴 수가!"
 병에 든 물체를 확인한 마해영은 외마디 소리를 질렀다.
 "이거, 기생충 같아요! 아니 요즘에도 기생충이 있다니!"
 "어떻게, 고칠 수… 있겠소?"
 노주현이 걱정스러운 듯 물었다.
 "이런 기생충은 저도 처음 보는데… 친구 중에 기생충학을 전공한 사람이 있는데, 그를 불러오면 어떻겠습니까?"
 "아는 사람이 많아지면 안 되는데… 그 친구, 믿을 만한 사람이오?"
 "네. 마한대 돈병한 교수라고, 아주 믿음직하지요."
 30분쯤 기다리자, 돈 교수가 청와대에 도착했다.
 "각하, 영광입니다. 마 과장, 오랜만일세."
 노주현은 그에게 손을 내밀어 악수를 청했다.
 "이 밤중에 오시라고 해서 죄송합니다. 워낙 상황이 급해서… 제 대변에서 이런 게 나오는데 좀 봐 주시지요."
 돈 교수는 병을 받아들더니 안의 내용물을 손바닥 안에 꺼내 놓았다. 노주현은 민망했다.
 "미안하오. 더러운 건데…."
 "아닙니다. 기생충학자가 기생충을 더러워해선 안 되지요. 제겐 소중한 샘플입니다."
 불빛에 놓고 잠시 들여다보던 돈 교수는 샘플을 병에 집어넣었다.
 "이건 '광절열두조충' 이라는 기생충의 조각입니다. 크기는 1~2m에서 긴 건 10m까지 되지요. 그놈이 뱃속에 도사리고 앉아 끝 부분만을 대변으로 내보내는 겁니다."
 노주현의 얼굴이 창백해졌다.
 "10m나! 그런 게 내 뱃속에 있으니 소화가 안 되는 게 당연하지!"
 "네, 각하. 크기에 비해 별다른 증상이 없긴 해도, 소화가 안 된다든지 하는 증상을 호소하는 사람이 있습니다."

"각하라는 호칭은 빼 주시게. 그런데 이런 게 왜 내 뱃속에 있는 거요?"

"이건 연어나 농어회를 먹으면 생길 수 있는 것으로 회를 좋아하는 사람이 걸릴 확률이 많지요."

노주현은 놀랐다.

"바닷가에서 자란 내가 회를 좋아하는 건 당연한 일이고, 그런데 나 말고도 이런 거에 걸린 사람이 있나요?"

"네, 각하. 아니 대통령님. 우리 나라에서 해마다 수십 명이 이 기생충에 걸립니다. 별다른 증상이 없는지라, 아마 뱃속에 이 기생충을 품고 살아가는 사람도 있을 겁니다."

이 얘기에는 마해영도 흠칫 놀란 표정이었다.

"치료는 어떻게 하나? 대통령님이 회충약을 드셨는데도 차도가 없다는데."

돈 교수는 껄껄 웃었다.

"회충약을 드셨으니 효과가 없을 수밖에. 이건 회충이 아니라 우리가 촌충이라고 부르는 것일세. 대통령님, 당장 오늘 치료해 드릴까요?"

"물론이오. 꼭 좀 부탁합니다."

노주현은 돈 교수의 손을 잡았다가 아까 기생충을 만졌다는 걸 상기하곤 슬그머니 손을 뺐다.

"그러려면 한 명이 더 있어야 하는데… 우리 나라에서 광절열두조충을 가장 많이 연구한 전문가가 한 사람 있거든요. 지금 오라고 할까요?"

노주현은 사람이 많아지는 게 영 못마땅했지만 어쩔 수 없었다.

"필요하다면 그렇게 해야지요. 여러 사람에게 민폐를 끼치는구려."

얼마 안 있어 마태수가 비서의 안내를 받으며 등장했다. 손에는 바가지가 몇 개 들려 있었다. 노주현을 본 마태수는 정중히 허리를 굽혀 인사했다.

"각하, 만나뵙게 되어 영광입니다."

노주현은 마태수의 투박한 손을 잡았다.

"참, 이런 일로 여러분이 고생하게 되어 미안합니다. 임기 동안 건강하게 직무를 수행할 수 있도록 확실히 좀 고쳐 주십시오."

마태수는 노주현에게 하얀 알약을 하나 건넸다.

"각하, 아니 대통령님, 이게 촌충약입니다. 이걸 드시고 잠시 뒤 설사약을 드시면 장운동에 의해 기생충이 항문 근처로 나올 겁니다. 그러면 제가 기다리고 있다가 그걸 뽑아내면 치료는 끝입니다."

"뽑다니? 뭘로?"

"손으로 뽑으면 됩니다. 그리 오래 걸리지 않을 겁니다."

"아이고! 미안스러워서 어떡한다?"

"괜찮습니다. 대통령님의 건강에 도움이 될 수 있으니 오히려 제가 기쁩니다."

촌충 약을 먹고 20분 뒤, 다시 노주현이 설사약을 먹자 마태수는 그를 화장실로 가게 했다.

"각하, 좀 어렵겠지만, 엉덩이를 들고 엎드려 주십시오."

노주현은 요구하는 대로 자세를 취했다.

"이거 대통령 체면이 말이 아닐세. 허허."

마태수는 엉덩이를 들여다보았다.

"나오나요?"

"글쎄요."

마태수가 무어라 대답하려는 순간, '뽕!' 하는 소리가 났다.

"아이고, 이거 미안스러워서 어쩐다? 내가 그만 실수를…."

아닌게 아니라, 냄새가 진동했다. 그걸 정면으로 마신 마태수는 거의 죽을 지경이었다.

"괜, 괜찮습니다."

말은 그렇게 했지만 안 그래도 요즘 속이 거북하던 터라 마태수는 하마터면 토할 뻔했다.

"뭔가 나올 것 같소."

노주현의 말과 동시에 '뿌지직' 하는 소리와 함께 설사가 바가지에 쏟아졌다. 그리고는 하얀 벌레의 끝 부분이 항문 주위에 나타났다. 마태수는 힘차게 그걸 잡아챘다.

"자, 뽑습니다!"

마태수는 끊어지지 않게 조심하면서 벌레를 뽑아 냈다. 노주현은 뒤를 힐끗 돌아다보았다. 마치 거짓말처럼 자신의 몸에서 하얀 벌레가 끝없이 나오고 있었다.

"이게 끊어지면 몸에 남은 놈이 다시 이만큼 자랍니다."

마태수의 말에 노주현은 다시 앞을 보았다. 뭔가가 계속 끊임없이 항문을 통해 나오는 그 시간이 노주현은 너무도 길게만 느껴졌다.

"다… 뽑았습니다."

마태수가 바가지 하나 가득히 담긴 벌레를 들어 보였다. 노주현은 그걸 보자마자 더 이상 참을 수 없었는지, 변기 가득히 토사물을 게워 냈다.

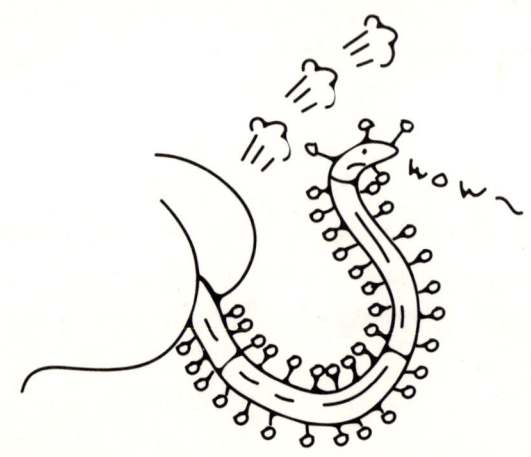

마태수, 마해영, 그리고 돈병한 교수는 일요일 점심 식사에 청와대로 초청되었다.

"지난번에 고생들 했어요. 그 후로는 소화도 잘 되고, 아주 건강합니다. 다 여러분 덕분입니다."

노주현이 웃으며 말했다. 사실은 벌레가 나온 이후부터 아예 입맛이 떨어져 밥을 통 못 먹고 있었다. 그래도 속이 더부룩한 건 완전히 가셔, 기분만은 상쾌했다.

"그런데, 그 기생충이라는 게 우리 나라에 아직도 많소?"

돈 교수가 대답했다.

"그렇습니다, 대통령님. 얼마 전, 경기도 북부에 발생했던 '말라리아' 도 사실은 기생충이지요. 아이들한테서는 '요충' 도 많이 발생하고 있으며, 전국민의 2% 가량이 '간디스토마' 에 걸려 있는 등 기생충은 아직도 우리 주위에 많습니다."

"말라리아가 기생충이라는 건 처음 들어 보는구려. 그렇다면 기생충학이란 게 꼭 필요한 학문이라는 겁니까?"

돈 교수가 다시 입을 열었다.

"그렇습니다. 기생충학은 기생충을 박멸하는 게 목적이 아닙니다. 기생충을 가지고 인류 평화에 기여할 수 있는 의미 있는 연구를 하는 게 바로 우리들의 의무이죠. 지금까지, 의학의 진보는 사실 대장균을 통해 이루어져 왔습니다만 미래의 연구는 인간과 훨씬 더 가까운 기생충을 통해 이룩될 것입니다. 멀리 갈 것도 없이, 세계 최초로 유전자가 모두 해독된 게 케노랍디티스 엘레강스(C. elegans)라는 기생충이지요."

노주현은 주의 깊게 돈 교수의 말을 경청하였다.

"잘은 모르겠지만 하여튼 기생충학이 필요한 학문이라는 얘기로 알아들으면 되겠소?"

이틀 후, 노주현은 기생충학을 비롯한 기초 의학 분야에 연구비 지원을 대폭 늘릴 것을 지시했다.

마태수는 고모가 운영하는 식당에 앉았다.
"약만 먹이면 되는데 그걸 보는 앞에서 손으로 잡아뺐단 말야?"
"응, 그래야 기생충에 대해 좀더 경각심을 갖지."
고모는 혀를 내둘렀다.
"우리 대통령, 고생 많이 하셨겠네."
"나도 마음이 아팠지."
"내가 널 돕는 일이니까 하긴 했다만, 들킬까 봐 얼마나 조마조마했는데. 너 가고 나서 사흘인가 있다가 우리 집에 오신 거야. 회덮밥에다 네가 준 걸 넣는데 어찌나 가슴이 떨리던지…."
"고모, 정말 고마워. 이 은혜 잊지 않을게."
"내가 잘한 짓인지 모르겠네. 기생충학이 정말 그렇게 필요한 학문인 거니?"
"난 그렇게 생각해. 방법은 옳지 않았지만, 그래도 수많은 사람이 회충으로 고생하는 것보다는 낫지. 민중을 사랑하는 대통령이라면 그들 대신 고생한 것쯤은 다 이해하실 거야."

고모에게 감사의 인사를 전하고 집에 돌아오는 길에 웬 남자가 자신의 집 문 앞에 서 있는 것을 보았다.
"마태수 씨, 오랜만입니다."
양만춘이었다.
"아, 네, 전화를 주시지, 오래 기다리셨어요?"
"다름이 아니라 사과를 하러 왔습니다. 사실 제가 세운 '회충알 뿌리기' 작전이 좌절된 게 속상해, 그 날 마태수님의 음료수에다 갖고 온 회충알을 몽땅 넣었습니다. 그 후 시간이 지날수록 제가 너무 치졸한 짓을 한 것 같아 괴로웠습니다. 정말 죄송합니다만, 요즘 어디 불편하신 곳은 없으셨는지요?"

그 다음 말은 마태수에게 더 이상 들리지 않았다. 마태수는 약국을 향해 부리나케 달려갔다. 멀리 양만춘의 목소리가 들려왔다.
"회충약, 제가 사 가지고 왔는데요!"

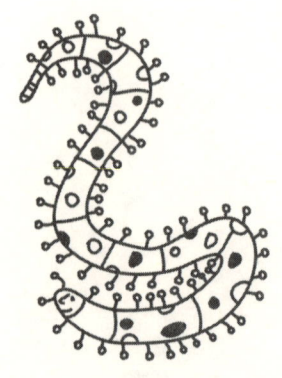

너희가 기생충을 알아?

"우리의 상식으로 이해할 수 없는 일들을 벌이는 악당들은 어쩌면 기생충의 지배를 받고 있는지도 모른다. 어린 학생들에게 체벌을 가하고 촌지를 요구하는 선생님들은 물론이고, 대량살상무기를 가지고 있다는 혐의를 뒤집어 씌워 최신식 대량살상무기로 이라크를 공격했던 부시도, 뇌 속에 있는 기생충의 조종을 받고 있는 건 아닐까?"

― 〈채찍을 휘두르는 선생님〉 中

신찬섭을 죽여라

유신독재의 서슬이 시퍼렇던 1974년 3월 말, 박정희는 긴급조치 1호를 발동해 안 그래도 고단한 국민들의 삶을 더욱 옭아맸다. 유신헌법을 비방하기만 하면 영장 없이 체포되어 최고 15년의 징역형에 처해졌으니 참으로 흉흉한 세상이었다.

서로가 서로를 감시했고, 누가 들을까 무서워 말을 아꼈다. 술에 취해 '욱' 하는 심정으로 박정희에 대해 몇 마디 욕을 해대던 손님은 택시기사가 그대로 경찰서로 내달리는 바람에 치도곤을 당하기도 했다. 억눌린 분노를 풀 길이 없는 사람들은 그저 진탕 술만 마셔댈 수밖에 없었다. 신찬섭도 그 중 하나였다.

"에이, 이놈의 세상. 도무지 낙이 없어."

우제혁이 찬섭을 제지했다.

"이봐, 말 조심해. 그러다 잡혀가면 어쩔려고."

"아니, 세상이 재미없다는데 그런 말도 못 해? 소심하긴."

"이 친구, 뭘 잘 모르는군. 내가 아는 어떤 친구는 죽고 싶다고 했다가 끌려가서 맞았다더군."

"그게 정말이야? 어처구니가 없네. 그럼 죽고 싶은데 행복해 죽겠다고 얘기하란 말인가?"

"말 조심해!"

찬섭의 목소리가 높아지자 제혁이 손으로 그의 입을 막았다. 순간 제혁은 뭔가 이상한 감촉을 느꼈다.

"어? 너, 입 안에서 뭐가 움직여."

제혁이 손을 떼자마자 찬섭의 입에서 길이 30cm 가량의 벌레들이 쏟아져 나왔다. 벌레들은 입뿐 아니라, 눈과 코로, 심지어 피부를 뚫고 나왔다. 그 엽기적인 광경에 술집에 있던 사람들은 도망치기에 급급했고 일부는 정신을 잃기도 했다. 우제혁도 그 중 하나였다.

그 사건을 보고 받은 박정희는 이 사실이 외부로 알려지면 국민들의 불안을 가중시킬 수 있다고 판단하여, 일체의 보도를 금했다. 그것도 모자라, 그 사건에 대해 언급하는 사람은 긴급조치 1호를 어긴 것과 똑같이 처벌한다는 엄명을 내렸지만 그럼에도 불구하고 그 사건은 사람들의 입을 통해 서서히 퍼져 나갔다.

보름 뒤, 똑같은 일이 생겼다. 회사에서 일하던 30대 남자가 입과 귀, 코로 회충을 수없이 뱉어 내며 '쇼크사' 했는데, 그의 이름도 역시 신찬섭이었다. 이번에는 목격자가 너무 많았기에 비밀을 유지한다는 게 불가능했고, 각 신문들은 일제히 이 사건을 1면에 대서특필했다.

그 당시만 해도 전국민의 기생충 감염률이 84.3%에 달했고, 회충 양성률만 해도 54.9%였던 시절이었다. 영양실조로 죽은 9세 여자아이의 몸에서 1천63마리의 회충이 나온 일도 있었고, 회충을 입으로 뱉는 사람도 꽤 많았다. 그러니, 회충을 뱉으며 죽는 사람이 없으란 법은 없지만, 그렇게 넘어가기엔 상황이 너무나도 끔찍했다. 급기야 사람들은 박정권에 대해 하늘이 분노한 것이라고 수군대기 시작했다.

신찬섭이라는 이름을 가진 세 번째 희생자가 발견되었을 때, 사람들은 일련의 사건들이 전화번호부에 적힌 '신찬섭' 이라는 이름의 순서대로 일어난다는 걸 깨달았다. 사람들, 특히 '신찬섭'이 이름인 사람들은 모두 공포에 떨었고, 서둘러 이름을 바꾸었다.

희생자가 계속 늘어 일곱 번째 사망자가 생겼을 때, 박정희는 이 사건을 '사회의 혼란을 가져오기 위한 북괴의 만행'으로 단정 짓고 군중을 동원해 연일 규탄 대회를 벌였다.

신찬섭이란 이름을 가진 사람들 중에는 서라벌대 약학과 4학년에 재학 중인 학생도 있었다.

"찬섭아, 넌 정말 대단해."

도서관에서 공부를 하던 찬섭은 친구 임상백의 말에 뒤를 돌아보았다.

"뭘?"

"넌 이런 판국에 공부가 머리에 들어오니? 나 같으면 불안해서 미쳐 버렸을 거야."

"그런 쓸데없는 소리하지 말고, 공부나 해!"

찬섭은 다시 돌아앉아 공부를 하기 시작했다. 그런 그를 보면서 상백은 혀를 찼다.

'자식, 하여간 밥맛이라니깐!'

학생들 중에는 신찬섭들만이 희생당하는 걸 고소해하는 사람도 있었다. 일종의 대리만족이었을까. 그도 그럴 것이, 학생들의 단합이 필요한 경우, 예를 들어 수업 거부나 시험 거부를 할 때, 혹은 교내 집회를 벌일 때, 과 행사를 할 때, 신찬섭은 언제나 예외였다.

그는 강의 때마다 항상 맨 앞줄에 앉았으며, 강의가 끝나면 곧바로 도서관으로 직행했다. 그는 마치 공부하는 기계 같았다. 술도 안 마시고 남들 다 하는 미팅도 하지 않았다. 그렇기에 성적은 언제나 타의 추종을 불허하는 1등이었다. 동기들은 찬섭을 '왕따' 시켰지만, 그는 그런 것에 전혀 개의치 않는 것처럼 보였다.

찬섭은 집을 향해 터벅터벅 걸었다. 통금 시간이 가까워져 오는데도 술집은 사람들로 가득했다.

'한심한 인간들… 젊은 날을 저렇게 술로 보내다니….'

배워야 할 것들이 산적한 세상에서 술과 향락에 젖어 사는 사람들을 그는 이해하지 못했다. 가끔은 그도 술이 '당겼고', 여자가 그리웠다. 친구들의 말처럼 주량이 약해서나 혹은 정력이 딸려서 술과 여자를 멀리하는 건 절대로 아니었다. 그는 낮게 중얼거렸다.
'난 내가 설정한 목표를 향해 달려가는 것만도 벅차다고!'
순간, 그는 '번쩍' 하는 불빛을 보았다.
'저게 뭐지?'
불빛이 비춘 자리에 뭔가가 있었다. 가까이 가서 보니, 웬 남자가 벌거벗은 채로 웅크리고 있었다. 가로등 불빛이 눈부시도록 흰 엉덩이에 반사되어 산산이 흩어졌다. 사내는 한 손으로 턱을 괴고, 다른 한 손으로는 커다란 플래시를 켰다켰다 반복하고 있었다.
"다, 당신, 거기서 뭐 하는 거에요?"
혹시 정신병자가 아닐까라는 생각에 찬섭은 주춤주춤 뒤로 물러섰다. 사내가 고개를 돌려 찬섭을 바라보았다.
"왜 이제야 오는 거요? 30분이나 기다렸잖소! 사람들이 다 쳐다봐서 '쪽팔려' 죽는 줄 알았네."
사내는 옆에 놓여 있던 가방을 짊어지고 전봇대 뒤로 갔다.
"잠깐만 기다리시오. 옷 좀 입겠소."
사내는 오리털 파커에 착 달라붙는 바지 차림으로 찬섭의 앞에 다시 나타났다.
"자, 갑시다!"
"어디로… 가잔 말이에요?"
"어디긴 어디요, 당신 집이지."
찬섭은 그가 제정신이 아니라고 생각했다. 그 자리를 피하려 뒷걸음질 치는 그의 팔을 사내가 힘껏 붙잡았다.
"겁내지 마시오. 신찬섭 씨! 시간이 별로 없소."
자신의 이름이 불리자 찬섭은 깜짝 놀랐다.

"절 아세요?"

사내는 고개를 끄덕였다.

"신찬섭, 서라벌대 약학과 4학년. 고향은 포항이고 애인 없음. 자위 횟수 하루 평균 2회."

"당신은… 누, 누구세요?"

찬섭은 정보 기관에서 자신을 잡으러 온 거라 생각했다. 하지만, 데모라고는 한 번도 안 해본 자신을 왜 그들이 잡아간단 말인가? 게다가 정보 기관에 있는 사람이 왜 벌거벗고 나타나는가? 찬섭의 마음을 읽었는지 사내가 웃었다.

"나, 그런 사람 아니오. 통금도 가까웠는데, 여기서 이럴 게 아니라, 어서 당신 집에 갑시다. 내 다 얘기해 주리다."

내키지 않았지만, 찬섭은 그를 자신의 자취방으로 안내했다.

"당신 지금 무슨 소리를 하고 있는 거에요? 미래라니?"

낯선 사내의 이야기를 듣던 찬섭은 어이가 없었다. 미래라니, 이 무슨 희한한 소린가.

"믿기 힘들 거요. 하여간 난 당신을 구하기 위해 2004년에서 왔소."

타임머신이라는 게 황당하기 짝이 없는 공상과학 소설에서나 나오는 것인 줄 알았는데, 불과 30년 후에 타임머신이 만들어진다니 찬섭은 믿을 수가 없었다.

"그 말을 날더러 믿으라고? 당신, 벌거벗고 있을 때부터 제정신이 아닌 걸 알았지만, 지금 보니 좀 심하네. 당장 돌아가. 안 그러면 경찰을 부르겠어."

사내는 자신의 이름을 마태수라고 했다. 마태수, '마침내 태어난 수퍼스타' 라는 뜻이란다. 이름을 듣고 나니, 사내가 제정신이 아닌 건 거의 확실해 보였다.

"신찬섭이라는 이름을 가진 사람들이 왜 죽는지 궁금하지 않소?"

"관심 없어요. 난 죽지 않을 테니까. 어서 돌아가기나 해요."

"당신이 친구들한테 욕을 먹어가면서도 열심히 공부만 하는 건, 회충약을 개발하기 위한 게 아니오?"

찬섭은 순간 심장이 멎는 듯했다. 그는 아직까지 단 한 번도 그에 관해 다른 사람에게 얘기해 본 적이 없었기 때문이다.

"당신, 정말 누구요?"

찬섭은 자신에 대해 속속들이 다 아는 사내가 갑자기 두려워졌다. 마태수는 찬섭을 보며 천천히 이야기를 시작했다.

회충은 아주 오래 전부터 우리 나라를 지배해 왔다. 조선 시대에 단명한 왕들 대부분이 회충 때문에 죽었는데, 문종이 영양 실조로 죽었을 때 그의 몸에서 회충이 2천 마리나 나오기도 했다. 우리 나라 인구가 1천만이 안 될 때 회충의 숫자는 이미 1억을 돌파했고, 전성기인 1960년대에는 20억 마리를 넘기도 했다. 그러던 것이 1974년에 개발된 회충약 때문에 급속히 내리막길을 걷기 시작하여, 2000년에는 몇십만 마리가 명맥을 유지할 뿐이었다.

"사람이 진화한 만큼 회충도 진화했소. 지금 남아 있는 회충들은 웬만한 회충약에 들지 않을 만큼 내성이 생겼고, 지능도 아주 높아, 인간을 뛰어넘기까지 하오."

"회충이 인간보다 머리가 좋다고요? 그 말을 날더러 믿으라고?"

"당신이 믿건 안 믿건 그건 중요하지 않소. 하여간 난 당신이 약을 개발할 때까지 당신을 지켜야 할 의무가 있소."

찬섭은 어안이 벙벙했다.

"그러니까 제가 그 약의 개발에 성공을 하나요?"

"물론이오. 당신은 정확히 1974년 4월 3일, 회충약 '알벤다졸'의 개발에 성공하오."

"아, 정말 제가 성공을 하는군요!"

찬섭은 뛸 듯이 기뻤다.

"그런데 제가 그 전에 죽으면 어떻게 됩니까?"

"그렇다면 회충의 숫자가 폭발적으로 늘어나, 1980년이 되면 지구는 완전히 회충의 수중에 떨어지고 말게 될 거요. 어떤 것도 그들을 막을 수 없게 될 테니."

찬섭은 잠시 생각에 잠겼다.

"그렇다면 제가 약을 개발하는 걸 기다리지 말고, 당신이 미래에서 약을 가져다주면 어떨까요? 그게 더 빠를 텐데…."

마태수는 얼굴을 찌푸렸다.

"그럼 인류의 역사가 완전히 바뀌게 되지 않겠소? 그렇게 하면 시기를 조금 늦출 뿐, 인류가 회충의 지배를 받는 건 막을 수 없소. 성격으로 보아, 당신도 그런 걸 원하지 않을 텐데?"

찬섭은 천천히 고개를 끄덕였다.

"잘 알겠습니다. 어찌 되었건 제가 개발에 성공한다고 하니, 힘이 나네요. 그나저나 당신은 어떻게 이곳에 오게 되었나요?"

마태수의 설명은 다음과 같았다.

기생충 상담을 하러 부산 '기장'에 들렀는데, 회충들이 떼를 지어 어디론가 가는 게 보였다. 회충은 집단 행동을 못하는 놈들인지라 호기심에서 뒤를 밟았고, '고리'에 있는 원자력 발전소까지 따라가게 되었다. 발전소 옆 연못에는 수많은 회충들이 모여 있었고, 회충들은 한 시간 정도 몸을 떨면서 있다가 연못 옆에 놓인 부메랑처럼 생긴 고리가 빛을 발하자 한마리씩 차례대로 연못 속으로 몸을 던졌다.

나중에 알게 되었는데 회충들끼리 몸을 떤 것은 서로 의사 소통을 한 것이었고 부메랑처럼 생긴 고리는 '월령'이라고 하는 시간 여행을 가능케하는 장치였다.

호기심이 극에 달한 마태수도 전후좌우 가릴 것 없이 회충들을 따라 연못에 몸을 던졌는데 뜻밖에도 밝게 빛나는 통로가 보였고, 잠시 후 자신이 알몸인 채 1974년에 와 있다는 걸 알게 되었다.

"처음에는 나도 믿지 못했소. 회충들이 인간보다 먼저 타임머신을 만들었다는 게 말이나 되오? 하지만 그건 사실이었소."

마태수는 여관방을 전전하며 소일하다가, 신찬섭이라는 이름을 가진 사람들이 회충 때문에 계속 죽어 나간다는 뉴스를 보게 되었다.

'신찬섭? 어디선가 들어 본 이름인데?'

한참을 생각한 끝에 마태수는 신찬섭이 회충약인 알벤다졸을 개발한 사람이라는 것을 생각해 냈다. 회충이 신찬섭을 죽인다면 필경 그것 때문이리라. 좀더 자세한 정보가 필요해서 마태수는 2004년으로 돌아가기 위해 연못 주위를 서성거렸다.

아니나 다를까, 자정이 되자 시간 통로가 열렸고 한 떼의 회충들이 연못 밖으로 쏟아져 나왔다. 그들이 사라진 뒤 마태수는 연못 속으로 몸을 던졌다. 시간 통로가 막 닫히려는 순간, 그는 간신히 현재로 돌아갈 수 있었던 것이었다.

"컴퓨터를 이용해 당신에 대한 정보를 얻었소. 서라벌대에 다녔다는 것, 74년에는 혜화동에서 자취를 했었다는 것, 그리고 당신이 회충약 개발에 성공한 날짜 등을."

회충들이 무슨 음모를 꾸미고 있는지를 알고 나자 위기감이 엄습한 마태수는 그 날 밤 연못으로 가서 시간 통로가 열리기를 기다렸다가 회충들이 빠져나가고 난 뒤 다시 1974년으로 온 것이었다.

"흠… 그렇군요. 그런데 옷은 왜 벗고 있었던 건가요? 그리고 그 플래시 불빛은 뭡니까?"

찬섭의 질문에 마태수는 머리를 긁적거렸다.

"그건 그냥… 영화를 봤더니 그렇게 하기에 나도… 참, 당신은 아직 그 영화를 못 봤겠군, 하하."

찬섭은 알겠다는 표정으로 고개를 끄덕였다.

"당신이 미래에서 왔다니 묻겠는데, 박정희는 도대체 언제쯤 죽습니까?"

"그건… 얘기할 수 없소. 미래에 일어날 일을 아는 것만으로도 역사가 바뀔 수 있으니까."

신찬섭은 자리에서 일어났다.

"그럼 그렇지. 당신이 지금까지 한 말은 몽땅 거짓말이야! 알고 있다면 왜 말을 못하지?"

마태수의 얼굴이 굳어졌다.

"그건… 좋소. 도리가 없군. 당신을 믿게 하기 위해 얘기해 드리리다. 박정희는 중앙정보부장 김재규의 총에 맞고 죽게 되오. 지금부터 5년 후, 1979년 10월 26일에."

"5년 후라고? 너무 긴걸? 그런 거 말고, 당장 날 믿게 할 만한 게 뭐 없어요? 예를 들어, 주택복권 당첨번호를 미리 안다든지…."

마태수는 찬섭을 쏘아보았다.

"학문적 능력과 인간성은 반비례한다더니, 당신이란 사람, 의심이 너무 지나치군. 한 가지 말해 주겠소. 내일 밤, 그러니까 3월 17일 밤 11시경 제3 한강로변에 세워진 검은 코로나 승용차 안에서 미모의 여인이 피살된 사체로 발견될 거요.

경찰은 현장에서 허벅지에 관통상을 입고 신음 중이던 운전사를 병원에 옮기게 되오. 피살된 사람은 '정인숙'이라는 여인인데, 경찰은 운전을 했던 그녀의 오빠 정종욱이 범인이라고 발표하오. 정종욱이 사생활이 문란했던 여동생 정인숙에게 격분한 나머지 권총으로 살해하고 자신도 자살하려 했다고 말이오."

"그러니까 오빠가 동생을 죽인다는 얘기인가요? 총은 어디서 나서?"

"알려진 바에 의하면, 정인숙은 그 동안 하는 일도 별로 없이 고급주택에서 살고 일류 호텔과 카바레를 전전하며 호화 생활을 누리고 있었소. 뛰어난 미녀인 그녀는 평소 자신이 모 고관과 깊은 관계라고 떠들고 다녔소."

"좌우간 좀 예쁘다 하면 다들 높은 사람이 채 간다니까! 그 모 고관이 누구랍니까?"

마태수는 그 질문에는 대답하지 않았다. 이틀 후, 아침 신문을 보고 난 찬섭은 어쩔 수 없이 마태수를 믿기 시작했다.

마태수는 찬섭이 가는 곳마다 졸졸 따라다녔다.
"화장실에 갈 때까지 따라오는 건 너무 심하잖아요?"
찬섭이 볼멘 소리를 하자 마태수가 빙긋이 웃었다.
"회충이 가장 좋아하는 곳이 바로 화장실이오. 화장실이야 말로 가장 위험하지."
"나 말고, 다른 사람은 구하지 않나요? 그 사람들도 다 귀한 생명인데…."
마태수가 두 손을 내저었다.
"마음이 아프지만 어쩔 수 없소. 구하기엔 너무 늦었고, 그 사람들을 구하려다 보면 당신의 목숨을 보장할 수가 없소. 시간이 많지 않소. 전화번호대로 일이 진행된다면, 이제 곧 그들이 당신을 공격할 테니."
그 말을 들은 찬섭은 덜컥 겁이 났다.
"그들을 어떻게 막을 생각입니까? 총 같은 거 가진 거 있나요?"
마태수는 빙긋이 웃었다.
"내가 이래 뵈도 기생충 전문가요. 그 점은 걱정 마시오."
마태수는 품 속에서 대나무 막대를 꺼냈다.
"회충은 대나무에 약하오. 우리 선조들이 대나무로 숲을 조성하고 죽부인을 안고 잔 건 회충을 막기 위한 그분들의 지혜지."
"대나무라… 당신을 못 믿는 건 아니지만, 뭐 하나 더 물어 볼게요. 제가 만들 약의 이름을 혹시 아시나요?"
"약을 개발한 후, 당신은 그 약 이름을 알벤다졸이라고 짓지."
찬섭의 눈이 커졌다.
"맞아요! 그런데 왜 하필 그런 이름을 지었는지 알고 있나요?"

"아니오. 모르겠는데, 왜 그런 거요?"

"아, 아닙니다. 전 혹시 아나 해서요…."

마태수는 속으로 웃음을 참았다. 그는 그 이름의 어원을 물론 알고 있었다. 그가 모른다고 한 건 찬섭에 대한 작은 배려였다.

찬섭은 태어날 적부터 고환 한쪽이 없었다. 그는 그것에 대한 콤플렉스가 심했는데, 초등학교 때 친구들이 우연한 기회에 그 사실을 알게 되어 '짝고환'이라고 그를 놀려대자, 보름간이나 등교를 하지 않은 끝에 결국 전학을 가버렸을 정도였다. 그 후로도 그는 그 시절의 친구들을 절대로 만나지 않았다고 한다.

찬섭이 최초로 개발한 약 이름을 알벤다졸로 한 것도 고환 콤플렉스를 극복하고자 하는 그의 처절한 몸부림이었던 것이다. 이 사실은 찬섭이 50세가 된 2001년, 모교에 초청 강연을 왔다가 밝힌 얘기인데, 이건 그가 백혈병 치료제인 '글리벡' 등 수많은 약을 개발해 명성을 드날리게 된 이후라서 가능한 얘기였다.

어느 날 밤, 전화벨이 울렸다. 찬섭이 화장실에서 큰일을 도모하는 중이었으므로, 자리에 누운 채 빈둥거리던 마태수가 전화를 받았다.

"여보세요?"

"……"

수화기 너머에서는 아무런 소리도 들리지 않았다.

"여보세요!"

계속 아무 말도 않자 마태수는 전화를 끊어버렸다. 다시 자리에 누우려는데, 혹시 하는 생각이 들었다.

'신찬섭이 집에 있는지 확인하는 전화가 아닐까?'

의심이 생긴 마태수는 준비물을 꺼낸 후 신찬섭을 불렀다.

"아직 멀었소?"

힘에 겨운 대답이 들려왔다.

"거의…다…되었어요. 조금만…."

마태수는 문을 두드렸다.
"문 좀 열어 봐요! 빨리!"
"으… 된다!"
"문 열라니까!"
마태수는 문을 발로 걷어찼다. 변기에 앉아 있던 찬섭의 눈이 휘둥그레졌다.
"다, 당신! 지금 뭐 하는 거야? 너 변태야?"
순간, 얇은 주황색의 벌레 한 무더기가 천장에서 쏟아져 내렸다.
"기다렸다!"
마태수가 손에 든 대나무를 휘둘렀다. 회충들이 비명을 지르며 바닥에 떨어졌다. 몸체가 갈라져 꿈틀거리는 벌레들을 본 신찬섭은 나왔던 변이 다시 들어갔다. 아까보다 더 많은 벌레들이 계속해서 쏟아져 내렸다.
"빨리 피해!"
"아, 아직 안 닦았는데…."
마태수는 찬섭의 멱살을 쥐고 방에다 팽개친 뒤 다시 화장실로 돌아와 문을 닫았다.
"쉬익!"
대나무 소리와 함께 회충들의 시체가 바닥에 쌓였다. 대나무가 허공을 가를 때마다 회충들이 두 동강이 났다. 이 때, 회충 한 마리가 마태수의 옷 속으로 들어왔다. 찝찝함과 더불어 고통이 밀려왔다.
하지만 마태수는 굴하지 않고 대나무를 휘둘러 댔다. 회충들의 비명 소리가 사방에서 터져 나왔다.
마태수 앞에 엄청난 회충이 떨어져 내렸다. 족히 2m는 될 왕회충 한 마리가 마태수를 노려보고 있었다. 산전수전 다 겪은 마태수라지만, 이번만큼은 정말로 등골이 오싹할 정도로 무서웠다.
"네가 대장인가 보구나!"

마태수는 대나무를 꼿꼿이 세우고 놈이 공격해 오기를 기다렸다.
"휘익"
왕회충이 몸을 날렸다. 마태수는 허리를 숙여 공격을 피한 뒤, 대나무로 놈의 가슴팍을 찔렀다. 왕회충이 심한 비명을 질렀다. 재차 공격하려던 마태수는 그만 왕회충이 휘두른 꼬리에 맞고 나동그라지고 말았다. 바닥이 온통 회충들 시체였다. 살아 있는 놈들은 마태수의 몸 속으로 기어들어 갔다. 안간힘을 써, 바닥에서 일어나려는데 왕회충이 마태수의 엉덩이를 덥썩 물었다. 또 다시 극심한 고통이 밀려오며, 꼼짝할 수가 없었다.
'이, 이대로 끝인가···.'
갑자기, 엉덩이에서 놈의 주둥이가 떨어졌다. 뒤를 돌아보니 신찬섭이 왕회충의 허리를 감고 있었다. 때를 놓치지 않고 마태수는 몸을 날렸다. 마태수가 휘두른 대나무는 정확히 회충의 머리를 찔렀다. 왕회충은 괴로운지 이리저리 몸을 비틀었다.
"피해!"
마태수는 신찬섭의 손을 잡고 화장실 밖으로 나갔다. 문틈으로 들여다보니, 왕회충의 움직임이 조금씩 약해져 갔다. 마태수는 서둘러 옷을 벗었다.
"몸에 붙은 회충 좀 떼 주겠소?"
큼지막한 회충 한 마리가 마태수의 등에 매달려 피를 빨고 있었다. 찬섭은 마태수가 내민 대나무로 회충을 쳐서 떨어뜨렸다. 거기 말고도 회충 몇 마리가 마태수의 몸 여기저기에 붙어 있었다.
"아이구, 이거 상처가 보통이 아닌데요. 약을 발라야겠어요."
찬섭이 약을 찾고 있는데, 죽은 줄로만 알았던 왕회충이 그를 향해 다가왔다. 마태수는 공중으로 몸을 날렸다. 공중에서 마태수는 두 손을 맞잡고 검지 손가락 두 개를 모았다. 마태수의 두 손가락은 한치의 오차도 없이 회충의 항문에 작열했다.

"끄아악!"

회충은 기괴한 비명 소리를 지르며 서서히 무너져 내렸다. 워낙 큰 놈이라, 쓰러져 몸의 움직임이 정지하는 데만도 40분이 족히 걸렸다.

"이봐, 정신 차려!"

마태수의 목소리에 찬섭은 의식을 회복했다. 방 안은 깨끗했다. 찬섭은 화장실 안을 들여다보았다. 역시 아무런 흔적도 찾을 수 없었다.

"내가… 꿈을 꾼 건가요? 엄청난 악몽을?"

마태수가 빙긋 웃었다.

"꿈이라… 바지 속을 한 번 보오."

갑자기 축축한 느낌이 들었다. 찬섭의 팬티는 대변과 소변이 어우러져 그야말로 '난장판'이 되어 있었다.

1974년 4월 3일, 찬섭은 드디어 알벤다졸의 개발에 성공했다. 찬섭은 그 날 마태수와 조촐하게 소주 파티를 했다.

"한 잔 더하죠? 오늘같이 기쁜 날 안 마시면 언제 또 마시겠어요?"

그 소리에 주위 사람들이 일제히 둘을 쳐다봤다. 그도 그럴 것이, 그 날은 박정희가 민청학련 사건을 조작해 긴급조치 4호를 발동했기 때문이다.

"분위기가 그리 좋지 않군. 나도 시간 여행을 해야 하니 이제 그만 마십시다. 하여간 축하하오."

"이거, 서운하네요. 제 생명을 구해 줬는데, 제가 뭐 해드릴 거라도…."

찬섭은 마태수의 손을 잡았다. 마태수는 지금까지의 어투와는 사뭇 다르게 찬섭에게 대답했다.

"유명하신 박사님과 지내게 되어 오히려 영광이었습니다. 개인적인 부탁이 있다면…."

"갑자기 말을 높이시니… 쑥스럽네요. 말해 보세요. 얼마든지 들어

드릴게요."

"당신은 오늘 발명한 알벤다졸에 대나무에서 추출한 성분을 첨가해 효과가 더 뛰어난 약을 만들 것입니다. 그 약의 이름을 제 성을 따서 '마벤다졸'이라고 해 달라는 게 제 소원입니다."

"마벤다졸? 그거 좋은 이름이네요. 그렇게 할게요. 그런데, 그것뿐인가요?"

"네, 어찌 되었건 미래를 대표해서 당신께 감사드립니다. 당신이 아니었던들, 인류는 회충의 지배를 받으며 살아야 했을 겁니다."

"마태수 씨, 잘 가세요!"

찬섭은 마태수의 모습이 보이지 않을 때까지 손을 흔들었다.

그 후, 알벤다졸은 6개월의 시험 기간을 거쳐 시중에 판매되었고, 그보다 두 배쯤 효과가 좋은 마벤다졸이 두 달 뒤 개발되었으나 발음이 좋지 않다는 여론으로 인해 '메벤다졸'로 바뀌어 판매되었다.

회충들은 급속히 자취를 감췄고, 그로부터 10여 년이 지나자 회충은 더 이상 문제가 되지 않을 정도로 감소하고 말았다. 일각에서는 회충을 '천연기념물'로 지정해야 한다는 여론까지 생겨났다.

2004년의 어느 날 오후, 우리 나라 굴지의 제약 회사인 '산풍 제약'에 한 사내가 나타났다.

"회장님 좀 뵈러 왔습니다."

경비가 물었다.

"약속이 되어 있습니까?"

"아니오. 마태수라고 하면 아실 겁니다."

잠시 후, 양복 차림의 남자가 마태수에게 다가왔다.

"회장님께서 들어오시랍니다. 가시죠."

남자는 마태수를 회장실로 안내했다.

"마태수, 기다리고 있었소! 이게 도대체 얼마 만이오?"

신찬섭은 마태수를 힘껏 포옹했다. 옛날 모습이 남아 있긴 했지만 찬섭은 이미 50대로 접어들어, 이마가 많이 벗겨진 상태였다. 마태수는 피식 웃음을 터뜨렸다.

"대머리가 되실지 전혀 몰랐습니다. 어찌 되었건 나이가 드시니 보기가 좋습니다."

"허허, 그런가? 그래, 오늘 시간 있으면 저녁이나 같이 하지 않겠소? 할 얘기도 많을 텐데, 그 때 못 마신 소주나 실컷 합시다."

둘은 허름해 보이는 식당으로 들어갔다.

"이 집이 대한민국에서 유부 초밥을 가장 잘 만드는 곳이오. 난 귀한 손님이 오면 꼭 이 집으로 모신다오."

역시 그의 말은 사실이었다. 유부 초밥의 맛이 어찌나 뛰어난지, 곁들여 마시는 소주까지 달게 느껴졌다.

"이 유부 초밥, 진짜 맛있네요!"

둘은 그 날 코가 비뚤어지도록 술을 마셨다. 집에 가려는 마태수에게 찬섭은 포장된 상자를 내밀었다.

"당신이 날 찾아오면 주려고 챙겨놨던 거요. 집에 가서 뜯어 보오."

마태수는 무엇이 들어 있을지 무척 궁금해하며 상자를 받았다. 회장이 잡아준 택시 안에서 마태수는 불을 켜고 선물을 뜯어보았다. 순간, 마태수는 자신이 취한 게 아닌가 허벅지를 꼬집었다. 그 안에는 대변과 소변이 범벅이 된 팬티 한 장이 들어 있었다.

마태수,
이 팬티는 내가 가장 아끼는 보물인데, 이제 당신에게 주겠소. 당신이 회충과 싸우며 내 생명을 구해 준 걸 잊지 않기 위해 난 열심히 일했고 마침내 이렇게 큰 회사도 갖게 되었소. 난 어려울 때마다 이 팬티를 보면서 힘을 냈소. 당신도 이 팬티를 보면서 꿈을 키워 나가길 바라오.
2004년 4월 3일   산풍 제약 회장 신찬섭

"윽, 이게 대체 무슨 냄새요?"

택시 운전사가 코를 움켜쥐었다. 30년 묵은 팬티라 그 냄새는 상상을 초월했다.

"으악!"

마태수도 그제야 냄새를 느꼈다.

"내, 내려 주세요! 빨리요!"

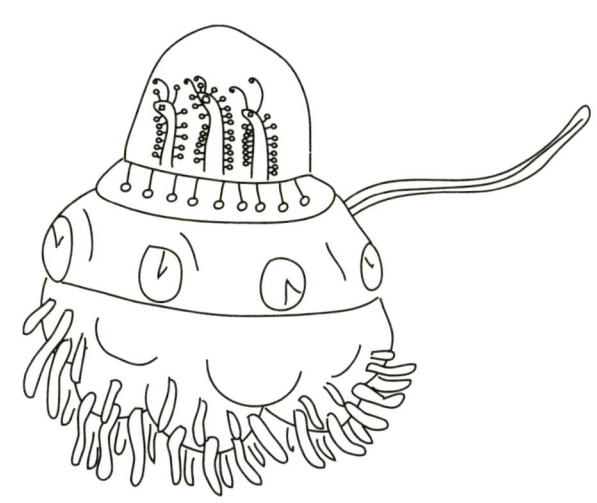

유부 초밥의 비밀

여느 날처럼 기분 좋게 술 한 잔을 걸친 마태수는 약간의 취기를 느끼며 집으로 향하고 있었다. '술기운' 탓인지 코끝을 찡하게 만드는 찬바람도 마태수는 상쾌하기만 했다. 거의 집에 다다랐을 무렵, 한 사내가 자신의 집 문 앞에 기대어 있는 것을 보았다. 술기운 때문에 잠시 어딘가에 몸을 기대고 싶어하는 취객이라 생각했기에, 마태수는 별생각없이 그에게로 다가갔다. 뭐라 말하려는 순간, 상대편에서 먼저 말을 건넸다.

"마태수 씨, 저는 이동호라고 합니다. 당신께 도움을 청하러 왔습니다."

이동호의 말은 이러했다. 자신은 초등학교 선생님으로 재직 중인데, 한 아이가 배가 아프다고 해서 검사를 해 보니 회충에 걸렸다는 것이었다. 요즘같이 위생 시설이 좋아진 때에 회충에 감염된 아이가 있다는 사실에 이동호는 적잖게 놀랐다고 한다. 혹시나 싶어 자신의 반 학생들에게 대변 검사를 시켰는데 놀랍게도 40%가 넘는 아이들이 회충에 걸려 있었고 전교 학생들을 검사한 결과, 정원 540명 중 1/3이 넘는 숫자가 양성으로 나왔다는 것이었다.

"흠… 놀라운 일이군요. 회충은 전염성이 그리 뛰어나지 않는데요.

한두 명이라면 모를까, 도심의 아이들이 집단으로 회충에 걸렸다는 건 이해하기 힘들군요."

집단 감염이라는 상황을 마태수는 영 이해할 수 없었다. 지금처럼 위생 시설과 환경이 좋아진 상황에서 결코 가능한 일이 아니었기 때문이다. 이동호가 침울한 표정으로 말했다.

"우리 초등학교는 명문 중의 명문입니다. 그런데 만에 하나 이 사실이 알려지면 학교의 위신은 땅에 떨어지게 되지요. 특히, 학부모들이 펄펄 뛸 겁니다. 그래서 저희는 대변 검사 결과도 공표하지 못하고 있는 실정입니다."

"아니, 학교의 위신보다는 학생들의 건강이 중요한 게 아닌가요?"

이동호는 마태수의 팔을 붙잡았다. 그리고는 거의 애원하듯 사정하기 시작했다.

"마태수 씨, 부탁드립니다. 학교의 위신을 실추시키지 않으면서 아이들의 건강도 회복할 수 있는 방법이 필요합니다. 당신이라면 그렇게 해 주실 수 있으리라는 믿음에 이렇게 찾아온 것입니다. 학교의 운명이 걸린 문제라 사무실로 찾아뵙지 못하고, 이렇게 집 앞에서 기다렸던 것입니다. 제발 도와주십시오."

아이들의 건강이 어른들의 사욕에 의해 좌지우지된다는 것이 못마땅하기는 했지만, 아이들이 집단 감염의 위험에 노출되어 있었고, 그 경로를 알아내 차단하는 게 자신의 일이라고 마태수는 생각했다.

"알겠습니다. 한번 알아보도록 하지요."

이미 술도 다 깨버린 상태라, 마태수는 집으로 들어오자마자 회충에 대해 공부를 하기 시작했다.

"흙 속에서 발육한 회충알은 채소 등을 통해 사람의 입으로 들어가며…."

하지만 곧, 눈꺼풀이 무거워진 그는 잠시 책상에 엎드려 눈을 붙였다. 엄청나게 큰 회충이 자신의 목을 조여 오는 악몽에 놀라 눈을 떴을 때, 마태수는 자신의 책이 침으로 흥건히 젖어 있는 것을 발견하였다.

다음 날 아침, 마태수는 문제의 그 초등학교를 찾았다. 이동호가 마중을 나왔다.

"이쪽으로 오십시오. 우선 교장실로…."

교장실로 가는 도중 바닥에 뭔가가 떨어져 있는 게 보였다. 유부 초밥 껍질인 것 같았다. 이동호가 황급히 그 껍질을 주웠다.

"부끄럽네요. 요즘 학교가 어수선하다 보니 청소가 엉망이라…."

교장은 마태수에게 전폭적인 협조를 약속하면서, 잘 부탁한다며 그의 손을 움켜쥐었다.

"이번 일이 알려지면 내 정치적 생명은 끝장이오. 부탁하오."

회충은 전염병이 아니기에, 한 학생이 걸린다고 해서 다른 학생까지 걸리지는 않는다. 회충은 회충알을 먹어야만 감염된다. 그러니까 누군가가 학생들에게 회충알을 왕창 먹이지 않는 한, 단체로 회충에 걸릴 일은 없는 셈이다. 학생들이 집단으로 회충에 감염되었다면 가장 유력한 '루트'는 아마도 급식일 터였다. 마태수는 학교에 급식을 공급하는 회사 '급식왕'을 조사하기 시작했다.

급식 계약을 하러 온 사업자로 위장한 채 하루 종일 이곳저곳을 들여다봤지만 이렇다 할 단서를 찾을 수 없었다. 급식은 굉장히 위생적으로 공급되고 있었고, 철저하게 감시되었다. 거기에 회충알이 뿌려진다는 건 상상하기 힘든 일이었다. 아니, 어렵사리 잠입해 회충알을 뿌리는 게 가능하다 해도, 회충이 거의 멸종한 마당에 알을 어디서 구한단 말인가? 마태수의 머리 속은 그저 답답하기만 했다.

"이게 그 학생에게서 나온 회충입니다."

길이 30cm 정도의 엷은 주황색 벌레를 보는 순간 마태수는 왈칵 구역질이 났다.

"그런데 아이한테 나온 것치고는 길이가 기네요?"

"무슨 말씀이신지…."

"기생충은 숙주를 반영합니다. 어른의 회충은 길이가 길고, 아이들한테서 나온 건 대개 20cm 미만입니다. 그 학생의 키가 아주 큰가요?"

"아니오. 보통 애들과 비슷한걸요."

뭔가 이상했다. 정상적이지 않은 걸 단서라고 한다면, 단서가 하나 발견된 셈이라고 마태수는 생각했다.

교장은 초조하기 그지없었다. 돌아가는 상황을 대충 짐작해 보건대, 전혀 가닥이 잡히지 않는 것 같자 마태수에게 대놓고 불만을 표시하기 시작했다.

"아니 학교만 휘젓고 다니면서 아무 것도 발견한 게 없다니, 당신 도대체 뭐 하는 사람입니까?"

교장의 호통에 마태수는 아무런 대꾸도 하지 않았다. 아이들을 걱정하는 게 아니라, 자신의 이익만을 생각하는 교장의 질타가 가당치 않다고 생각했기 때문이다. 성질 같아선 견본으로 갖고 다니는 회충 샘플을 교장의 목에 걸어 주고 싶었지만, 꾹 참았다.

그래도 교장의 잔소리는 수사의 사기를 떨어뜨리는 지라, 마태수는 학교를 나와 조금 떨어진 곳에 있는 포장마차에 들렀다. 소주 한 병을 비우고, 안주로 떡볶이와 오뎅을 먹었다. 갑자기 오뎅이 회충 색깔과 비슷하게 느껴져 구역질이 났다.

"에이, 이것도 직업병인가?"

마태수는 먹던 오뎅을 바닥에 뱉어 버렸다. 그 때 갑자기 학교 바닥에 있던 유부 초밥 껍질이 생각났다. 유부 초밥과 회충, 아이들로부터 나왔다기에는 지나치게 큰 회충… 마태수는 근처 벽에다 소변을 보기 시작했다. 수사의 실마리가 풀릴 때면 어김없이 찾아오는 '요의', 이것도 직업병의 일종일 것이다.

포장마차를 나와 집으로 돌아가려는 그에게, 초등학교 옆에 나란히 위치하고 있는 중학교 교문에서 양복 입은 사내 한 명이 나오는 것이 보였다. 유독 그가 마태수의 시선을 사로잡은 이유는, 한 손으로 채찍을 휘두르고 있었기 때문이다. 양복에 채찍이라… 마태수는 그의 정체가 궁금했다. 그 때, 보충 수업을 마치고 삼삼오오 떼를 지어 나오는 학생들이 그에게 인사를 했다.

다음 날, 학교에 갔을 때 마태수는 불신에 찬 눈초리로 바라보는 이동호를 만났다.

"혹시 급식으로 유부 초밥을 먹은 적도 있나요?"

"한 달에 한 번 정도는 유부 초밥이 나오죠. 그건 왜 묻죠?"

"뭔가 도움이 될까 해서요. 그런데…."

마태수는 어젯밤 채찍을 들고 있던 사람에 관해 물었다.

"어제 우연히 채찍을 휘두르며 학교 교문을 나서는 사람을 보았는데, 혹시 이 학교 선생인가요?"

이동호는 그렇다고 했다.

"중학교 선생이죠. 우리와 재단이 같은데… 어찌나 괴짜인지, 채찍으로 애들을 팬다더군요."

체벌이 없어지는 마당에 그런 선생이 있다는 건 정말 믿어지지 않는 일이었다. 요즘이 어떤 세상인가. 손바닥 한 대만 때려도 당장 학부모가 달려와 선생을 죄인 취급하듯 몰아 세우는 판국이 아닌가. 정말로 학생이 잘 되기를 바라면서 당신의 마음이 아픈 것을 참아가면서 매를 때리는 스승도 있을 테지만, 마태수는 기본적으로 '사랑의 매'라는 이름으로 체벌을 정당화하는 것이 내키지 않았다. 자신의 경험으로 미루어 볼 때, 사랑의 매를 악용해 자신에게 쌓였던 스트레스를 푸는 선생도 분명 있었기 때문이다.

또한 거듭된 체벌은 아이들을 수동적이고 폭력에 길들여지게 만드는 해악을 끼치므로, 체벌을 죄악시하는 요즘의 풍토는 사회가 한 단계 진보한 결과라는 게 마태수의 생각이었다. 그런데 채찍이라니? 이 무슨 시대착오적인 발상인가? 그에 관해 몇 가지 더 묻고 싶었지만 이동호가 얘기를 하고 싶어하지 않는 눈치라서, 마태수는 학교를 나와 '급식왕' 으로 차를 몰았다.

잦은 방문 탓인지, 회사의 담당자는 경계하는 눈빛이 역력했다.

"당신, 도대체 뭐 하는 사람이오?"

마태수가 명함을 내밀자 '탐정' 이라는 사실에 사내는 움찔했다.

"초등학교에 유부 초밥을 공급한 적이 있지요?"

"아, 유부 초밥은 저희가 하청을 줍니다. 아주머니 두 분이 하시는데, 주소가….'

경기도 화성군. 연쇄 살인 사건으로 알려지기도 했지만, 한 때 회충이 크게 유행했던 곳으로 회충에 관한 세계적인 연구가 모두 이곳에서 이루어졌었다. 마태수는 갑자기 머릿속이 환해져 옴을 느꼈다.

벨이 울렸을 때, 김선자는 집에서 평상시처럼 유부 초밥을 만들고 있었다. 62세란 나이에도 불구하고 유부 초밥 만드는 솜씨는 젊을 때와 다름이 없었다.

"누구세요?"

낯선 사람의 방문에 그녀는 의아해하는 눈치였다.

"저, 유부 초밥을 만들어서 납품하시지요? 그것 때문에 궁금한 것이 있어서… 우선 방안을 좀 둘러보고 싶은데요."

그녀가 영문을 몰라 머뭇거리자 마태수는 신분증을 내밀었다. 김선자는 잠시 크게 놀라더니, 단칸방의 문을 열고 마태수를 들여보내 줬다. 그렇게 좁지 않은 방안에는 유부 초밥이 가득 들어차 있었다.

"모레 급식이 있어서요."

김선자는 수줍게 웃었다.

"이걸 다 혼자 만드시는 건가요?"

"한 명이 더 있는데, 오늘은 일찍 먼저 들어갔어요."

마태수는 고개를 끄덕였다.

"잠은 어디서 주무시죠?"
"잘 데가 뭐 따로 있나요. 요 옆에서 그냥…."
마태수는 뭔가 짚이는 게 있어, 이렇게 물었다.
"평소 배가 좀 많이 아프지 않으신가요?"
김선자는 흠칫 놀라며 고개를 끄덕였다.
"오래 되었어요. 나이 들면 한두 군데 안 아픈 곳이 있나요, 뭐."
"구역질도 나죠?"
김선자는 신기한 듯이 고개를 끄덕이며, 그렇다고 했다.
"음… 그렇군요. 혹시 화장실이 어디 있죠?"
화장실은 수세식이었다. 물을 내린 상태이긴 하지만, 자세히 살펴보니 변기 곳곳에 대변의 흔적이 묻어 있었다. 마태수는 주머니에서 막대기를 꺼내 대변 조각들을 조심스럽게 담았다. 김선자가 안 보는 사이, 방안 한구석에 카메라를 설치하는 것도 그는 잊지 않았다. 볼일을 마친 마태수는 서둘러 그곳을 나와 사무실로 향했다. 사무실에서 현미경을 보던 마태수는 무릎을 '탁' 쳤다. 이제 사건은 다 해결된 거나 다름 없었다.

다음 날 아침, 교장실의 TV 앞에 교장과 교감, 이동호와 마태수가 자리잡았다.
"지금부터 보실 비디오 테이프 안에 모든 게 담겨 있습니다."
불이 꺼지고 테이프가 돌아갔다. 방안이 보였다. 방에는 막 싸 놓은 유부 초밥이 가득했다. 옆에는 웬 아주머니 한 분이 자고 있다. 별다른 변화가 없는 화면을 바라보던 일행은 10분쯤 지나자 지루해졌다.
"저게 이번 사건과 무슨 상관이 있다는 거요?"
성질 급한 교감이 나서자 사건 해결에 누구보다 지대한 관심을 갖고 있는 교장이 교감의 조급함을 나무랐다.
"어허, 교감 선생, 성질도 참… 조금만 더 지켜봅시다."
하지만, 30분이 더 지나도 이렇다 할 단서를 발견할 수 없자 이번엔 오히려 교장이 더 화를 냈다.

"지금 이 바쁜 시간에 장난치는 거요? 저 여자가 자는 것과 회충이 도대체 뭔 상관이 있단 말이오?"

순간, 교감의 외마디 비명 소리가 모든 사람을 긴장시켰다.

"저, 저기…."

교감은 TV의 화면을 손으로 가리켰다. 아주머니의 입이 천천히 열리고 회충 한 마리가 기어나왔다. 회충은 빠른 속도로 방안을 기어가더니, 유부 초밥 안으로 들어갔다. 회충이 유부 초밥 안에 자리를 잡자, 겉으로 봐서는 잘 구별이 되지 않았다. 잠시 후, 또 한 마리가 나왔고 역시 다른 유부 초밥 안으로 숨어들어 갔다.

"저, 저게 도대체 뭐요?"

교장은 경악을 금치 못했다.

"저 여자, 즉 김선자 씨는 아주 많은 회충에 걸려 있습니다. 그녀의 대변을 채취해 추정한 결과 약 5백 마리 이상이 들어 있는 것을 확인했습니다."

얼이 빠져 있는 교장을 보면서 마태수는 말을 이었다.

"너무 많은 회충이 존재함으로써 회충들 간의 경쟁이 치열해지고, 더구나 김선자 씨의 영양 섭취가 그리 좋지 않아 회충이 좀더 나은 숙주를 찾아 이동하려는 겁니다."

이동호가 질문을 했다.

"회충이 숙주 이동하는 것이 가능합니까?"

"원래는 아니죠. 제가 보기에 이 회충들은 아주 지능이 높게 진화된 놈들이 분명합니다. 유부 초밥 안에 자신을 숨기는 걸 보면 알 수 있지요. 이 정도라면 돌고래의 IQ를 능가하지 않을까 싶군요."

교감이 물었다.

"하지만, 이빨로 유부 초밥을 씹게 되면 죽지 않나요?"

"이건 추측입니다만, 유부 초밥이 학생들의 입안에 들어가자마자 회충은 유뷰 초밥에서 나와 목 안으로 빠져나가 버리는 것 같습니다. 유부 초밥에 몸을 숨길 지능이면 그 정도는 할 수 있겠지요."

모두들 망연자실한 표정이었다. 회충이 그 정도로 교활해졌다니, 이러다가 회충이 창궐하던 60년대로 돌아가는 게 아닐까라는 걱정에 다들 마음이 무거워졌다.

"그럼 이제 어떻게 해야 합니까?"

"유부 초밥을 담당하는 김선자 씨는 당장 치료를 해 줘야겠지요. 회충에 걸린 학생들도 회충약을 먹이면 아무런 문제가 없을 겁니다. 저는 이번 사건을 조사하면서 사람들이 기생충을 멸종했다고 생각한 나머지 그 심각성을 간과하고 있다는 생각이 들었습니다. 그리고, 저 또한 기생충에 대한 경계는 아무리 해도 지나침이 없다는 사실을 다시 한 번 뼈저리게 느꼈습니다."

마태수의 말에 교장실에 앉아 있던 모두는 고개를 끄덕였다.

초등학교 사건을 마무리한 마태수는 오랜만에 느긋하게 사무실에 앉아 여유로운 시간을 즐기고 있었다.

오전에 아들 얼굴 한 번 보겠다며 들르신 어머니가 손수 싸서 가져다 주신 도시락으로 눈길이 갔다. 점심 무렵이라 시장기가 돌던 차여서, 마태수는 도시락 뚜껑을 열었다. 도시락 안에는 동그란 유부 초밥이 잔뜩 들어 있었다.

평소 유부 초밥을 싫어하는 건 아니었지만, 며칠 전 본 비디오 테이프의 내용이 생생히 떠올라 마태수는 뚜껑을 다시 닫을 수밖에 없었다. 그리고는 경비실로 향했다.

"아저씨, 이거 저희 어머니가 손수 만드신 유부 초밥이에요. 양이 많아서 가지고 왔습니다. 좀 드세요."
 경비 아저씨에게 은근슬쩍 유부 초밥을 떠넘기고 돌아서는 마태수의 발걸음은 어머니에 대한 죄송스러움으로 조금은 무거웠다.

채찍을 휘두르는 선생님

노준은 좌회전 신호를 기다리고 있었다. 홍대 앞 사거리는 좌회전을 하려는 차들에 비해 신호가 너무 짧아, 좌회전 차선에는 늘 차들이 길게 늘어서 있었다. 노준은 1차선에 들어서고 나서 신호가 세 번 바뀌는 동안 아직껏 좌회전을 하지 못했다. 그러나 노준의 차가 앞에서 두 번째까지 나아갔기에, 다음 신호에는 틀림없이 좌회전을 할 수 있을 터였다.

노준은 시계를 보았다. 약속 시간이 조금 지나 있긴 해도, 요즘같이 차가 밀리는 때에 10분쯤 늦었다면 그야말로 '선방' 한 셈이었다. 좌회전을 하라는 신호가 켜졌다. 노준은 기어를 N에서 D로 바꾸었다. 그런데 앞차가 움직이지 않았다. 노준은 클랙슨을 길게 눌렀다.

"빠~앙!"

하지만 앞차는 미동도 하지 않았다. 운전자가 머리를 뒤로 기댄 게, 마치 자고 있는 것 같았다. 뒤에 선 차들도 연방 클랙슨을 눌러 댔다.

"아니 도대체 뭐 하는 거야?"

다시 클랙슨을 눌렀지만 좌회전 신호는 이미 끊긴 뒤였고, 신호등엔 직진 신호의 파란 불이 들어와 있었다. 노준은 화가 머리끝까지 났다. 운전자는 여전히 자고 있는 것 같았다. 노준은 차에서 내려 앞으로

가 유리창을 두드렸다.
"이봐요!"
여전히 잠들어 있는 것 같았다. 노준은 더 세게 유리창을 두드렸지만 운전자는 꼼짝도 하지 않았다.
"무슨 일입니까?"
뒤에 서 있던 차들의 운전자도 다가왔다.
"이 차 운전자가 잠든 것 같은데…."
아무리 유리창을 두들겨도 운전자는 아무런 반응이 없었다. 혹시나 하는 생각이 들었다.
"이봐요, 정신 차려요!"
문이 잠겨 있었기에 노준은 뒷유리를 깨고 문을 열었다. 앞문이 열리자 운전자의 몸이 축 늘어지며, 차 밖으로 떨어졌다.
"주, 죽었나 봐!"
맥을 짚어 보니 아무런 박동을 느낄 수 없었다. 잠시 당황하던 노준은 휴대폰을 꺼내 119를 눌렀다. 노준이 약속 장소에 도착한 건 그로부터 한 시간이 지나서였다.

마태수는 이화여대 앞 서점에서 두 시간째 시간을 보내고 있었다. 그다지 바쁜 일이 없는지라, 책도 둘러보고 상큼한 여대생의 활기도 느껴볼 겸, 오랜만에 서점을 찾았던 것이다. 여대 앞이라 그런지 안 예쁜 여자가 없었다. 하기야, 젊다는 것 자체가 '아름다움' 아니겠는가. 그 중에서도 유독 한 여자가 마태수의 촉각을 곤두서게 했다. 줄곧 그녀를 지켜보던 마태수는 결심한 듯 그녀에게 다가갔다.
"저… 책을 고르십니까?"
그녀는 놀란 듯 뒤로 물러났다.
"아, 놀라지 마세요."
마태수는 가방에서 책을 한 권 꺼냈다.

"마땅히 읽으실 책이 없으시면 이 책을 권해 드리고 싶어서요."
마태수는 여인에게 책을 내밀었다.
"기생충의 변명? 이게 뭐죠?"
'얼굴과 목소리는 반비례한다'는 말을 대체 누가 했던가. 그건 사실무근한 얘기라고, 마태수는 그녀의 목소리를 듣는 순간 생각했다.
"그러니까 기생충들이 우리가 생각하는 것처럼 그리 흉악하고 징그러운 애들이 아니라요, 나름대로 사랑과 낭만이 있다는 걸 말하고자 하는 책이죠."
그녀는 마태수를 똑바로 쏘아보았다.
"그래서요?"
"그, 그러니까…."
마태수는 이마에 흐르는 땀을 닦았다. 사람들의 시선이 하나둘씩 그에게로 쏠리고 있었다.
"제, 제가 이 책의 저자거든요… 사인해서 아가씨께 드리려고 하는데…."
여인의 눈초리가 올라갔다.
"전 기생충 같은 데 관심이 없으니까 다른 데 가서 알아보세요."
그녀는 책을 던지듯이 하고 서점을 나갔다. 사람들이 여기저기서 '쿡쿡' 대고 웃었다.
항상 그런 식이었다. 자신의 진심과는 달리, 결과적으로 상대방에게 불편함을 끼치는 것이 마태수의 고질적인 병이었던 것이다. 전화가 걸려온 건 바로 그 때였다.
"마태수, 나 한승범이야. 뭐 좀 물어 볼 게 있는데, 우리 병원으로 와 주겠어?"

남자의 이름은 이세호. 30대 중반으로, 중학교 교사라고 했다. 담당 의사의 말에 의하면 병원에 오기 전에 이미 숨져 있었으며, 사인은 뇌출혈이었다. 한승범은 마태수와 동창으로, 대학 병원 병리과에서 일하고 있었다.
"어서 와. 뇌출혈인데, 뭔가 좀 이상해서 널 불렀어."
"그래, 잘했어. 이런 기회에 얼굴 한 번 보는 거지 뭐. 근데 기생충을 의심해?"
"아까 '후로즌(Frozen: 동결 표본)'을 보니까 뭔가가 보여. 확실히는 모르겠고."
"그래? 뇌출혈을 일으키는 기생충이 뭐가 있더라… 저건 웬 채찍이야?"
이세호의 옷가지 위에 길다란 채찍이 놓여 있었다.
"아, 저거? 죽을 때 사내가 손에 쥐고 있었다고 하더군."
"채찍 들고 운전하는 사람도 있나?… 어! 이 사람은…."
한승범이 의아한 듯 물었다.
"아는 사람이야?"
마태수는 고개를 끄덕였다. 초등학교에서 일어났던 유부 초밥 사건을 해결하던 무렵, 늦은 밤 채찍을 들고 교문을 나서던 바로 그 사람이었던 것이다. 워낙 특이해서인지 얼굴을 보자, 확신할 수 있었다.
"한 번 봤어. 어느 중학교의 명물 선생이라더군."
부검이 진행되는 동안 마태수는 말없이 그 광경을 지켜보았다. 다른 장기들은 다 깨끗했다. 뇌출혈이 정확한 사인인 듯했다. 혈관 기형이 아닌 걸로 보아, 평소 남자의 혈압이 높았거나 혹은 다른 출혈성 인자를 가졌을 것으로 판단되었다. 현미경을 들여다보던 승범이 마태수를 불렀다.
"마태수, 이것 좀 보겠어?"
"내가 보면 뭐 알겠냐?"
마태수는 별생각 없이 현미경 쪽으로 다가갔다.
"아니, 이게 뭐야?"

마태수의 작은 눈이 두 배로 커졌다.

다음 날, 마태수는 이세호가 근무하던 중학교로 갔다. 수업 중이라, 운동장은 텅 비어 있었다. 교정을 한 바퀴 돌던 그는 후미진 곳에서 모여 담배를 피우고 있는 학생들을 발견했다. 마태수를 본 학생들은 흠칫 놀란 표정이었으나, 선생님이 아니라는 것을 알고는 개의치 않아 하는 듯했다. 마태수는 혹시나 하는 생각으로 학생들에게 말을 걸었다.
"학생, 말 좀 물을게."
"뭔데요?"
마지못해 대답하는 듯한 말투에는 반항심이 가득 묻어났다.
"혹시 이세호 선생이라고 알아?"
"저 1학년 때 담임이었어요. 근데, 왜요? 아저씨, 마침 배가 고프던 차였는데, 먹을 것 좀 사 주세요."

그리 썩 내키지는 않았지만, 이세호에 대해 정보를 얻을 수 있을 거라는 생각에 마태수는 학생들에게 빵과 우유를 사주었다. 학생들의 말에 따르면, 이세호는 누구보다 참교육에 관심이 많았으며 다른 교사와는 달리 공부를 못하는 학생들에게 더 많은 관심을 주었다고 했다.

그는 '교육이란 피억압자들이 한계를 넘어서 진정한 자유를 얻기 위해 쓰는 도구'라고 믿은 브라질 사람 파울로 프레이리(Paulo Freire)'를 존경했고, 그의 저서 《페다고지》를 틈나는 대로 학생들에게 읽어 주었다. 점수에 연연하기보다는 다양한 경험을 통해 전인적 인간으로 자라나야 한다고 강조했으며, 청소년기의 일탈을 그다지 대수롭게 보지 않았기에, 그는 학교로부터 여러 번 경고를 받았다고 했다.

그는 모든 종류의 체벌에 반대했고, 자신이 학생들에게 가르치는 것 이상을 학생들로부터 배운다고 생각했다. 그에게 있어서 선생과 학생은 어느 쪽이 우월한 존재가 아닌, 모두가 평등하게 존엄한 존재였다. 이런 그를 학교 측에서는 좋아할 리 없는지라, 그는 선생님들 사이에서 언제나 따돌림의 대상이었다. 학교 측의 냉대와는 달리 그는 모든 학생들의 존경을 받았으며, 진정한 교사가 뭔지를 온몸으로 실천하는 성인으로 통했다.

"그런데요…."

학생은 빵 하나를 입에 넣고, 다시 이야기를 시작했다.

"어느 순간부터 선생님이 이상해졌어요. 아마, 작년 겨울 방학 끝나고 나서였던 것 같아요. 그 선생님이 제 친구 반의 담임을 맡으셨거든요. 친구는 물론, 그 반 애들도 다 좋아했어요. 그 선생님이 첫날 채찍을 가져왔을 때도 별 생각이 없었죠. 저도 그 친구를 부러워했으니까요. 그런데…."

한 학생이 종례 시간에 잠을 자고 있었다. 그 전 수업 시간에 잠이 들어 미처 깨어나지 못한 것이었다. 선생님은 그 학생에게 앞으로 나오라고 했다. 비실비실 웃으며 나온 학생을 이세호가 채찍으로 때렸을 때, 아이들은 놀라지 않을 수 없었다. 그리고 그건 결코 일회성의 악몽이 아니었다.

그 후, 조금만 떠들거나 딴 짓을 해도 그리고 성적이 떨어져도 어김없이 채찍이 날아왔다. 여학생일지라도 그는 예외없이 채찍을 휘둘렀다. 조금 지나니 몸에 채찍 자국이 없는 학생이 없었는데, 자식이 채찍으로 맞은 걸 항의하러 찾아온 학부모에게까지 채찍을 휘둘렀다는 소문이 나돌 정도였다.

부러움의 대상이었던 이세호 반 학생들은 이제 지옥 같은 나날을 보내야 했다. 그가 예전의 그가 아니라는 건 촌지 수수에서도 드러났다. 그는 노골적으로 촌지를 밝혔다. 그가 때리는 학생들이 대부분 촌지를 안 주는 애들이라는 걸 학생들은 나중에야 깨달았다.

"다른 건 몰라도 그건 너무 싫었어요."

학생은 말을 하면서 몸을 '부르르' 떨었다.

"한 학생을 무지막지하게 두들겨 팼는데 그 날 오후, 그 아이의 어머님이 학교에 다녀가셨어요. 아마도 촌지를 가지고 오신 것 같았어요. 다음 날부터 태도가 180°로 바뀌어 착하다고 연방 머리를 쓰다듬고… 난리가 아니었대요. 이것도 들은 얘긴데, 어떤 학생한테는 '10만 원이 뭐냐, 누굴 거지로 아냐'고 윽박지르기도 했대요."

학생들과는 대조적으로 그가 촌지를 받고 체벌을 가한다는 것을 알게 된 학교 측은 오히려 환영하는 분위기였다고 했다.

이세호의 엽기 행각은 그것으로 그치지 않았다. 숙제를 안 해온 학생의 얼굴에 대고 방귀를 뀐 적도 있고, 코딱지를 묻히기까지 했다. '코브라 트위스트'를 하다가 한 학생의 팔을 부러뜨린 건 학생들이 참을 수 있는 범위를 넘어선 일이었다. 심지어 흡혈을 한다는 소문까지 나돌았다. 입 주위에 피를 묻힌 모습이 여러 학생들에게 가끔 목격된 것으로 보아 전혀 근거없는 소문만은 아니었다.

그 전의 명성이 워낙 자자했고 인기도 많았기에 처음 두 달간은 참으려고 노력했지만, 이러한 엽기 행각이 계속되자 학생들은 더 이상 인내할 수 없었다. 학생들은 학교 측에 이 사실을 항의했고, 학교 홈페이지에는 '채찍 교사', '촌지 교사', '흡혈 교사'라는 비난의 글을 띄웠다. 학생들은 담임이 관여하는 조례와 종례, 그리고 그가 담당하는 국어 수업을 거부했다.

그로부터 한 달간 전쟁이 시작되었다. 이 선생은 학생들을 볼 때마다 채찍을 휘두르며 오히려 학생에 대한 분노를 표출했고, 학생들은 각목과 허리띠로 산발적인 저항을 하기도 했다. 대립이 계속되자, 학교 측에서는 이 선생에게 6개월간 정직이라는 중징계를 내렸다.

"갑자기 왜 그렇게 사람이 변했을까? 무슨 계기가 될 만한 일은 없었을까?"

마태수의 질문에 학생들은 고개를 저었다.

"저희들은 처음에 학교에서 회유해서 그렇게 된 줄 알았어요. 그런데 그건 아닌 것 같아요. 아무리 회유를 해도 그렇지, 애들 얼굴에 대고 방귀를 뀌는 게 말이 안 되잖아요?"
　아이들의 이야기를 다 들은 후, 마태수는 교무실로 갔다. 수업 때문인지 아니면 모두들 이세호의 빈소에 가서인지 교무실은 대체로 썰렁했고, 선생들 몇 명이서 업무를 보고 있었다. 다소곳이 앉아 교무일지를 뒤적이는 여선생에게로 마태수는 성큼 다가갔다.
　"안녕하십니까? 저는 기생충탐정 마태수라고 합니다."
　마태수는 주머니에서 명함을 꺼내 그녀에게 내밀었다.
　"기생충탐정? 제게 무슨 볼일이죠?"
　"다름이 아니라, 이세호 선생에 대해 궁금한 게 있어서요."
　그녀는 쌀쌀맞게 대답했다. 정말로 아는 게 없다기보다는 채찍을 휘두르는 이세호를 동료 선생으로 인정하고 싶지 않은 눈치였다. 하는 수 없이, 마태수는 옆에 앉아 있던 체격이 좋은 남자에게로 시선을 돌렸다.
　"저는 기생충탐정 마태수라고 합니다."
　마태수는 그에게 명함을 내밀었다.
　"이세호 씨의 죽음에 대해 조사하고 있습니다."
　탐정이라는 말에 남자의 태도가 공손해졌다. 우리 나라에서 탐정소설이 많이 팔리는 것도 알고 보면 탐정에 대한 막연한 동경심이 사람들의 마음 속에 있기 때문일 것이다.
　"아, 이세호 선생 말이죠?"
　남자는 마태수에게 의자를 권했다.
　"사람은 참 좋았는데, 갑자기 그렇게 죽다니 안됐어요. 전 윤리를 가르치는 박석원이라고 합니다."
　"네, 박 선생님… 혹시 이 선생이 가족이 있습니까?"
　석원은 고개를 갸우뚱했다.
　"글쎄요, 아마 혼자 살고 있을걸요. 친척은 모르겠고, 부모님은 안 계시다고 들었는데."

그와 10분쯤 얘기했지만 그다지 도움이 될 만한 정보는 없었다. 이세호의 변신 이유에 대해서는 그 역시 의아해했다.

"죄송하지만, 이 선생의 집이 어딘지 알 수 있나요?"

박석원은 인사 카드에 적혀 있는 주소를 마태수에게 적어 줬다. 마태수는 거듭 고맙다는 인사를 한 후, 학교를 나섰다.

주소에 적힌 대로 찾아간 곳은 조그만 아파트였다. 졸고 있는 경비를 깨운 마태수는 그에게 몇 가지를 물어 봤다.

"저야 잘 모르지요. 워낙 관리해야 할 호수가 많아서요. 주차 관리도 해야지, 낯선 사람도 막아야지… 이세호 씨가 평소 어땠는지 제가 어찌 알겠습니까?"

이세호의 집안을 보고 싶었기에 마태수는 경비를 꼬드겨 이세호가 살던 203호 앞으로 갔다.

"아!"

문이 열리자마자, 둘의 입에서 탄성이 새어 나왔다. 문 앞에서부터 시작된 거대한 터널 같은 물체가 방 전체를 차지하고 있었다. 터널의 벽은 회색의 끈적끈적한 물질로 되어 있었고, 바닥에는 굴곡이 심한 카페트가 깔려 있었다.

"이, 이게 뭡니까?"

경비는 너무 놀랐는지 벌린 입을 다물지 못했다. 터널 안에 식탁과 침대까지 있는 걸로 보아, 이세호는 하루 생활의 대부분을 그 안에서 했던 것 같았다.

"제 생각입니다만… 아마도 사람의 맹장 모형이 아닌가 싶습니다."

"맹장이라뇨? 맹장 수술하고 그러는 그 맹장 말인가요?"

마태수는 고개를 끄덕였다.

"우리가 아는 맹장은 사실 '충수 돌기'가 옳은 표현입니다. 맹장 수술은 다름 아닌 충수를 떼어내는 수술이죠. 없어도 되는 충수와 달리, 맹장은 소장과 대장을 연결해 주는 중요한 장기입니다."

경비는 아직도 이해하지 못한다는 표정이었다.
"그런데… 왜 맹장을 만들어 놓고 산단 말이오?"
"글쎄요…."
마태수는 터널 안에서 핏기가 없어진 쥐 시체를 발견했다. 쥐 시체는 터널 안, 여기저기 널려 있었다.
"이것 좀 보세요. 쥐 목에 상처가 나 있죠? 이 집 주인은 아마도 쥐의 피 같은 걸 먹었나 봅니다."
쥐 시체를 보자 경비는 징그러운 듯 몸을 움츠렸다.
"세상에… 쥐를 잡아 피를 먹다니, 그게 사람이야? 고양이지."
"잘 봤습니다. 감사합니다."
집을 한 바퀴 둘러본 마태수는 디지털 카메라로 집안을 여러 장 찍고 아파트를 나섰다.
사무실로 돌아온 마태수는 기생충학 책을 폈다.
'편충, 세계적으로 널리 분포하는 토양매개성 윤충으로… 최근에는 격감하였지만 우리 나라에서 감염률이 가장 높았던 윤충이었다… 가늘고 긴 채찍 모양을 하고 있으며, 수컷은 3~4cm, 암컷은 4~5cm의 길이를 갖고 있다… 성충의 기생 부위는 대장 상부, 즉 맹장, 충수 돌기이다….'
이세호의 뇌 조직에서 나온 건 편충의 조각으로, 편충의 몸통 부분에 해당했는데, 그 조각을 가지고 추정해 보면 전체 길이가 적어도 10cm는 되어 보였다. 그런 큰 편충이 있는 것도 놀랍지만, 그 벌레가 뇌에서 중요한 기능을 수행하는 시상과 시상하부에 걸쳐 있다는 게 더 놀라웠다. 책에는 분명히 '뇌로 가지는 않는다'라고 쓰여 있었지만, 이세호는 분명 편충에 감염되었고 뇌에서 발견된 편충도 장에 있던 편충이 이동한 결과임에 분명했다.
마태수가 이세호에 대해 알아보고자 한 건, 편충이 뇌로 갔을 때 어떤 증상을 나타내는지 궁금해서였다. 뇌로 가는 기생충은 여러 개가 있지만, 대개의 경우 '두통'이나 '간질발작' 등의 증상을 일으킨다. 하지만 이번 경우는 달랐다.

이세호는 편충에 의해 지배되고 있었던 것이었다. 채찍으로 때리기를 좋아하고 흡혈을 즐겨하며, 촌지, 즉 먹을 것을 탐하는 건 편충의 특징이 아닌가. 학생들에게 방귀를 뀌는 등의 비위생적인 행위도 편충에게 조종되지 않는다면 결코 할 수 없는 일이다.

무엇보다 집을 사람의 맹장처럼 꾸며 놓은 것, 즉 맹장 속에 있을 때 편안함을 느낀다는 것은 편충이 이세호를 지배한다는 결정적인 증거였다. 편충이 죽으면서 염증이 심해져 뇌혈관이 터진 것이 이세호의 사인이 되었을 것이다.

"그러니까 나한테 그 말을 믿으라고?"

삼겹살집에서 마태수와 마주 앉은 승범의 눈이 휘둥그레졌다.

"믿어지지는 않지만, 지금으로서는 그렇게밖에 생각할 수가 없는 걸. 편충이 뇌로 가지 못한다는 편견은 버려야 할 것 같아!"

승범은 삼겹살 한 점을 입에 넣은 채 말했다.

"뇌로 가는 거야 그렇다 쳐. 그래도 그렇지, 기생충이 인간을 조종한다는 게 말이나 돼?"

"말이 안 될 건 또 뭐가 있니? 베르베르가 쓴 《상대적이고 절대적인 지식의 백과사전》에 나오는 얘긴데, 간질의 유충은 개미의 머리로 이동하여 개미의 행동을 지배한다더군. 기생충이란 게 워낙 독특한 존재잖아? 그리고 이걸 한 번 봐."

마태수는 주머니에서 꾸깃꾸깃 접힌 신문을 펼쳤다.

"이게 뭔데?"

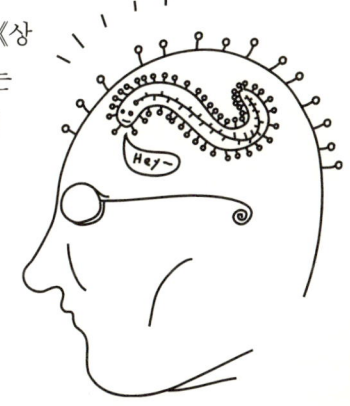

승범은 마태수가 표시한 기사를 읽기 시작했다.

'최근 영국 옥스퍼드대 마누엘 베르도이 교수팀은 '톡소포자충'이란 기생충에 감염된 쥐의 행동을 연구했다. 톡소포자충은… 쥐의 몸속, 특히 뇌에서 주로 지내다가 고양이에게 옮아가서 번식을 한다. 톡소포자충이 있는 쥐들은 고양이를 만나도 무서워하지 않고 도망치지도 않는다. 연구 결과, 보통 쥐는 고양이가 뿜는 특수한 호르몬을 본능적으로 알아채고 두려움을 보이는데, 톡소포자충에 감염된 쥐는 고양이의 호르몬에 전혀 반응하지 않았다.

이는 톡소포자충이 번식을 위해 쥐의 뇌를 조종한 결과로 해석됐다. 쥐에서 고양이로 옮겨가려면 쥐가 고양이에게 더 잘 잡아먹혀야 하기에 바로 그런 목적으로 톡소포자충은 쥐가 고양이를 두려워하지 않도록 만든 것이다. 그러면서 다른 뇌의 기능은 전혀 건드리지 않았다. 이에 대해 미국 스탠퍼드대 로버트 사폴스키(Robert Sapolsky) 신경과학과 교수는 "기생충이 뇌의 작용을 사람보다 잘 안다"고 평가했다.

톡소포자충처럼 많은 기생충들은 희생물이 된 동물의 두뇌를 조종해 행동을 바꿔 놓는다. 개의 두뇌에 자리잡은 광견병 바이러스는 개를 사납게 만들어 다른 동물을 물도록 하여 침을 타고 이동을 하기도 한다. 또 사람에게 옮은 광견병 바이러스는 코의 신경을 자극해 재채기를 하도록 한다. 이것은 콧속에서 나오는 바람을 타고 이동하려는 목적인 것이다.

―중앙일보 2003. 5. 권혁주 기자'

기사를 다 읽고 나서도 승범은 뭔가 마땅치 않은 듯 고개를 갸웃거렸다.

"캑캑!"

상추에 싸인 삼겹살을 입에 넣던 승범이 갑자기 기침을 해댔다. 얼굴에 튄 삼겹살 조각들을 닦아내며 마태수가 말했다.

"지금 넌 삼겹살이 기도로 들어가니까 기침을 하는 거잖아? 이건 삼겹살이 너에게 먹히지 않기 위해 저항하는 것일 수도 있어. 인간이란 말야, 뭔가에 조종될 수 있는 존재라고."

말도 안 되는 얘기라고 생각을 하면서, 승범은 10분 동안이나 기침을 더 해댔다.

술자리를 마치고 사무실로 돌아온 마태수는 수사 일지에 다음과 같이 적었다.

'이번 일을 통해 인간은 본래 선하다는 성선설을 신봉하게 된다. 이세호의 갑작스런 변신, 그 후 그가 보여준 엽기적인 행동들은 다른 이들에게는 이세호의 내부에 잠재해 있던 악의 표출로 보였겠지만, 사실은 편충의 조종에 의한 피치 못할 행동이었다. 학생들에게 그는 가해자로 군림했지만 실상은 그 자신이 더 큰 피해자였던 것이다.

우리의 상식으로 이해할 수 없는 일들을 곧잘 벌이는 악당들은 어쩌면 기생충의 지배를 받고 있는지도 모른다. 어린 학생들에게 체벌을 가하고 촌지를 요구하는 선생님들은 물론이고, 대량살상무기를 가지고 있다는 혐의를 뒤집어 씌워 최신식 대량살상무기로 이라크를 공격했던 부시도, 뇌 속에 있는 기생충의 조종을 받고 있는 건 아닐까?'

삼겹살 살인 사건

수술실 문을 나오는 의사의 표정을 봤을 때, 김홍근은 뭔가 잘못되었다는 걸 직감적으로 깨달았다.

"선생님, 어떻게 되었습니까?"

의사는 약간의 망설임 끝에 입을 열었다.

"그게 그러니까… 중간에 뇌혈관이 터져서 그만…."

그 다음 말은 김홍근에게 들리지 않았다. 제3 뇌실에 들어 있는 기생충을 수술로 제거하면 괜찮다고 했다. 비교적 간단한 수술이며, 별 위험은 없을 거라고도 했다. 그런데 어째서 이런 일이… 정신을 차렸을 때, 홍근은 의사의 멱살을 쥐고 있는 자신을 발견했다.

"홍근아, 그만 놓지 못해!"

삼촌의 목소리가 들렸고, 누나들도 뒤에서 홍근을 떼어내려 안간힘을 썼다. 홍근은 손을 놓고 돌아섰다. 갑자기 눈물이 쏟아졌다.

"어, 어떻게 오셨어요?"

마태수는 자신의 앞에 선 여인을 눈이 부신 듯 바라봤다. 큰 눈에 갸름한 얼굴, 미니스커트 사이로 드러난 늘씬한 다리가 마태수를 어지럽게 했다.

"비서 구한다고 광고 내지 않았나요?"

"내긴 냈지만 워낙 오래 전이라서…."

이렇게 모델 같은 여자가 자신의 비서가 될지 모른다고 생각하니 마태수는 조금 설레였다.

"대충 둘러보니 마음에 드네요. 언제부터 일하면 되죠?"

미녀는 성격도 시원시원했다.

"저, 월급은 그리 많이 못 드리는데…."

말을 하면서도 마태수는 그녀가 안 하겠다고 할까 봐 자못 걱정스러웠다.

"괜찮아요. 전 단지 사회 경험을 쌓고 싶은 거니까, 걱정 안 하셔도 돼요. 어려서부터 탐정 사무소에서 일하는 게 꿈이었거든요."

여자의 이름은 국상미라고 했다.

"전화만 잘 받아주시면 나머지 시간에는 상미 씨 하고 싶은 걸 하셔도 됩니다. 사실 전화도 몇 통 안 올거에요."

마태수가 겸연쩍게 웃었다.

"저, 틈나는 대로 기생충에 대해 가르쳐 주시면 안 되나요? 마 탐정님 조수라도 하고 싶은데…."

마태수는 그녀와 차를 같이 타고 수사를 나가는 장면을 머릿속에 그려 보았다. 상상만으로도 짜릿했다.

"그, 그러면 좋죠. 제가 책을 하나 드릴 테니 틈나는 대로 공부를 하시고… 며칠 후부터는 제가 수사 나갈 때 같이 가시죠, 뭐."

아무렇지도 않은 척 말을 했지만 마태수는 긴장했다. 순간, 전화가 왔다.

"제 첫 일이네요."

그녀가 웃으면서 전화를 받았다.

"여보세요. 마태수 기생충탐정 사무소입니다. 네? 고양이가 트림을 한다고요? 주소가 어떻게 되죠?"

그녀가 적어준 주소를 받아 챙기면서 마태수는 미소를 지어 보였다.
"트림을 하는 건 아마 기생충과 상관없을 겁니다. 물인 줄 알고 사이다를 먹었나 보죠. 다녀올 테니, 다른 전화 있으면 받아 놓으세요."

홍근에게 있어 어머니는 모든 것이었다. 홍근이 태어난 지 얼마 안 되어 교통 사고로 아버님이 돌아가셨고, 홍근의 어머니는 그 때 받은 합의금으로 학교 앞에 김밥집을 열었다. 풍족할 것까지는 없지만 누나 둘과 홍근, 네 식구가 굶는 일 없이 먹고 살 정도는 되었다.

어릴 적에는 어머니가 김밥을 파는 게 부끄러운 적도 있었지만, 맛있는 김밥을 만드는 어머니는 곧 홍근의 자랑이 되었다. 배고플 때마다 꼭꼭 라면을 챙겨 주고 김밥을 말아주는 어머니의 존재는 친구들 사이에서 언제나 부러움의 대상이었다. 홍근은 어머니의 부르튼 손을 부여잡고 수없이 다짐했었다.

"어머니, 조금만 참으세요. 제가 돈 많이 벌어서 호강시켜 드릴게요."

홍근이 소위 말하는 명문대에 입학했을 때, 홍근의 어머님은 그 날 하루 동안 손님들에게 김밥을 무료로 제공했었다. 졸업 후, 홍근은 한국 굴지의 기업에 입사했고, 능력을 인정 받아 3년만에 과장이 되었다. 조금만 기다리면 셋방 신세를 벗어나 꿈에도 그리던 아파트에 어머니를 모실 수 있을 터였다.

"어머니, 이제 일 그만 하셔도 돼요. 제가 편히 모실게요."

홍근이 거듭 권유했지만, 어머니는 부담이 되기 싫다며 여전히 김밥을 만들어 팔았다.

홍근의 어머님이 이상해진 것은 세 달 전의 일이었다. 밤늦게 돌아온 어머께 평소처럼 안마를 하고 있는데, 어머니가 갑자기 이렇게 물었다.

"근데 넌 누구니? 누군데 날 때려?"

홍근은 그저 농담이거니 했다.
"어머니, 저에요. 사랑하는 아들이잖아요."
어머니의 대답은 의외였다.
"아들? 내가 아들이 있어?"
순간 홍근에게 공포가 엄습했다.
"어머니, 갑자기 왜 그러세요? 저 모르세요?"
"거짓말하지 마시오. 당신, 지금 내가 김밥이나 팔고 있다고 무시하는 거요?"
어머니가 제 정신을 차리기까지는 30분이 족히 걸렸다. '치매', 그렇다. 그의 어머니는 치매에 걸린 거였다. 이제 겨우 살 만하게 됐는데, 편하게 모시려고 했는데 이게 무슨 일일까. 전담 간병인을 두거나, 그게 안 되면 어머니를 집안에 가둬 놓고 출근을 해야 할지 몰랐다. 홍근의 눈에는 눈물이 맺혔다.
날이 갈수록, 어머니의 증세는 점점 심해져 갔다. 하루에도 여러 번 정신이 나갔다. 입에 거품을 물고 쓰러졌다는 누나의 전화를 받았을 때, 홍근은 어머니를 모시고 병원으로 향했다.
"댁의 어머님은 다행스럽게 치매가 아닙니다."
의사의 말에 홍근의 눈이 번쩍 뜨였다.
"네? 그럼, 고칠 수 있다는 얘긴가요?"
의사는 뇌 단면을 찍은 'MRI' 사진을 펼쳤다.
"이 사진을 보시면… 뇌 안에 빈 공간이 몇 개 있는데 이걸 '뇌실'이라고 부릅니다. 이런 식으로 좌,우측에 하나씩 있고… 여기 중뇌 부근에 있는 것이 '제3 뇌실' 이지요. 여기를 보시면… 뭔가 이상한 게 들어 있는 게 보이나요?"
뭔지는 모르지만 무언가 들어 있는 게 홍근의 눈에도 보였다.
"이게 바로 '유구낭미충' 입니다. 기생충의 일종인데, 어머님의 증상은 바로 이것 때문에 생긴 겁니다. 수술로 제거하면 원래대로 회복하실 수 있을 겁니다."
"기생충이라니… 기생충이 아직도 있나요?"
의사가 홍근을 보고 웃어 보였다.
"유구낭미충은 유구조충, 그러니까 우리가 흔히 갈고리촌충이라고 부르는 벌레에 감염된 사람에게 생깁니다. 피부 등 우리 몸 여러 곳에 갈 수 있지만, 뇌로도 잘 가지요. 증상이 없다가 벌레가 죽으면서 여러 가지 증상이 나타나는데, 그 중 하나가 '간질 발작'입니다."
"그렇군요."
홍근은 이해가 잘 안 갔지만 알아듣는 척했다. 아무렴 어떤가. 어머니의 병을 고칠 수 있다는데, 이보다 기쁜 일이 어디 있겠는가. 홍근은 기쁜 마음으로 수술 동의서에 도장을 찍었다. 머리를 깎은 어머니가 이동식 침대에 실려 수술실로 들어간 뒤, 홍근은 대기실에 앉아 기도를 올렸다.
'하느님, 평소 하느님을 안 믿었던 거 죄송해요. 먹고 살기 바빠서 그랬어요. 어머니가 무사히 완쾌하신다면 그 때부터 저, 하느님 믿을게요. 정말이에요.'

마태수가 돌아왔을 때, 사무실에는 아무도 없었다. 국상미는 화장실에 간 걸까? 올 때 들고 온 노란색 가방이 보이지 않는 걸로 보아 퇴근해 버린 건지도 몰랐다. 첫날이니까 저녁이라도 같이 하려 했는데, 마태수는 조금 맥이 풀렸다. 오후 세 시도 안 된데다 자기 허락도 안 받고 가버린 게 괘씸했지만, 이해하기로 했다. 그만두지만 않는다면 마태수는 얼마든지 그녀의 편의를 봐 줄 용의가 있었다. 그 때 마태수는 책상 위에 쪽지가 놓인 걸 발견했다. 그녀의 메모였다.
'이봐. 마태수 탐정!
나 누군지 알지? 아침에 봤던 그 미녀야. 난 일자리를 구하는 척하면서 귀중품을 훔쳐가 팔아먹고 사는 사람인데, 이 사무실에는 진짜 가

져갈 거 없더라. 오죽 가져갈 게 없으면 현미경을 가져가겠니!'
 그러고 보니, 현미경이 없었다. 이런! 마태수는 뒤통수를 세게 맞은 듯한 기분에 멍해졌다. 메모는 다시 이어지고 있었다.
 '그리고, 책상 서랍에 있던 몽블랑 만년필도 혹시 모르니 가져간다. —미녀'
 얼굴 예쁜 만큼 마음도 예쁜 여자는 정말 없는 걸까? 뜻하지 않은 횡재에 콧노래를 흥얼거렸던 아침과는 달리 마태수의 기분은 정말로 더러웠다. 그리고 외모에 홀려 판단력을 잃었던 자신의 어리석음을 뼈저리게 후회했다.

 어머니의 장례를 치르면서 홍근은 내내 울기만 했다. 문상을 온 사람들의 어떤 말도 그를 위로하지는 못했다.
 '내가 도대체 뭘 잘못했기에 이런 괴로움을 겪는 걸까, 왜? 무엇 때문에?'
 수없이 묻고 또 물었다. 몇 번을 물어도 대답은 오직 하나였다.

 "수고들 했어. 내일 봐!"
 셔터문을 내린 안문상은 종업원들에게 손을 흔들었다.
 "네, 사장님도 안녕히 가세요."
 20m쯤 걷다 보니 갑자기 소변이 마려웠다.
 "나이가 드니까 소변만 잦아지는군."
 그는 담벼락에 서서 오줌을 누기 시작했다. 몸이 따뜻해지는 느낌이었다.
 "내 오줌발도 많이 죽었어… 옛날엔 벽이 뚫어질 것 같았는데 말야."
 마지막 남은 방울들을 털던 그의 목이 갑자기 조여왔다.
 "헉! 누, 누구야?"

뒤를 돌아보려 했지만 볼 수가 없었다. 안문상은 점점 의식을 잃어 갔다.

안문상의 죽음은 삼겹살집 주인이 살해된 세 번째 사건이었다. 두 번째 살해 사건이 일어날 때만 해도 반신반의하던 언론들은 일제히 이 사건을 대서특필했다. 세 명 다 삼겹살집 주인이라는 것도 그렇지만, 모두 목이 졸려 죽은 점, 목을 조르는 데 사용한 끈이 같은 것이라는 점으로 미루어 동일범의 소행인 건 의심의 여지가 없었다. 피살자들의 목에 난 상처로 보아 그 끈은 두께 2cm에 일정한 간격으로 줄무늬가 나 있는 것이었다.

종로 경찰서에서는 살인 사건 세 건이 모두 자신의 관할이었기에, 형사들은 당혹스러움을 감추지 못했다. 반장이 입을 열었다.

"망할 놈… 왜 하필 삼겹살집을 목표로 하는 거야? 삼겹살이야말로 우리 같은 서민들의 벗인데."

강형사가 맞장구를 쳤다.

"그러게 말입니다. 허구 많은 갈비집, 횟집들 다 놔두고 삼겹살집을 고른 이유가 뭔지…."

피살자들의 지갑이 돈이 든 채로 발견되었던 걸로 보아 금품을 노린 범죄가 아닌 건 확실했다. 문제는 삼겹살집 주인이라는 점을 빼면 죽은 세 명의 행적에서 어떠한 공통점도 찾을 수 없다는 거였다. 가족들의 증언에 따르면 셋은 전혀 모르는 사이였고, 출신 학교나 지역도 달랐다.

"제 생각에는…."

이 형사가 입을 열자, 다른 사람들은 그다지 주의를 기울이지 않았다. 그는 아직까지 수사에 도움이 될 만한 이야기를 한 적이 없기 때문이었다.

"삼겹살집들 사이에 헤게모니 쟁탈전이 벌어지는 것 같습니다."

반장은 핀잔을 주듯 대꾸했다.

"이봐, 이 형사. 삼겹살 가게끼리 손님 끌려고 경쟁하는 건 하루 이틀 된 게 아니잖아? 그리고 언제부터 걔네들이 살인까지 저질렀니, 응?"

무안해하는 이 형사에게 강 형사가 쐐기를 박았다.

"세 건이 모두 종로서 관할인 건 맞지만, 상권이 모두 틀립니다. 혹시, 원한에서 비롯된 건 아닐까요?"

반장은 피살자들의 채무 관계와 원한을 살 만한 일이 있는지 알아볼 것을 지시하고 회의를 끝냈다.

마태수는 회전 의자에 앉아 신문을 보고 있었다. 삼겹살 얘기만 들어도 입에 침이 고이고 몸이 꼬이는 그로서는 삼겹살집 주인들만 살해하는 범인이 얄미울 수밖에 없었다.

"참, 별놈이 다 있네. 삼겹살에 무슨 원수라도 졌나?"

'삼겹살 살인 사건'은 마태수뿐만 아니라, 사람들 사이에서도 화제가 되었다. 범인은 어릴 적에 삼겹살로 두들겨 맞았던 사람이라고 말하는 사람도 있었고, '평소 돼지라고 놀림을 받았던 게 분해서 그런 게 아닐까?'라고 추측하는 사람도 있었다. 피해자가 삼겹살집 주인이었기에 삼겹살집 주인들은 평소보다 일찍 문을 닫고 귀가했으며, 밤에 혼자 다니는 걸 피했다.

한편으로, 사람들은 이러다가 삼겹살집이 몽땅 문을 닫아 삼겹살을 먹는 게 어려워질 거라는 나름대로의 논리를 펴면서 삼겹살집에 몰려갔고 당연히 삼겹살집의 매출은 크게 증가했다. 심지어 '삼겹살 먹기' 운동을 벌이는 단체가 생겨나기까지 했다.

그 바람에 겨울인데도 파리를 날리게 된 횟집 주인들 중에는 '횟집의 부활'을 선동하는 유서를 써 놓고 목을 매어 자살하는 사람까지 나왔다. 하지만 사람들은 아랑곳하지 않았다. 그도 그럴 것이, 회가 가진 자들의 음식이라면 삼겹살은 서민의 애환이 담긴 음식이었으니까.

시류에 발맞춰 모회사에서 내 놓은 돼지 인형이 불티나게 팔렸고, 뚱뚱한 연예인들이 갑자기 각광을 받기 시작했다. 어느 연예인은 다이어트의 열풍에 편승해서 심하게 체중을 줄였다가 오히려 인기가 떨어지는 수모를 겪는가 하면, 가수 '둥글이'는 '삼겹살 탱고'를 불러 큰 인기를 모았다.

시간이 좀 흐르자, 내내 긴장하던 삼겹살집 주인들은 다시 경계를 늦추기 시작했다. 네 번째 살인이 벌어진 건 바로 그 때였다. 죽은 사람은 '이대림'이라고, 시네코아 극장 맞은 편에서 4년째 삼겹살을 팔던 사람이었다.

"쨍그랑."

신문을 보면서 커피를 마시던 마태수는 그만 잔을 떨어뜨리고 말았다. 신문 1면에 피살자의 목 부위가 확대되어 있었는데, 그걸 보는 순간 마태수의 머릿속에 섬광처럼 떠오른 생각이 있었다.

"저 줄무늬는…."

마태수는 책꽂이에서 기생충학 《아틀라스》를 꺼냈다. '촌충' 편을 펴자 몇 종류의 촌충들이 요염한 자태를 과시하는 게 보였다. 마태수는 다시 한 번 신문을 펼쳤다.

"유구조충이야!"

크기는 약간 차이가 났지만, 피살자 목에 생긴 무늬는 그 중 한 기생충과 정확히 일치했다. 그러고 보니 유구조충도 삼겹살을 통해 전파되는 기생충이 아닌가.

"내가 왜 이걸 미처 몰랐을까!"

서장은 몹시 기분이 좋지 않았다. 그도 그럴 것이 관할 구역에서 연쇄살인 사건이 벌어진 지 두 달이 다 되어 가는데, 범인은커녕 이렇다 할 단서조차 잡지 못하고 있기 때문이었다. 게다가 오늘 아침, 상부에 불려가 된통 혼이 나고 오는 길이었다.

이번 사건의 배후가 도대체 뭐냐는 윗사람의 질문에 마땅한 답이 떠오르지 않아, 자신도 모르게 '삼겹살집 간의 헤게모니 쟁탈전'이라고 대답하고 말았는데, 투철한 반공 사상을 가지고 있는 윗사람은 이탈리아 공산당의 창시자 그람시가 정립한 용어인 '헤게모니'를 무비판적으로 썼다는 이유로 그를 질타했던 것이었다. 서장은 화가 치밀었다. 그람시가 누군지도 모르는 판에 용어 하나 때문에 사상까지 의심받다니, 억울하기 짝이 없었다.

경찰서에 돌아온 서장은 누구에게든 화풀이를 하지 않고는 좀처럼 분이 가라앉을 것 같지 않았다. 그는 우선 반장을 찾았으나, 마침 자리를 비우고 없었다. 이리저리 두리번거리다 보니 책상에 앉아 있는 이 형사가 보였다. 서장은 성큼성큼 이 형사 쪽으로 다가갔다.

"이 형사!"

자신을 부르는 소리에 이 형사는 자리에서 벌떡 일어났다.

"지금 뭐 하고 있는 거야? 부지런히 쏘다녀도 범인이 잡힐까 말까인데, 책상머리에 앉아 있다고 뭐가 되나?"

서장은 이 형사의 손에서 책을 빼앗았다. 표지에는 '삼겹살의 이해'라고 적혀 있었다. 서장은 그 책으로 이 형사의 머리를 내리쳤다.

"이 한심한 놈! 한심한 놈! 당장 나가서 범인을 잡아오란 말야!"

뜻하지 않게 분풀이를 당한 이 형사는 어쨌거나 그 자리를 피하는 게 상책이라 생각하고, 부리나케 밖으로 뛰쳐나갔다.

서장은 책을 들고 서장실로 들어간 후, 문을 걸어잠갔다. 화풀이를 했지만 속이 개운치는 않았다. 따지고 보면 이 형사가 무슨 죄인가. 좀 모자라긴 해도 심성이 곱고, 뭐니뭐니 해도 자신의 처남이 아니던가.

더구나, 이제 경찰도 '필'에 근거하여 범인을 잡는 시대가 지났다, 공부, 공부를 해야 한다고 주장한 건 바로 자신이었다. 그런 면에서 이 형사의 행동은 칭찬할 만한 것이지, 결코 야단칠 일은 아니었던 것이다. 나쁜 놈은 바로 그 연쇄살인범이 아닌가. 서장은 《삼겹살의 이해》

라는 책을 펴들었다.

'좋은 고기는 한 번 뒤집는다. 간혹 고깃집에서 고기를 열심히 뒤집는 성실성으로 상대방의 환심을 사려는 사람이 있는데, 뒤집는 게 빈번해지면 육질의 맛이 떨어진다.'

'맞아, 꼭 그런 놈들이 있지.'

서장은 고개를 끄덕이며 계속 책을 읽어 내려갔다.

'고기는 약간 덜 익었을 때가 맛이 있다. 우리 나라 사람들의 87%는 고기를 바싹 익혀서 먹는다는 통계가 나와 있는데, 이는 매우 잘못된 일이다. 피가 뚝뚝 떨어지는 단계가 아니라면 우리 몸은 얼마든지 삼겹살을 소화할 수 있다. "돼지고기는 탈 때까지 익혀야 한다"는 신화는 이제 그만 깨져야 한다.'

서장은 연신 고개를 끄덕였다. 따지고 보면, 자신도 삼겹살을 먹을 땐, 항상 바싹 익혀서 먹었던 것이다.

'삼겹살 6인 분을 먹는다고 치자. 이 때 6인 분을 한꺼번에 시키기보다는 3인 분씩 두 번에 나누어 시키는 게 훨씬 더 유리하다. 후자의 경우가 훨씬 양이 많기 때문이다. 그 이유는, 6인 분에서 서너 점을 더 는 건 쉽지만, 3인분에서 고기를 더는 건 어렵기 때문이다….'

서장은 시계를 보았다. 오전 11시 30분이었다. 서장은 문을 열고 나가 경찰서 안에 있는 사람들에게 소리쳤다.

"12시 정각에 모두 서장실 앞으로 모일 것! 오랜만에 삼겹살이나 한 번 먹자고!"

마태수는 건강보험공단에 찾아가, 최근 5년 사이에 유구조충으로 죽은 사람이 있는지 조사했다. 환자는 몇 명 있긴 해도 그로 인해 죽은 사람은 없었다. 유구조충은 큰 길이에 비해 별다른 증상을 나타내지 못한다. 하지만, 유구조충의 알이 어떤 경로를 통해서든 몸 속에서 부화되면 어른으로 자라지 못한 유충이 몸 여러 곳을 돌면서 문제를 일으키는

데, 이게 바로 유구낭미충증이다.

　5년 사이에 건강보험공단에 등록된 유구낭미충 환자는 모두 53명이었다. 그 중 죽은 사람은 여덟 명인데, 그들의 사망 원인을 보면, 세 명은 다른 지병이었고 네 명은 교통 사고였다. 나머지 한 명은 수술 중 죽었다. 죽은 이의 이름은 박덕순. 죽기 전까지 살던 곳은 삼겹살집 주인들이 죽어나간 종로였다.

　마태수는 박덕순을 수술한 의사를 찾아갔다. 문이 잠겨 있어서 쪼그리고 앉아 기다렸는데 자세히 보니 문 앞에 도끼 자국이 나 있었다. 한 시간쯤 지나자 흰 가운을 입은 남자가 피곤한 표정으로 문 열쇠를 땄다.

　"이근승 선생님이시죠? 전 마태수라고 하는데요. 혹시 박덕순 환자를 기억하십니까? 뇌 유구낭미충 환자 말입니다."

　이근승은 낯선 사람에게 보이는 경계의 눈빛을 놓지 않으며, 대답했다.

　"네, 제 환자였습니다. 제3 뇌실에 충체가 있어서 부득이하게 수술을 해야 했는데 그 와중에 혈관 기형이 터져서… 운이 없었던 겁니다. 환자나 저나, 둘 다."

　씁쓸한 기억이 되살아나는 듯 이근승의 얼굴빛이 어두워졌다.

　"혹시 고인에게 아들이 있습니까?"

　"있지요. 회진을 돌 때도 늘 병상을 지켰습니다. 어머니가 죽었다는 걸 알고는 제 멱살을 쥐고 흔들었죠. 그거야 이해할 수 있죠. 하지만 그 뒤 무지하게 난동을 부렸나 봅니다. 도끼를 들고 다 죽여버린다고 설쳐대서 병원 직원들이 한동안 공포에 떨 정도였으니까요."

　"그럼… 선생님에게는 안 찾아왔습니까?"

　"그럴 리가 있겠습니까. 제 방문 앞에 있는 도끼 자국이 그 때 생긴 거죠. 그런 사람에게는 주눅 들면 안 됩니다. 제가 과실이 있는 경우라면 모를까. 이렇게 말해 줬지요. 너희 어머니는 혈관 기형 때문에 죽은 거다, 그리고 나 때문에 유구낭미충에 걸린 것도 아니지 않느냐, 나한 테 그러지 말고, 그 기생충을 원망해라, 하고 말입니다."
이근승의 마지막 말에 마태수는 점점 확신을 갖기 시작했다.

"빨리 불어. 한 달 전 수요일에 뭐 했어?"
이 사건이 원한 관계 때문에 일어났다고 생각한 강 형사는 피살자가 하던 삼겹살집에 외상 빚을 진 사람들을 불러 놓고 조사 중이었다.
"엊그제 일도 기억이 안 나는데, 한 달 전 일을 어떻게 기억합니까?"
남자는 억울해 죽겠다는 표정이었다.
"밀린 외상이 자그마치 5십만 원인데 요즘 같은 세상, 그 정도면 살인 동기로 충분하지 않겠어?"
"말도 안 됩니다. 그깟, 5십만 원 때문에 사람을 죽인다면, 이 세상에 남아날 사람이 누가 있습니까?"
"그래? 그럼 넌 얼마면 사람을 죽일 건데?"
강 형사의 질문에 남자는 어이없다는 표정을 지었다.
"제가 언제 죽인다고 했습니까? 그리고, 반말하지 마세요. 외상 좀 졌다고, 누굴 범죄자 취급하는 겁니까?"
"이 자식이…."
강 형사가 주먹을 날리려는데, 누군가 손을 낚아챘다. 뒤를 돌아보니 유난히 눈이 작은 남자가 서 있었다.
"누구요?"
"전 마태수라고 합니다. 기생충탐정 사무소를 운영하고 있죠."
"기생충? 그래서?"
"쓸데없는 짓 그만하고, 오늘 저랑 범인이나 잡으러 가시죠?"
강 형사는 갑자기 나타난 사내의 말에 기가 찬 표정을 지으며, 어이없다는 듯 한 마디 내뱉었다.

"무슨 범인을?"
"삼겹살 살인 사건 범인!"
마태수의 말 한 마디에 경찰서 안은 긴장하기 시작했다.

홍근은 벽장 속에서 유구조충을 꺼내 들었다. 죽은 어머니의 몸 속에서 나온 놈이었다.
"오늘 또 한 번 수고해 주렴."
희생자는 진작에 정했다. 종로 한복판에 위치한 '부산삼겹살'집 주인으로, 어머니와 몇 번 가본 적이 있는 곳이었다. 밖으로 나오니 보름달이 둥글게 떠 있었다. 홍근의 어머님이 돌아가셨을 때도 보름달이 훤했었다.
'삼겹살 같은 걸 파는 인간들은 다 죽어야 해!'

"저놈이야?"
서장이 묻자 마태수가 고개를 끄덕였다. 강 형사가 입을 열었다.
"멀쩡하게 생긴 놈이 왜 저런 짓을 하지?"
마태수가 그 말을 반박했다.
"강 형사님, 그럼 범죄는 나같이 못 생긴 사람만 저질러야 하는 건가요?"
"그런 건 아니지만…."
강 형사는 자신이 실수했다고 생각했다.
"저기 좀 보십시오."
이 형사의 말에 모두들 그 쪽을 보았다. 영업이 끝났는지 주인이 셔터를 내리고 있었다.
"자, 흩어져!"
강 형사는 지시를 내렸다.

부산삼겹살집 주인은 집으로 향하는 골목을 오르기 시작했다.
"매일매일이 요즘 같으면 좋겠어. 그 살인범이 우리 장사만 도와 줬다니까. 하하."
아내가 몸조심을 하라고 했지만 그는 그다지 귀기울이지 않았다. 설마 자신에게 그런 일이 닥칠 거라고는 생각지 않았기 때문이다. 그는 아내에게 이렇게 대답했었다.
"이봐, 그 사람들이 삼겹살을 팔아서 죽은 줄 알아? 절대 아니야, 다 죽을 만한 이유가 있었을 거라고."
모퉁이를 도는 순간, 누군가 자신의 목을 움켜쥐었다.
"헉! 뭐…야, 이…건?"
계속해서 목이 조여 왔다.
"사람… 살…려! 캑캑!"
뭔가 물컹한 느낌이 드는 끈이었다. 이게 말로만 듣던 삼겹살 살인 사건이란 말인가. 점점 목이 조여, 숨을 쉴 수가 없었다. 하늘이 노래져 갔다. 온 힘을 다해 발버둥쳐 보았지만, 상대는 꿈쩍도 하지 않았다. 이렇게 죽는구나 하고 포기할 무렵, 누군가의 외침이 들렸다.
"꼼짝 마!"
잠시 후, 체념한 듯한 표정을 지은 채 두 손을 머리 위로 얹은 남자의 손에 수갑이 채워졌다.

김홍근은 범행 일체를 시인했다. 사건을 해결한 공로로 서장과 강 형사, 이 형사는 승진할 것이 분명했다.
"범인은 잡았지만, 사정은 딱하군요. 세상에 둘도 없는 효자였다는데…."
이 형사의 말에 모두들 고개를 끄덕였다. 마태수가 입을 열었다.
"그건 이해하지만 방향이 빗나갔지요. 어머니의 원수를 갚겠다고 아무 죄 없는 삼겹살집 주인들을 살해한 것은 분명 잘못이지요. 어머님이 돌아가신 것은 혈관 기형 탓이고 설사 유구낭미충이 원인이었다 해도, 그건 벌써 오래 전에 걸려 있던 것이 죽으면서 증상을 일으킨 거거든요."

강 형사도 한마디 덧붙였다.

"그래요, 설사 삼겹살 때문에 어머니가 돌아가셨다고 해도, 그런 짓을 해서는 안 되는 거죠. 돌아가신 어머니가 자기 아들이 감옥에 갇힌 걸 본다면 편안히 하늘나라로 가겠어요? 하여간 마태수 씨, 정말 고맙습니다. 마 선생님이 아니었다면 사건 해결에 더 오랜 시간이 걸렸을 테고, 아까운 인명이 몇 명 더 희생될 수도 있었을 테니까요."

강 형사는 마태수의 손을 굳게 잡았다. 이 형사도 오랜만에 밝게 웃어 보였다.

"저도요."

"언제 한 번, 삼겹살에다 소주 한 잔 하지요?"

강 형사의 말에 마태수는 힘차게 대답했다.

"그래요. 언제 한 번 들를게요!"

마태수는 작별 인사를 하고 경찰서를 나와 지하철을 탔다. 자정이 가까운 시각이라 사람이 거의 없었다. 편한 자세로 앉아 등을 기대는데, 누군가가 마태수의 앞에 섰다.

"Hello!"

고개를 들어보니 노란 머리의 외국인이었다.

"Yes?"

얼떨결에 대답을 하자 반가운 얼굴로, 그가 다시 물었다.

"@&(%%(@(%(·(·(@((?"

마치 속사포가 지나가는 듯한 빠른 말에 마태수는 진땀이 나기 시작했다.

"오… 예…."

마태수는 엉거주춤하게 자리에서 일어났다. 사내의 키는 마태수보다 머리 하나가 더 컸다. 그 때 지하철의 문이 열렸다. 마태수는 잽싸게 전철에서 뛰어내렸다.

"니들이 우리말을 배워야지, 왜 날 괴롭히고 그래?"

계단을 뛰어 오르며 씩씩대는 마태수의 말이 오래도록 지하철 역 안을 맴돌았다.

"니니니드드드리리리리…."

미녀의 기침

탐정 사무실을 연 이후, 마태수는 줄곧 혼자서 일해 왔다. 전화기를 휴대폰과 연결시켜 놨으니, 사무실에 누군가 없다고 해도 큰 불편을 느끼지는 않았다. 하지만 정작 본인은 불편함이 없는데도 주위의 시선은 곱지 않았다. 아랫사람을 두지 않는 자신의 사무실을 열악하게 생각하고 의뢰조차 하지 않으려는 사람들이 있었기 때문이다. 마태수가 직접 전화를 받을라치면, 어느 의뢰인은 불신에 가득 찬 목소리로 물었다.

"거긴 비서도 없나요?"

하는 수 없이, 비서를 구한다는 광고를 내보기도 했지만 말로만 듣던 '꽃뱀'에게 걸려 현미경만 잃어버리고 말았다. 그리고 그녀를 제외하고는 아무도 마태수의 사무실을 찾지 않았던 것이다. 신문에서는 연일 청년 실업이 큰 문제라고 떠들어 대건만, 정작 이렇게 일 할 자리가 있는데도 왜 아무도 호응을 하지 않는 것인지, 마태수는 이해할 수 없었다.

'왜, 비서를 하겠다는 사람이 아무도 없는 걸까? "기생충을 사랑하는"이란 게 문제였을까? 기생충을 다루니 대변도 만져야 한다고 생각했을지도 모르지. 하긴, 우리 교수님도 내가 기생충학 교실에 남을 때,

"대변을 만지는 곳이 아니다"라고 꼬시지 않았던가. 막상 들어가 보니 웬걸, 난 아예 대변 속에 푹 파묻혀 4년을 살아야 했었지.'

마태수의 머릿속에는 환자의 대변을 물로 씻어 가면서 그 안에 있는 기생충을 고르던 일, 열 여섯 개의 종이 박스에 담긴 설사 변에 기생충이 있는지를 알아내야 했던 일, 동네 주민들에게 대변을 제발 조금씩만 달라고 거의 울면서 사정했던 일들이 스쳐 지나갔다. 이런 일들을 하다 보니 그는 이제 대변을 눈앞에 두고도 태연히 밥을 먹을 수 있는 처지까지 되었다.

하지만 기생충탐정 사무소의 비서는 달랐다. 정말로 전화만 받아 주면 되는 거였다. 어쩌면 '탐정 사무소'라는 것 자체가 마땅치 않았을지도 모른다. 탐정 사무소니 머리를 많이 써야 할지 모른다는 부담감에 그저 쉬운 일만 찾는 이들에게는 만만치 않은 일로 보일 수도 있을 것이다.

마태수는 라마르크의 '용불용설'을 떠올렸다. '작은 기린의 조상이 목과 다리를 많이 사용한 결과, 오늘과 같은 모양으로 진화한 것'이라는 그의 학설은 인류가 계속 이렇게 머리를 안 쓰다가는 공룡처럼 멸종할 수도 있음을 경고하고 있는 건 아닌가. 책을 읽는 사람들이 갈수록 적어지는 것도 그런 징조가 아닐까? 하기야, 마태수 자신조차도 최근 몇 년 사이 기생충에 관한 책을 빼고는 일반 교양서라는 걸 읽어 본 기억이 가물가물했다.

이런저런 생각에 착잡해진 마태수는 허기를 때우려 사발면을 끓였다. 막 한 젓가락을 뜨려는데 전화벨이 울렸다.

"여보세요?"

"헬로우?"

난데없는 영어에 놀라, 물었던 라면을 뱉고 말았다.

"여보세요?"

"sekglagl%·&*(#(*$)$)%(%)))*&$#·@#@@?"

대체 무슨 말인지 전혀 감이 잡히지 않았다.

"gpoagjogkqphj&&&@#($&#&%@&@&#*?"

한참을 듣던 마태수는 'You have the wrong number(잘못 걸었소).'란 말을 내뱉고는 전화를 끊었다. 'anus itching(항문 가려워)'란 말을 한 걸로 보아 잘못 건 게 아닌 것 같기도 했지만, 혹시 또 전화를 걸어올까 두려워 수화기마저 내려놓았다. 기분이 씁쓸했다. 라면은 이미 불어터졌고 입맛도 싹 가셨다.

마태수에게 있어 영어는 스트레스 그 차제였다. 국제화 시대니 뭐니 해서 온 국민이 영어에 미쳐 설치는 꼴도 영 거슬렸다. 학창 시절부터 영어 과목엔 아무런 흥미도 느낄 수 없었기에 대학 갈 정도의 점수만 받기에 급급했다. 그 땐 오늘처럼 외국인 고객의 전화를 받는 일이 생길 거라고는 차마 생각지도 못했다.

앞으로 이런 경우가 생길 때마다 번번이 이렇게 수화기를 내려놓아야 하는 걸까? 마태수는 자신이 초라하게 느껴졌다. 가뜩이나 의뢰도 많지 않은 판에 내국인과 외국인을 가릴 처지는 더더욱 아닌데… 잠시 고민 끝에 그는 영어 학원을 다니기로 결심했다. 아무리 소질이 없더라도 어느 정도 배우면 간단한 회화 정도는 할 수 있으리라는 생각이 들었기 때문이다.

직업은 있지만, 출퇴근 시간 관념이 없는 마태수에게 매일 아침 7시 반까지 학원에 나온다는 것은 어려운 일이었다. 첫날, 수염이 덥수룩하게 난 외국인 원어민 선생은 학생들에게 각자 자신의 소개를 하도록 시켰다. 마태수의 차례가 되었다. 그는 더듬더듬 소개를 시작했다.

"I am a man…(나는 남자고), I want to speak English very well (영어를 잘하고 싶어요)."

두 문장의 짧은 소개로 인사를 대신한 후, 안도의 한숨을 내쉬는 마태수에게 문 앞 자리에 앉은 여자의 상큼한 미소가 들어왔다. 시원시원한 눈망울이 너무도 매력적이었다. 졸린 건 더 이상 마태수에게 문제가 되지 않았다.

그는 하루도 빠지지 않고 학원에 갔고, 강의 시간 내내 그녀의 일거수 일투족을 관찰했다. 그녀와 어떻게든 말이라도 한 번 해볼 수 있다면… 마태수의 설레는 마음은 날이 갈수록 더해 갔다. 그녀와 대화를 나누고, 같이 커피도 마시고, 다정하게 손도 잡고, 그리고 키스도 하고… 상상만 해도 정말 짜릿했다.

그녀는 여간해서 보기 힘든 미인이었다. 긴 생머리는 탐스러웠고, 초롱초롱한 눈망울은 정말이지 너무나 사랑스러웠다. 길고 날씬한 다리로 '또각또각' 걸을 때면 아무리 목석 같은 남자라도 시선을 뺏기지 않을 수 없었다.

그녀를 더욱 빛나게 하는 건 타고난 미모뿐 아니라 말할 수 없이 묘한 지적인 분위기였다. 아무 여자에게나 있을 법하지 않은 그런 묘한 분위기 말이다. 책 표지를 가수 신혜식의 브로마이드로 포장한 것으로 보아, 그녀는 신혜식의 팬인 모양이었다. 덕분에 시간만 나면 마태수는 레코드숍에 들러 신혜식의 CD를 하나씩 구입하기 시작했다.

그녀는 수시로 기침을 했다. 몇몇 학생들은 수업에 거슬려하는 내색을 했지만, 마태수는 그녀의 기침 소리가 그저 애처로울 따름이었다.

"콜록, 콜록."

그녀가 내는 기침 소리에 잠시 강의가 중단되었다. 마태수가 본 것만 해도 두 달 째, 그쯤 되면 단순한 감기는 아닌 것 같았다. 마태수는 문득 결핵이 아닌가 하는 의심을 하기 시작했다.

사람들은 결핵을 과거, 한 때 유행했던 병으로 안다. 하지만 우리 나라에서 결핵은 여전히 간과할 수 없는 병 중의 하나다. 국립보건원의 자료에 의하면 2001년 한 해 동안 우리 나라에서 결핵으로 죽은 사람은 무려 3천221명이나 되며, 추정된 환자 수만 해도 22만 명에 달한다.

이런 생각에 미치자, 그녀가 더 안쓰러워졌다. 결핵이 전염병이긴 해도 1주일 정도 약을 먹으면 전염성이 없어지고, 1년만 약을 잘 먹는 다면 누구나 완치할 수 있는 병이기에, 그녀가 정말로 결핵이라면 그녀의 병을 낫게 해 주어야 한다고 마태수는 생각했다.

기침을 유난히 심하게 하던 어느 날, 그녀는 강의 중간에 밖으로 나갔다. 기회를 잡은 마태수는 재빨리 그녀를 따라나갔다. 그녀는 가방에서 종이컵을 꺼내더니 정수기의 물을 받았다. 그리고 종이에 싼 약을 꺼내 손바닥에 올렸다.

"그거 무슨 약이죠?"

마태수의 말에 그녀가 소스라치게 놀랐다. 그 바람에 손바닥에 있던 약 한 알이 바닥에 떨어졌다. 그녀가 허리를 굽혀 약을 주우려 했지만 마태수가 먼저 약을 집었다. 약을 보니 'INH'라고 쓰여 있었다. 역시 'Isoniazid', '아이나'라고 불리는 결핵약이었다. 그녀는 마태수의 손에서 약을 낚아챘다.

"결핵… 이신가요?"

자신의 질병을 들켜서인지, 그녀의 얼굴이 붉어졌다.

"약 드신 지 얼마나 되셨죠?"

결핵약이라는 것까지 알려진 마당에, 그녀는 순순히 손가락 두 개를 펴 보였다. 가늘고 흰 손가락이었다.

"두 달이요?"

여자가 고개를 저었다.

"그럼… 2년?"

설마하고 물었는데, 여자가 고개를 끄덕이더니 강의실로 들어가 버렸다.

마태수는 생각했다. 요즘 쓰는 조합 요법*3가지 약을 혼합해서 쓰는 요법.이라면 9개월 정도만 약을 먹어도 깨끗이 나을 수 있고, 길어야 1년을 넘지 않는다. 그런데 2년이라니? 어쩌면 '마이코박테륨 아븀(Mycobacterium

미녀의 기침 153

avium)' 같은 비정형 결핵균일지도 모른다는 생각이 스쳤다. 그건 통상적으로 사용하는 결핵약으로는 치유가 잘 안 되기 때문이다. 마태수는 강의실로 들어서면서 수업이 끝나기를 기다렸다.

"미선 씨, 잠깐 얘기 좀 해도 될까요?"
그녀는 아무 대꾸도 하지 않고 바쁘게 걸어갔다.
"저, 다른 뜻은 없고, 다만 결핵 때문에 고생하시는 게 안쓰러워서 그러는 겁니다."
"……"
"진단은 어디서 받으셨나요? 객담 검사에서 결핵균이 나왔나요?"
"……"
"아무리 그래도 2년간 안 듣는다면, 약을 바꿔야 하는데…."
그녀는 마태수의 계속되는 말에 한 마디 대꾸도 하지 않다가 갑자기 멈춰 섰다.
"도대체 왜 이래요?"
그녀가 소리를 지르는 바람에 출근길에 나선 행인들의 시선이 일제히 쏠렸다. 이 때, 그녀가 기침을 해대기 시작했다.
"콜록, 콜록, 꺽, 콜록, 꺼억."
그건 기침이 아니었다. 발작이라고 해야 할 정도로 기침이 길게 이어졌다. 1분여 동안 기침을 하고 난 뒤, 그녀는 길가에 쪼그리고 앉아 가래를 뱉었다. 사람들은 심상치 않은 상황에 눈치만 보며 지나쳤다. 순간 마태수는 온몸이 얼어붙는 느낌이었다. 쇠녹물색, 혹은 초콜릿 색깔의 가래! 그가 숱하게 봐 오던 것이 아닌가. 그녀는 손수건을 꺼내 입가를 닦고는 마태수에게 눈길 한 번 주지 않은 채 갈 길을 재촉했다.
마태수는 잽싸게 약국으로 달려가 식염수를 샀다. 그리고는 그녀가 뱉은 가래 옆에 다시 쪼그리고 앉았다. 가방에서 노트 한 장을 뜯은 마태수는 거기다가 그녀의 객담을 담았다. 칫솔이 들어 있던 통에다 종이에 받은 가래를 흘렸다. 그리고 사 온 식염수를 3㎖ 정도 통에 부었다. 그 통을 조심스럽게 손에 들고 택시를 타고 사무실로 향했다.

사무실로 돌아온 마태수는 칫솔 통에 있는 객담을 시험관에 옮긴 후, 수산화나트륨을 넣어 가래의 끈끈한 성분을 녹였다. 원심분리기에서 3천rpm*분당 회전수으로 5분간 돌린 후 상층액을 버렸고, 밑에 남은 용액 한 방울을 막대기로 찍어 슬라이드에 올린 후 커버글라스를 덮었다. 현미경으로 관찰한 지 5분도 안 되어, 적어도 다섯 개 이상의 폐흡충알이 관찰되었다. 마태수는 캐비닛에서 '디스토시드' 스물네 알을 꺼내 종이에 쌌다.

다음 날 아침, 7시 25분이 조금 못 되어 김미선이 나타났다. 마태수는 의기양양하게 그녀의 앞을 막았다.

"미선 씨, 사실 전 기생충 학자입니다. 어제 당신이 뱉은 가래에서 폐흡충알이 나왔어요. 그러니까 당신은 결핵이 아니라 폐흡충에 걸린 거예요."

"네?"

그녀의 눈이 동그래졌다.

"폐흡충에 걸린 분이 결핵약만 드시니 안 낫는 게 당연하죠. 혹시 민물게장 같은 거 드신 적 있나요?"

마태수의 질문에 그녀는 힘차게 고개를 끄덕였다. 어제와는 사뭇 다르게 마태수에게 고분고분한 태도를 보였다.

"저, 게장 너무 좋아해요. 그것 때문에 제가 고생한 건가요?"

"네."

마태수는 주머니에서 약을 꺼냈다.

"그 기생충은 주로 폐를 침범하지만 재수가 없으면 뇌로 가기도 합니다. 하지만 이 약을 두 알 반씩 하루 세 번, 3일간 드시면 깨끗이 낫습니다. 약 드신 뒤에 가래가 좀 많이 나올 수 있으니 주의하시고요."

그녀는 희고 고운 손으로 마태수가 건네는 약을 받았다. 마태수의 손에 그녀의 손가락이 닿자 마태수는 살짝 전율을 느꼈다. 그리고는 잠시 이걸 계기로 그 동안 꿈꾸었던 그녀와의 상상 속의 관계가 실현될지도 모른다는 생각을 했다.

마태수는 좀더 각별한 인사말을 기대했건만, 그녀는 뭐가 그렇게 바쁜지 학원을 마치자마자 총총히 사라졌다. 그 날 마태수는 신혜식이 나오는 '무붕콘서트'의 티켓을 두 장 샀다. 그녀에게 내밀면서 데이트 신청을 할 작정이었다.

다음 날 아침, 마태수는 일찍 와서 그녀를 기다렸지만 그녀는 나타나지 않았다. 그 다음날도, 또 그 다음날도… 금요일이 되었다. 그녀가 없으니 도통 학원 다닐 맛이 나질 않았다. 영어 실력도 전혀 늘지 않는 것만 같아 짜증만 더할 뿐이었다.

수업이 끝난 후, 선생이 마태수에게 종이 가방을 건네주며 살짝 미소를 보이고는 강의실을 나갔다.

'이게 뭐지?'

뜻하지 않은 일이라 당황스럽기는 했지만 그는 일단 포장된 상자를 뜯었다. 그 안에는 세련된 디자인의 넥타이와 함께 김미선이 쓴 편지가 들어 있었다.

'마태수님,

미선이에요. 어떻게 감사를 드려야 할지 모르겠네요. 덕분에 다 나았습니다. 이제는 기침 같은 거 안 하고 살아요. 사실, 전 회사에 좋아하는 오빠가 있었습니다. 하지만, 제가 폐병에 걸리고 나서 (폐흡충에 걸렸다는 게 맞는 표현이겠네요) 그 오빠 앞에 설 자신이 없더군요. 행여 오빠에게 제 병이 전염될까 무서워, 제 마음과 달리 오빠를 피해다녔어요. 저 또한 매일같이 나오는 기침 때문에 짜증이 날 뿐아니라 심지어는 인생이 싫어지기까지 했어요.

그러나 마태수님께서 주신 약을 먹고 난 지금은 인생이 너무도 아름답습니다. 이제는 자신 있게 그 오빠에게 '좋아한다'고 말하려고요. 그간 제가 보였던 행동은 제 뜻이 아니었다고, 앞으로도 쭉 오빠만을 좋아할 거라고 고백할 생각입니다.

처음 마태수님께서 제게 관심을 보였을 때, 오해했었어요. 다른 사람들처럼 제 외모만 보고 저를 따라 다니는 그런 사람인 줄 알았거든요. 그런데 그게 아니란 걸 이제야 깨달았습니다. 그간의 무례를 용서하세요. 너무나 감사드리고, 이 넥타이는 저의 조그만 성의입니다.'

편지는 그렇게 끝나 있었다. 마태수는 가슴이 '쿵' 하고 무너지는 소리를 들어야 했고, 결국 '신혜식 콘서트'를 혼자 볼 수밖에 없었다.

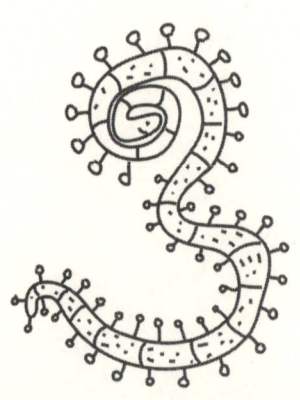

기생충 탐정에게 건배를!

"기생충 탐정이란 게 뭡니까?"

"아, 그건 기생충을 이용해서 세계 평화를 위협하는 무리들을 응징하는 직업이죠."

"아니, 그런 사람들이 많습니까?"

"우리가 몰라서 그렇지, 굉장히 많습니다. 몇 년 전에 TV 뉴스에 뛰어들어서 '내 귀에 도청 장치가 있다'고 했던 사람 기억나나요?"

"아, 그 사람이오? 물론 기억합니다."

"그 사람이 알고 보니, 뇌에 유구낭미충이 침투해 있었다고 하더군요."

— 〈골프의 여왕을 구출하라〉 中

골프의 여왕을 구출하라

42.67mm의 직경을 가진 흰 공이 홀컵을 튕겼다. '퉁' 하는 소리가 유난히 크게 들렸다. 아나운서의 안타까운 목소리가 이어졌다.

"이렇게 되면 '쿼드러플 보기'인데요. 그런 건 아마추어들도 잘 안 하는데…."

박세희는 목을 뒤로 젖혀 하늘을 바라봤다. 그리고는 잔디에 그대로 주저앉아 버렸다. 22오버파! 열네 살에 골프를 시작한 이래 이런 치욕은 처음이었다. 망연자실한 표정으로 앉아 있는 그녀의 눈에서 자신도 모르게 눈물이 흘렀다. 첫날 7오버파에 이어 2라운드에서 무려 22오버파를 친 박세희는 참가 선수 중 최하위로 '컷오프' 되었다.

마태수는 TV로 그 경기를 지켜보고 있었다. 이번 대회에서 박세희가 보여 준 모습은 평소와 너무도 달랐다. 백스윙을 할 때마다 연신 얼굴을 찌푸렸고, 3백 야드를 넘기는 호쾌한 장타는 도대체 어디 갔는지 그녀가 친 공은 2백 야드를 넘지 못했다. 짧은 거리의 퍼팅을 번번이 놓쳤고, 어프로치도 엉망이었다. 경기를 마친 박세희가 인터뷰 도중 눈물을 흘리는 모습을 보니 마태수도 마음이 아팠다.

"흑흑… 몸이 많이 아파요. 어깨도 쑤시고, 열도 나는 것 같고… 의사가 참가하지 말고 쉬라고 했는데, 무리해서 참가한 게 잘못인가 봐요… 흑흑."

그러고 보니, 그녀의 몸이 대체적으로 부어 있는 듯했다. 울어서 그런지 몰라도 눈 주위가 부은 것도 눈에 띄었다.

"혹시?"

마태수의 마음 속에 한 줌의 의혹이 생겨난 건 바로 그 때였다.

미국 여자 프로 골프 투어(LPGA)는 총 38개의 대회를 치르는데, 박세희는 언제나 강력한 우승 후보였다. 올해도 그녀는 현재까지 LPGA 챔피언십, 브리티쉬오픈, US오픈 등 4대 메이저 대회 중 세 개를 이미 우승했고, 네 개 대회를 모두 우승하는 그랜드슬램을 달성하기 위해서는 나비스코 대회를 앞두고 있었다. 만일 올해 우승을 하게 된다면 박세희는 캐리 웹이 보유한 최연소 그랜드슬램 기록인 '27세 달성'을 깨고 '26세 달성'이라는 새로운 기록을 세울 수 있었다.

하지만 그 모든 게 수포로 돌아갈 공산이 커졌다. 나비스코 대회 직전에 열린 '세이프웨이핑배너헬스' 대회에서 2라운드 합계 29오버파라는 최악의 부진을 보이며 예선 탈락했기 때문이다. 불과 6일 앞으로 다가온 나비스코 대회 때까지 박세희의 몸 상태가 정상으로 돌아오기는 힘들다고 전문가들은 말했다. 매니저와 그녀의 후원사 측은 아예 불참을 권고하고 있으며, 박세희 또한 그랜드슬램을 포기하고 휴식을 취할 생각인 것으로 알려졌다.

박세희가 갑자기 몸이 안 좋아진 이유가 뭘까? 현지 의사들은 음식을 잘못 먹은 탓으로 생각했다. 박세희는 경기 사흘 전 한국에서 공수된 웅담을 먹었는데, 그게 그녀에게 알레르기 반응을 일으켰다는 게 의사들의 견해였다.

하지만 마태수의 생각은 달랐다. 웅담이 몸에 좋을 거야 없지만, 웅담 자체의 항원성이 그리 높지 않아 알레르기를 일으키는 일은 드물었다. 게다가 박세희는 이번뿐 아니라 그 전부터 웅담을 꾸준히 먹어 왔는데, 새삼스럽게 무슨 알레르기란 말인가.

박세희의 얼굴을 TV로 봤을 때, 마태수의 뇌리에 떠오른 건 다름 아닌 '선모충'이었다. 선모충…. 곰이나 멧돼지 등을 덜 익혀 먹으면 걸리는 이 기생충은 인체 감염 후 수많은 새끼를 낳는데, 그 새끼들이 사람의 근육 전반에 정착하여 똬리를 트는지라, 몸이 붓고 통증이 있는 등 여러 가지 전신 증상을 일으킨다. 인터뷰 도중 울먹이던 박세리의 얼굴은 마태수가 전에 봤던 선모충 환자의 모습과 거의 동일했다.

우리 나라에서 최초의 선모충 환자가 발견된 건 1998년이었다. 그 전까지 우리 나라는 선모충이 발견된 적이 없어 '기생충 후진국'의 오명에서 벗어나지 못하고 있었다. 일본 학자들은 노골적으로 우리를 비웃었다.

"너희 나라는 어째서 선모충도 하나 없냐? 진짜 없는 거냐, 아니면 너희가 능력이 없어서 못 찾고 있는 거냐?"

그럴 때마다 우리 나라 학자들은 고개를 푹 숙이거나, 이런 식의 변명을 했다.

"우리 나라 사람들은 너희처럼 곰 고기를 먹지 않는다. 쓸개만 먹을 뿐이다."

하지만, 선모충이 곰에만 있는 건 아니고 멧돼지나 자칼, 여우 등 야생 동물에 흔한 기생충인지라 우리의 변명은 궁색하게만 들렸다. 그러던 차에 경상대의 어느 교수가 선모충 환자를 무려 세 명이나 발견했다. 산에서 잡은 오소리를 먹고 선모충에 걸린 그들 모두의 근육에서 선모충의 새끼가 웅크리고 있는 모습을 관찰할 수 있었다.

기생충학회는 그 경사스러운 일을 기념하기 위해 사흘간 잔치를 벌였고, 환자가 발견된 날을 자체 휴일로 지정했다. 학회 회원들은 환자 세 명과 어렵게 구한 오소리 한 마리를 놓고 기념 촬영을 했는데, 마태수 역시 그 자리에 있었다. 박세희의 얼굴을 보면서 그 환자를 떠올린 건 그 때의 기억이 선명히 남아 있기 때문이었다.
　　마태수는 예전부터 친분이 있던 박세희의 주치의에게 전화를 걸었다. 그리고 솔직한 자신의 견해를 이야기했다. 별 다른 방도가 없던 주치의에게 때마침 걸려온 마태수의 전화는 마치 지푸라기라도 잡으려는 그의 마음을 자극시키기에 충분했다.
　　"제가 어떻게 하면 되겠습니까?"
　　"만일 제 생각이 맞는다면, 약을 먹으면 많이 좋아질 겁니다. 서두른다면 나비스코 클래식에 참가하는 것도 가능할 수 있습니다."
　　"무슨 약을 먹으면 되나요?"
　　"알벤다졸이라고, 회충약의 일종이죠. 시중에 나와 있는 약이면 됩니다. 일단 스테로이드*소염 작용을 하므로 염증성 질환에 즉각적인 효과를 나타낸다. 를 쓰시면 당장 급한 불은 끌 수가 있습니다."
　　"아, 저도 그 생각을 했는데, 미국 프로 골프 투어에서는 스테로이드 복용을 금지하고 있습니다."
　　"그래요. 아쉽군요."
　　"저, 진단은 어떻게 하죠?"
　　"근육을 생검하면 됩니다."
　　"저… 수고스럽지만, 미국으로 와 주실 수는 없는지… 제가 기생충에는 경험이 없어서요…."
　　두 시간이 채 못 되어 마태수의 사무실로 한 남자가 들어섰다.
　　"안녕하십니까? 세희팀 도우미 조문기라고 합니다."
　　사내는 통역을 비롯해 각종 업무를 도울 예정이라고 했다.
　　"잘 모시라는 분부가 있었습니다. 준비가 끝나시는 대로 떠나도록 하지요."

비행기 내에서 조문기가 불쑥 질문을 던졌다.
　　"기생충탐정이란 게 뭡니까?"

마태수는 진지한 얼굴로 대답을 했다.

"아, 그건 기생충을 이용해서 세계 평화를 위협하는 무리들을 응징하는 직업이죠."

조문기는 고개를 갸우뚱했다.

"아니, 그런 사람들이 많습니까?"

"우리가 몰라서 그렇지, 굉장히 많습니다. 몇 년 전에 TV 뉴스에 뛰어들어서 '내 귀에 도청 장치가 있다'고 했던 사람 기억나나요?"

"아, 그 사람이오? 물론 기억합니다."

마태수는 조그맣게 속삭였다.

"그 사람이 알고 보니, 뇌에 유구낭미충이 침투해 있었다고 하더군요."

"호, 그래요?"

"그뿐이 아닙니다. 언젠가 대사관에서 대규모 인질극을 벌였던 청년 있지요? 그 사람은 스파르가눔이란 기생충 때문에 한쪽 고환을 잘라낸 것에 대한 분풀이로 그런 짓을 했지요."

"그렇군요."

조문기는 고개를 끄덕였다. 잠시 침묵이 흐른 후, 조문기가 다시 입을 열었다.

"그런데… 기생충은 다 멸종한 거 아니었습니까?"

마태수가 많이 받는 질문이었다. 마태수는 늘 그렇듯이 준비된 답변을 시작했다.

"그렇지 않습니다. 회충이 멸종 단계에 이른 것은 사실이지만, 회충이 기생충의 전부는 아니지요. 우리가 몰라서 그렇지, 많은 기생충들이 우리를 위협하고 있습니다. 간디스토마를 비롯해서 장에 사는 디스토마도 한 열 종류 되죠. 거기다 와포자충 같은 원충류가 있고, 말라리아도 창궐하고…."

조문기가 눈을 빛냈다.

골프의 여왕을 구출하라 165

"말라리아요? 그게 기생충입니까?"

"그렇습니다."

마태수는 혀로 입술을 핥았다.

"기생충이라고 회충같이 큰놈들만 있는 것은 아니죠. 눈에 보이지 않는 기생충이 오히려 더 많습니다."

조문기는 놀랍다는 표정을 지었다.

"제 친구 한 명도 말라리아로 입원했었거든요."

"혹시 제대한 지 얼마 안 된 사람 아닌가요?"

조문기는 크지 않은 눈을 최대한 크게 떴다.

"맞습니다. 어떻게 아셨어요? 제대한 지 딱 두 달만이었어요."

"요즘 유행하는 말라리아는 휴전선 부근에서 발생하는 경우가 많고 잠복기가 길어, 제대 후에 증상이 나타나는 경우가 꽤 있지요. 원래는 80년대쯤 우리 나라에서 말라리아가 멸종했었는데요, 93년부터 다시 부활했죠. 그러니까 93년도에 환자가 한 명 발생했는데…."

한 10분쯤 떠들었을까? 조문기의 반응이 아무래도 수상해 선글라스를 벗겨 보니, 그는 이미 깊은 잠에 빠져 있었다.

'싱거운 사람….'

마태수도 등받이에 기댄 채 잠을 청했다.

공항에는 세희팀에서 준비한 봉고가 대기하고 있었다. 먼저 세희팀의 팀장과 인사를 나눈 후, 마태수는 박세희의 주치의와 반갑게 해후했다.

"테니스는 좀 치셨습니까?"

주치의가 고개를 저었다.

"안 친 지 오랩니다. 요즘 골프에 재미를 붙여서요. 마 선생님은 요즘도 치시나 보죠?"

"그럼요, 주말마다 칩니다. 스트로크가 그 때보다 훨씬 강해졌습니다. 하하."

주치의는 대학 병원 내분비 내과 교수로 근무하다 도미해, 3년 전 LA에서 개원을 했다. 마태수와는 그가 한국에 있을 당시 같은 테니스 클럽 회원이어서 잘 알고 지내는 사이였다. 나이는 열 살 정도 많았지만, 예의 바르고 겸손한 사람이라 마태수는 진심으로 그를 존경했다. 주치의가 말했다.

"일 끝나면 테니스나 한번 칩시다. 안 그래도 팔이 근질거리던 차였는데…."

박세희의 몰골은 말이 아니었다. 병이 악화된 건지, 울어서 그런지 TV에서 볼 때보다 얼굴이 더 퉁퉁 부어 있었다. 그녀는 소파에서 힘겹게 몸을 일으켜 마태수를 맞았다. 아무리 환자라 해도 세계적인 선수를 직접 본 마태수는 그저 감개무량했다.

"제가 전화로 말씀드린… 그러니까 CPK★LDH와 함께 근육 세포에 있는 효소로, 근세포가 파괴되는 질환에서 증가한다. 와 LDH 검사는 어떻게 되었나요?"

마태수의 질문에 주치의가 차트를 내밀었다.

"음… 많이 올라가 있군요. 호산구도 높고요. 선모충일 가능성이 아주 많은데요. 박세희 선수, 혹시 최근에 곰 고기를 드신 적이 있나요?"

박세리는 고개를 저었다.

"여우, 자칼, 승냥이는요?"

역시 고개를 저었다.

"바비큐 요리 같은 것도 전혀 안 드셨나요?"

고개를 젓던 박세리가 갑자기 입을 열었다.

"아, 그러고 보니 한 달쯤 전에 멧돼지 바비큐를 먹은 적이 있어요."

"한 달 전이라… 시기적으로 대략 일치하는 것 같은데…."

박세희가 걱정스러운 눈빛으로 물었다.

"전 어떻게 되는 거죠?"

"저의 생각이 맞는다면, 약을 드시면 완쾌될 수 있습니다. 나비스코 출전도 가능하고요."

박세희의 얼굴이 오랜만에 밝아졌다.

"선생님, 그렇게만 된다면… 꼭 은혜를 갚겠습니다."

마태수가 손을 내저었다.

"그랜드슬램만 이뤄 주시면 전 더 바랄 게 없습니다. 그런데 확진을 위해 근육 생검을 해야 하는데…."

어느 부위의 근육을 생검할 것인지에 관해 잠시 논란이 일었다. 선모충 진단에 가장 널리 쓰이는 어깨 근육은 골프칠 때 중요하고, 다리와 팔 역시 조금의 손상도 있어서는 안 된다. 비록 미세한 양만큼을 떼어낸다 해도 스윙에 지장을 줄 수 있기 때문이다. 결국 결정된 곳은 등이었다. 등이라고 해서 골프와 전혀 무관하지는 않지만, 할 수 없었다. 생검을 위해 주치의가 마취제를 주사하려 하자 박세희가 만류했다.

"저, 마취 없이 그냥 하겠어요."

주치의는 걱정스럽게 말했다.

"세희양, 생검이란 건 생각보다 아픕니다. 마취를 하셔야…."

박세희가 큰 소리를 냈다.

"빨리 나아서 골프채를 잡아야지요. 마취를 하면 아무래도 회복이 느리잖아요."

"그야 그렇지만…."

"그럼, 제 말대로 해 주세요. 전 여기 앉아서 바둑을 두겠어요. 마태수 탐정님, 저와 바둑이나 두시죠!"

일행은 그녀의 대담함과 프로다운 모습에 놀라움을 금하지 못했다. 마태수는 박세희와 마주앉았다. 그가 물었다.

"저… 몇 급이나 두시는지요. 전 8급 정도 둡니다만."

"열 점 놓으세요."

"네? 열 개나?"

그렇다면 그녀는 적어도 아마 2단쯤은 된단 말인가? 박세희가 바둑을 잘 둔다는 얘기를 마태수는 들어본 적이 없었다. 마태수가 머뭇거리는 사이, 박세희가 자기 돌 열 개를 바둑판에 늘어놓았다.

"지금 뭐 하시는 겁니까? 저더러 열 점 놓으라더니."

마태수가 묻자 박세리는 부은 얼굴로 웃어 보였다.

"뭐 하긴요, 열 개씩 놓고 '까기' 하자는 거죠."

마태수는 어이가 없어 그냥 웃고 말았다. 그가 두꺼운 바둑알로 열 개를 고르는 사이, 주치의도 생검 준비를 끝냈다.

"자, 시작합니다!"

박세희와 주치의가 동시에 외쳤다. 생검 바늘이 그녀의 등을 찌르는 동시에, 박세희가 튀긴 돌이 마태수의 바둑돌 한 개를 바둑판 밖으로 밀어냈다. 마태수 차례였다. 그의 검은 돌이 멋지게 날아가 박세희의 흰 돌을 밖으로 퉁겨냈다. 이에 질세라, 박세희의 돌이 다시금 마태수의 돌을 날려버렸다. 생검 기계가 뼈를 긁는 소리가 바둑돌 부딪히는 소리와 어우러져 자못 공포스러운 느낌을 자아냈다. 그 바람에 마태수가 퉁긴 알은 헛손질이 되고 말았다. 때를 놓치지 않은 박세희의 돌이 마태수의 돌에 작렬했다.

"다, 끝났습니다."

주치의가 이렇게 말했을 때, 마태수의 바둑돌은 이미 전멸해 있었다. 박세희의 승리였다. 아프기 그지없는 근육 생검을 그녀는 마취 없이 해낸 것이었다.

현미경에 표본을 얹자 똬리를 틀고 있는 선모충 새끼들이 선명하게 보였다. 숫자도 굉장히 많아서 현미경의 시야를 옮길 때마다 열 마리 이상씩이 관찰되었다. 선모충을 처음 보는 주치의는 연방 탄성을 내질렀다.

"그레이트!!!"

골프의 여왕을 구출하라

마태수는 박세희에게 준비해 간 약을 내밀었다.
"보통은 두 알씩 1주일간 먹는 거지만, 네 알씩 3일간 먹도록 합시다. 약을 먹고 난 후, 벌레들이 죽으면서 전신에 열이 날 수 있습니다."
박세희는 물과 함께 약 네 알을 꿀꺽 삼켰다. 마태수가 물었다.
"참, 바비큐를 드신 곳은 어디에요?"
"그게… 그러니까 캐리 웹 선수하고 같이 가서 먹었는데…."
한 마디도 안 하고 있던 매니저가 나섰다.
"제가 잘 압니다. 명함도 받아 놓았고요. 원하면 모셔다 드리겠습니다."
"그래 주시면 감사하죠."
열이 심하게 오른 후, 박세희는 눈에 띄게 좋아졌다. 이틀이 더 지나자 골프채를 잡을 수 있을 만큼 회복되었다. 나비스코 대회까지는 불과 사흘, 주위에서는 걱정했지만 박세희의 의지는 강했다.
어느 정도 여유가 생긴 주치의는 마태수와 테니스라도 치려고 했지만, 그의 모습은 어디서도 볼 수가 없었다. 주치의는 마태수가 어디 있는지 팀장에게 물었다.
"바쁜가 봅니다. 어제도 대학 연구실에서 밤늦게까지 있었다더군요."
"그래요? 어렵게 미국에 왔는데, 관광이라도 좀 하지 않고서…."
주치의의 말에 팀장도 동조했다.
"그러게 말입니다. 뭘 하느라 그리도 바쁜지…."

마태수는 조문기와 함께 나비스코 대회가 열리는 '미라지'로 향했다. 골프 코스 안에는 여러 명의 선수가 코스 적응 훈련을 하고 있었는데 마태수가 알 만한 선수가 제법 눈에 띄었다. 로라 데이비스, 멕 말론, 로리 케인… 저 멀리 한국 선수들의 모습도 보였다.
"저기 있네요!"

마태수는 18번 홀에서 퍼팅을 하던 캐리 웹에게 다가갔다. 영어가 서툰 마태수를 위해 조문기가 통역을 했다.

"안녕하세요, 저는 한국에서 온 마태수라고 합니다. 기생충탐정이죠."

덩치가 큰 캐디가 그들을 막아섰다.

"당신들, 누구야?"

"연습 끝나고 잠깐 얘기 좀 할 수 있을까요?"

캐리 웹은 바쁘다며 자리를 피하려 했고 멀리서 지켜보고 있던 캐리 웹의 경호원들이 달려와 일행을 둘러쌌다. 마태수가 그녀의 등 뒤에다 대고 소리쳤다.

"바비큐에 관해 저랑 할 말이 있을 것 같은데?"

'바비큐'란 말을 듣자 캐리 웹의 얼굴에 당혹감이 스쳐가는 것을 마태수는 놓치지 않았다.

"당신, 지금 뭐라고 했죠?"

캐리 웹을 보면서 마태수는 다시 말했다.

" 'LA 바비큐' 라는 식당에서 박세희 선수와 바비큐를 먹지 않았나요?"

잠시 침묵이 흐른 뒤, 캐리 웹이 입을 열었다.

"좋아요, 이야기하죠."

그녀는 경호원들을 뒤로 하고 나지막이 마태수에게 이야기했다.

"여기서는 곤란하니까 골프 클럽 건너편 '세르비' 로 가 있으세요. 곧 갈게요."

경호원들이 문을 지켰고 캐리 웹과 마태수, 그리고 조문기가 테이블을 사이에 두고 마주앉았다.

"캐리 웹, 당신은 한 달 전, 정확히 2월 20일, 당신 언니가 경영하는 'LA바비큐'에 박세희와 갔지요. 그리곤 맛있게 식사를 했습니다. 맞습니까?"

골프의 여왕을 구출하라 171

캐리 웹은 고개를 끄덕였다. 그녀는 약간 겁에 질린 표정이었다.

"당신은 평소 박세희를 그리 좋아하지 않았습니다. 그런 당신이 왜 갑작스럽게 바비큐를 같이 먹자고 했을까요? 그건 박세희에게 뭔가 해로운 짓을 하려고 한 게 아닌가요? 박세희는 당신이 세운 최연소 그랜드슬램 기록을 깰지도 모르니까요, 마침…."

여기까지 얘기했을 때, 조문기가 그를 제지했다.

"잠깐, 좀 천천히 얘기해요! 그렇게 한꺼번에 말해 버리면 제가 어떻게 통역을 합니까?"

마태수는 머쓱해졌다.

"죄송합니다. 앞으로는 한 문장씩 천천히 말하겠습니다."

"당신의 형부는 UCLA 대학 생물학과에서 부교수로 근무하고 있지요. 알아보니 그 분이 주로 연구하는 분야가 선모충이더군요."

캐리 웹의 얼굴은 점점 굳어져, 안 그래도 흰 얼굴이 더더욱 창백해졌다.

"당신은 형부에게 부탁해 선모충을 얻었습니다. 그리고 그 선모충을 언니에게 주고, 박세리가 먹을 바비큐에 주사기로 찔러 넣게 했습니다."

캐리 웹은 두려움에 질려 소리쳤다.

"당신… 즈, 증거 있어? 난 LPGA 최고의 선수야! 내가 박세희를 못 이겨서 그런 짓을 했다고? 당신, 명예 훼손으로 고발할 거야! 당신 말에 자신이 있다면 증거를 내놓아 봐!"

마태수는 가방에서 뭔가를 꺼냈다.

"그럴까 봐 여기, 증거를 가져 왔습니다. 이건 제가 당신 형부의 근무처에서 대학원생에게 부탁해서 얻은 선모충을 분석한 사진이고…."

그는 다른 사진을 가리키며 말을 이었다.

"이건 박세희 선수의 등에서 얻은 선모충을 분석한 사진입니다. 어때요, 똑같죠? 이렇게 핵형이 동일하다는 건 '스트레인', 그러니까 종자가 같다는 걸 의미합니다. 그러니 이 기생충은 당신 형부의 연구실에서 나온 것이죠."

캐리 웹이 부들부들 떨기 시작했다. 잠시 몸을 떨던 캐리 웹은 이윽고 고개를 푹 숙였다.

"그래요. 제가 한 짓이에요. 전 근본도 모르는 황인종이 제 기록을 깨는 걸 도저히 용납할 수 없었어요. 흐흑…."

캐리 웹의 눈에서 눈물이 흘렀다.

"이제 저, 저를 어떻게 하실 건가요?"

"생각 같아서는 고발하고 싶지만, 그렇게 하진 않겠소. 당신의 인생이 불쌍해서 언론에도 공개하지 않겠소. 대신, 다시 한국 선수들에게 접근했다가는 내 가만두지 않겠어요."

마태수는 주머니에서 종이 한 장을 꺼냈다.

"여기다 사인하세요."

캐리 웹은 눈물을 그치고 종이를 물끄러미 바라보았다.

"뭐죠, 이게?"

"'개과천선'을 약속한다는 서약서지요. 읽어 주겠소. 나 캐리 웹은 앞으로 착하게 살 것을 서약합니다."

캐리 웹은 그 종이가 나중에 협박용으로 쓰일지 몰라 주저하는 눈치였다.

"참나, 협박하려면 지금 하지, 왜 나중에 한단 말이오? 그리고 이 서약서에는 당신의 범죄 사실에 대한 얘기가 전혀 없잖소?"

캐리 웹은 못마땅한 표정으로 서명했다. 마태수는 서약서를 주머니에 넣고 자리에서 일어났다. 문쪽으로 걸어가면서 마태수는 캐리 웹을 돌아보고 짧게 말했다.

"Be a man!"

차에 오르자마자 조문기가 화를 냈다.

"아니, 그런 범죄 사실을 적발하고도 그녀를 풀어 주는 건 뭐요? 그건 당신의 권한 밖인데?"

마태수는 껄껄 웃었다.

"하하, 그럴 수밖에 없었어요. 검찰에 고발한다 해도 증거가 없어 풀려날걸요."

"무슨 소리요? 분석한 사진인가 뭔가 하는 게 바로 증거잖소?"

조문기는 핏대를 세웠다.

"그거 속임수에요."

"속임수?"

"그럼요. 사실 전세계에서 선모충의 종자는 딱 하나밖에 없답니다. 제가 했던 말은 다 거짓이지요. 전 그저 실험실에 널린 시약을 반을 나누어 전기영동을 두 번 했던 겁니다. 두 개가 똑같은 패턴을 보이는 건 너무도 당연하죠. 나중에 그 사실을 알면 발뺌할까 봐 서약서를 받아둔 거랍니다."

"그럼… 밤늦게까지 실험실에서 뭘 했단 말이오?"

마태수가 다시 호탕한 웃음을 터뜨렸다.

"박사 과정에 있는 교포 여학생이 실험하는 걸 거들어 줬죠. 이래 봬도 제가 실험하는 데는 일가견이 있답니다."

잠시 침묵이 흘렀고 조문기는 묵묵히 운전만 했다. 잠시 후, 그 침묵을 깬 것도 조문기였다.

"그런데 나가면서 한 얘긴 뭐예요? 'Be a man' 이라고 했던가?"

"아, 그거요. 그냥 '인간이 되시오' 라고 말한 건데…."

이번에는 조문기가 폭소를 터뜨렸다.

"아니, 정말 그런 뜻으로 말한 거요? 우하하하."

"제가… 틀렸나요?"

"하하, '인간이 되시오' 는 그게 아니고, 'Behave yourself!' 라든지 'Manage yourself' 라고 하는 거예요. 하하, 완벽한 콩글리쉬네요."

한편, 마태수가 나간 뒤 캐리웹은 계속 식당에 앉아 있었다. 범죄

행각이 드러난 게 분하기도 하고, 잘못해서 외부에 알려질까 봐 걱정도 되었다. 게다가 마태수가 나가면서 한 말이 무슨 뜻인지 도무지 이해가 가지 않았다.

"그게… 무슨 뜻일까요? 남자가 되라니?"

매니저도 고개를 갸웃거렸다.

"글쎄요, 혹시 '남자 대회'에 나가라는 게 아닐까요?"

"하여간, 참 요상한 인물인 것 같아요… 마태수라…."

나비스코 대회가 개막되었고 한국에 돌아온 마태수는 사무실에서 그 경기를 지켜보았다. 건강이 완전히 회복되지 않은 듯 박세희는 1, 2라운드에서 부진을 면치 못했다. 간신히 컷오프를 통과한 뒤 3, 4라운드에서 타수를 많이 줄였지만, 결국 38위에 그쳤다.

경기가 끝나고 얼마 뒤 마태수의 사무실 전화가 울렸다.

"저, 박세희입니다. 마태수님, 죄송해요. 그랜드슬램을 못 했어요."

전화까지 해 주는 자상함에 마태수는 다시 한 번 감동했다.

"아, 안녕하세요? 저도 경기하는 거 봤는데, 그 정도면 잘하셨어요. 그랜드슬램은 내년에 하면 되지요, 뭐."

전화를 끊은 뒤, 마태수는 박세희가 준 사인 볼을 한참동안 바라보았다. 그의 얼굴에 미소가 어렸다.

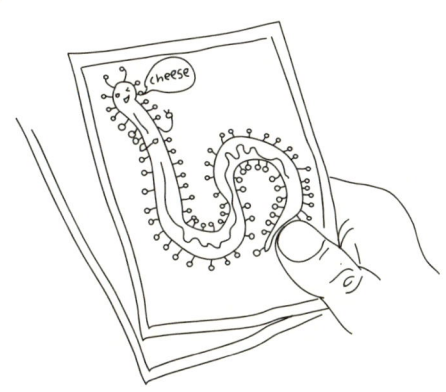

골프의 여왕을 구출하라 175

상속

화장실에 다녀왔더니 부재중 전화가 한 통 와 있었다. 요즘은 발신자 서비스 덕분에 전화를 받기 위해 큰일을 보다 말고 뛰어나오는 일이 없어져서 좋다고 마태수는 생각했다. 하지만 전화기에 찍힌 건 모르는 번호였다. 일단 '통화' 버튼을 눌렀다.

벨소리 대신 '인형의 꿈'이란 노래가 나왔다. 좋은 노래가 나올 때는 전화를 빨리 받으면 화를 낸다지? 한 가지 이해할 수 없는 것은 이런 것을 왜 '컬러링'이라고 부르는가 하는 거였다. 마태수는 친구들이 '컬러링' 어쩌고 하기에, 휴대폰에 색칠하는 거냐고 물었다가 망신을 당한 적이 있었다. 음악이 끊기고 웬 남자의 목소리가 들렸다.

"여보세요?"

"전화 번호가 찍혀 있어서 전화드렸습니다. 저는 마태수라고 하는데요."

"마태수! 나 누군지 모르겠어? 나, 박노준이야."

"아, 노준이 형. 그 동안 안녕하셨어요?"

박노준은 마태수의 4년 선배로, 지금은 대학 병원 신경과에 근무하고 있었다.

"그래, 넌 어떻게 지내냐?"

"저야, 늘 그렇죠. 그런데 어쩐 일로 전화를 다 주셨어요?"
"응, 물어 보고 싶은 게 있어서. 전화로는 좀 그렇고, 언제 저녁이라도 같이 하면서 얘기하면 어떨까?"
"저야 뭐, 언제나 괜찮습니다. 선배님이 날짜를 정하시죠."
"그래? 어디 보자… 내일 어때? 내가 여섯 시에 끝나니까, 우리 병원 현관에서 보자고."

다음 날 마태수는 점심을 굶었다. 이왕 얻어먹는 거, 화끈하게 먹어야겠다고 생각했다. 선배가 일하는 병원에 도착한 건 약속 시간이 조금 못 되어서였다. 조금 늦겠다는 전화가 왔는지라 무료하게 의자에 앉아 있는데 눈이 번쩍 뜨일 만한 미녀가 마태수 앞에 서 있는 게 아닌가.

'이야! 얼굴도 예쁘지만, 쭉 뻗은 다리가 사나이 가슴을 울리는구나!'

마태수는 심심하던 차에 일어나서 그녀 곁으로 갔다.
"저… 예쁘신 비결이 뭐예요?"
"네?"
돌연한 접근과 뜬금없는 그의 말에 미녀가 흠칫 놀라는 눈치였다.
"아가씨처럼 예쁜 여자는 처음이라서요. 혹시 비결이 있다면 한 말씀 부탁드립니다."

여인이 웃음을 터뜨렸다. 마태수는 속으로 환호성을 질렀다. 여자가 웃으면 절반은 성공한 거라는 게 그의 철학이었다.
"아가씨라, 별로 듣기 싫은 말은 아니군요."

그녀가 은방울 같은 목소리로 대답했다. 다음에 무슨 말을 할까 고민을 하고 있는데 등 뒤에서 선배의 목소리가 들렸다.
"마태수! 늦어서 미안해."
'하필이면 이 때라니. 조금만 있으면 뭔가 될 것 같은데….'
"아니, 여보. 이 친구랑 벌써 인사했어? 마태수라고, 기생충탐정이지."

그럼, 선배의 부인? 마태수는 갑자기 등골이 서늘했다.

"아주 재미있는 친구더군요. 어찌나 예의가 바른지."

"그래, 이 친구가 예의 하나는 알아주지. 자, 뭐 먹으러 갈까?"

하루 종일 굶었지만 마태수는 그다지 많이 먹지 못했다. 그렇게 예쁜 여자가 선배의 부인이라니, 이게 무슨 운명의 장난인가. 선배 부인에게 수작을 부린 게 쑥스러워서 평소 같으면 안 씹고 삼켰을 불고기를 손도 대지 않은 채, 연방 소주만 들이켰다. 마태수는 갈비탕을, 박노준 부부는 냉면을 먹고 난 뒤 선배가 입을 열었다.

"자네, 기생충탐정 아직도 하고 있지? 의뢰할 게 있는데 말야…."

박노준의 말은 이러했다. 급성 혼수 상태에 빠진 환자가 응급실로 왔는데, 미처 손을 쓸 사이도 없이 두 시간 만에 죽고 말았단다. 뇌혈관이 막힌 것 같아 혈전 용해제를 투여했지만 전혀 효과가 없었다고 했다. 박노준은 이따금씩 보는 뇌졸중으로 생각했지만 응급실 내원 당시 환자가 열이 많았던 게 마음에 걸려, 환자 혈액을 진단 검사과로 보냈다. 그랬더니….

"혹시 말라리아 아니에요?"

"바로 그거야. 열대열 말라리아라고 하는 거…."

우리가 '학질' 이라고도 부르는 말라리아는 크게 보아 '열대열' 과 '삼일열' 이 있는데, 열대열은 '인류의 적' 으로 불릴 만큼 악질이며, 세계에서 해마다 1백만 명 이상이 이 병으로 죽는다.

열대열에 걸리면 적혈구가 끈적끈적해지며 여러 개가 뭉쳐 혈관을 막는데, 뇌혈관이 막히면 치명적이다. 때문에 세계보건기구에서도 이 병의 백신 개발에 지대한 관심을 기울이고 있지만 아직까지 별 성과를 얻지 못하고 있다. 게다가 약제에 저항성을 나타내는 경우가 많은 것도 이 병의 악명을 높여 주고 있다. 탤런트 김성찬의 목숨을 앗아간 것도 바로 이 열대열 말라리아였다.

삼일열은 이틀 간격으로 열이 난다고 해서 붙여진 이름인데, 우리 나라에서 유행하다가 80년대 초에 멸종했지만, 90년대 들어 다시 유행하기 시작해서 매년 3천 명 이상의 환자가 발생하고 있다. 그럼에도 불구하고, 우리가 삼일열에 별반 경각심을 갖지 않는 이유는 그 병이 열대열과는 달리 사람을 죽이는 경우는 거의 없고, 약에도 아주 잘 듣기 때문이다.

"환자의 혈액에서 바나나 모양의 생식모세포★열대열로 진단할 수 있는 근거가 됨. 가 무수히 관찰됐다더군."

"그 정도면 환자가 죽는 게 전혀 이상할 게 없군요. 그런데 어디서 걸렸답니까?"

"내가 궁금한 게 바로 그거야. 보호자에게 물어 보니 환자는 세 달 전에 브라질을 여행한 것 말고는 외국에 간 적이 없다더군."

"세 달 전? 좀 이상하네요. 그렇다면 우리 나라에서 걸렸다는 얘기밖에 안 되는데, 우리 나라의 기후에서는 열대열이 발생할 수 없는 거 선배도 알잖아요."

말라리아의 잠복기 즉, 말라리아가 몸에 침투해 증상을 일으키기까지 걸리는 시간은 대략 2주 정도다. 그러니 모기가 없어지는 겨울철에는 말라리아 환자가 발생하지 않아야 하는 것이 상식이다.

그런데 우리 나라에서 유행하는 삼일열 말라리아는 겨울철에도 환자를 발생시킨다. 이유는 우리 나라에서 삼일열을 일으키는 종자가 긴 잠복기를 갖고 있기 때문으로, 심지어 잠복기가 아홉 달에 달하는 것도 있다. 이건 매우 특이한 현상으로 학계의 관심을 받았는데, 말라리아가 우리 나라의 긴 겨울을 견디기 위한 생존 방식으로 해석되었다.

그러나, 열대열 말라리아는 세계적으로 보았을 때 그런 '지연형 잠복기'를 가지고 있는 종자가 없다. 열대열이 우리 나라에 발을 붙이지 못하는 건 그런 이유 때문인데, 이번 환자가 국내에서 감염된 것이라면 우리 나라도 열대열로부터 안전한 지대가 아니라는 말이 되므로, 내국인의 안전뿐 아니라 외국인들 또한 입국을 꺼려하게 되는 등의 혼란을 초래할 수 있는 중대한 사건이었다.

"그러게 말이야. 나도 어떻게 된 건지 몰라서 자네에게 전화를 한 걸세."

"알겠어요. 제가 한 번 조사해 보죠."

먼저, 유족들을 만나야 했기에 마태수는 병원으로 향했다. 환자는 5일장을 치른다고 했는데, 오늘이 사흘째였다.

영안실 주차장은 평일 낮인데도 발 디딜 틈이 없을 정도로 차가 많았으며, 차들은 모두 최고급이었다. 다이너스티는 기본이었고 벤츠, BMW 등 외제차들이 주차장을 가득 메우고 있었다. 재벌 회장이 죽은 것 같은 분위기였다. 장례식장의 안내판에는 딱 한 명의 이름만 쓰여 있었다. '1호실 마달피.'

마태수는 박노준이 불러준 환자 이름을 들여다보았다. 마달피, 마달피라… 어디서 많이 들었다 싶었더니, 마달피는 국내 굴지의 재벌인 두마 그룹 회장의 이름이었던 것이다. 그러고 보니 엊그제 뉴스에서 그가 사망했다는 소식을 들은 기억이 났다.

'아니, 그 환자가 바로 마회장이었던가?'

차들이 북새통을 이루는 것도, 병원에서 다른 사람의 시신을 받지 않는 것도 당연해 보였다.

장례식장은 각계 각층에서 보내온 화환으로 뒤덮여 있었다. 어찌나 화환이 많은지, 화환을 돌려보내고 대신 걸어 놓은 띠만 해도 수백 개는 되어 보였다. 대통령을 비롯해, 유력 정치인들과 재벌 기업 회장의 화환이 줄지어 서 있었다. 화환보다 훨씬 더 많은 사람들이 문상을 하고 있었는데, 줄이 너무나 길어 차례가 오려면 몇 십분은 족히 걸릴 것만 같았다. 줄을 무시하고 빈소 쪽으로 걸어가자 몸집이 큰 남자 하나가 앞길을 막았다.

"줄을 서 주시죠."

커다란 덩치하며, 뺨에 난 상처가 사내의 이력을 말해 주고 있었다.
"전 탐정입니다. 몇 가지 궁금한 게 있어서 왔지요."
하지만 그 말은 별로 효과가 없는 듯, 사내는 다시금 정중하게 줄을 서 줄 것을 요구했다. 이럴 때는 세게 나가는 게 상책이라 생각한 마태수는 소리쳤다.
"이봐, 나 누군지 알아? 나, 마태수야!"
마태수의 기세에 눌려서인지 사내가 길을 비켰다. 사내가 고개를 갸웃거리는 사이, 마태수는 성큼성큼 걸어들어가 빈소 앞에 섰다. 내친 김에 절을 두 번 하고 나서 주위를 살피니, 옆에 아들로 보이는 남자들이 다섯 명이 서 있는 것이 보였다. 일단 마태수는 그들과 인사를 나누었다.
"상심이 크시겠습니다."
"누구… 신지?"
맨 오른쪽에 서 있던 사내가 물었다. 그의 입에서는 시큼한 술 냄새가 풍겼다.
"아, 전 회사 직원입니다. 어르신께 은혜를 많이 입었지요."
"아, 그래."
직원이라는 말에 남자의 태도가 쌀쌀맞게 변했다. 외모로 보나 행동거지로 보나, 그가 장남인 것 같았다. 장례식장에서는 별다른 걸 발견할 수 없었기에 일단 마태수는 사무실로 돌아왔다.
5일 후, 마태수는 마 회장의 저택으로 찾아갔다. 망설이던 가정부가 탐정이라는 말에 문을 열어 주었다. 재벌 회장의 집 치고는 기대했던 것만큼 화려하지 않았다. 잔디가 곱게 깔린 꽃밭이 있었고, 건물 아래에 몸이 송아지만한 세퍼드 두 마리가 줄에 묶여 있는 게 눈에 띄었다. 낯선 남자를 발견한 세퍼드는 우렁차게 짖어댔다.
'야, 이 녀석, 잘못 걸리면 죽음이겠는걸? 저 부리부리한 눈 좀 보게.'

마태수는 개를 좋아하는 편이긴 해도 세퍼드는 싫었다. 중2 때, 교생선생님 집에 놀러갔다가 그 집 세퍼드에게 물려 머리를 몇 바늘이나 꿰매지 않았던가. 오랜 시간이 지난 지금도 세퍼드만 보면 밑에 깔려서 린치를 당하던 그 날의 공포가 떠올랐다.

장례식장에서 본 것 같은 중년 여자가 현관문을 열고 나왔다. 그녀가 이 집의 가정부인 듯했다.

"무슨 일이신지?"

"잠깐 좀 둘러보러 왔습니다. 조사할 게 있어서요."

그녀는 잠깐 기다리라고 한 뒤, 집 안으로 들어갔다. 이번에는 아까보다 나이가 더 들어 보이는 여자가 나왔다. 마 회장의 부인으로, 지난번 봤을 때보다 훨씬 더 수척해 보였다.

"무슨 일로 오셨다고요?"

그녀의 목소리는 아직도 슬픔이 가시지 않은 듯 힘이 빠져 있었다.

"여러 가지로 경황이 없으시겠지만… 어르신의 죽음에 석연치 않은 구석이 있어서요. 죄송하지만 잠깐만 좀 둘러보겠습니다."

부인은 순순히 응했다. 2층짜리 양옥집이었고, 1층과 2층을 합쳐 방은 여덟 개였다.

"이 집에서 부인 말고 또 누가 살지요?"

"회장님과 저, 그리고 가정부, 이렇게 셋이요."

남편 얘기가 나와서인지 부인의 눈에는 눈물이 고였다.

집안에는 별다른 게 없었다. 비싸 보이는 골동품들이 진열되어 있었고, 벽에는 미술 시간에 한두 번 본 적이 있는 그림들이 걸려 있었다.

"어르신이 쓰시던 방은 어디죠?"

부인은 침실로 마태수를 안내했다.

"저희가 자던 방이에요."

역시나 단서가 될 만한 건 보이지 않았다. 부인은 1층 끝에 있는 방문을 열었다.

"여기가 서재에요. 회장님은 주로 여기서 업무를 보셨죠."
서재에는 수천 권은 되어 보이는 책들이 빼곡히 꽂혀 있었는데, 책마다 손때가 묻은 것이 한 번씩은 다 읽어 본 것 같았다.
'재벌 회장은 아무나 되는 게 아닌가 보군. 무협지를 이렇게 많이 읽어야 하는 건가?'
부인이 밖으로 나가자 마태수는 책상 앞 회전 의자에 앉았다.
'이 자리가 한 번에 수조 원 이상을 주무르는 그런 자리란 말이지.'
갑자기 마태수는 뭐라도 된 듯한 기분이 들었다. 재벌 회장이라는 자리, 대통령에게 정치 자금이란 명목으로 돈을 뜯긴 가슴 아픈 역사가 있긴 하지만 그리고 지금도 알게 모르게 돈을 뜯기겠지만, 그것 말고는 '무소불위'의 권력을 회사에서 휘두르지 않는가.
대통령이 5년의 임기를 마치면 물러나야 하는 반면, 재벌 회장은 회사가 망하지 않는 한 평생토록 그 자리를 지킬 수 있다. 대통령이 정치 보복을 걱정해야 하는데 비해, 자기 자식을 후계자로 내세우는 재벌 회장은 그럴 걱정을 할 필요도 없다. 돈은 또 얼마나 많은가. 마태수는 여러 가지 면에서 재벌 회장이 대통령보다 몇 배 더 나은 존재라고 생각했다.
이런저런 생각에 젖어 있는데 갑자기 부인이 들어오는 바람에 마태수는 잽싸게 쭈그리고 앉아 바닥을 뒤지는 척해야 했다.
"뭔가 좀 발견하셨나요?"
부인의 말에는 이제 그만 나가달라는 뜻이 담겨 있는 듯했다.
"아, 예, 지금 막 나가려는 참입니다."
더 뒤져 봤자 별 게 없을 것 같아 밖으로 나가려는데, 갑자기 책상 위에 있는 '에프킬러' 가 눈에 들어왔다.
"웬 에프킬러입니까?"
"회장님이 사 오라고 해서요. 요즘은 한겨울에도 어찌나 모기가 극성인지…."

"모기? 방금 모기라고 하셨습니까?"

마태수는 바닥에 엎드려 카페트 바닥을 샅샅이 뒤지기 시작했다. 30분이 지났을 때, 마태수는 모기의 시체를 찾아냈다.

"이건 말야… 내가 책을 찾아봐야 알겠지만…."

이한일 박사가 현미경을 들여다보며 말했다. '의용곤충학' 의 대가인 이박사는 대학에서 정년 퇴임한 후 명예 교수로 일하고 있었다.

"우리 나라에서 발견되는 모기는 분명히 아니야. 그건 장담할 수 있네."

모기가 날아 봤자 10km를 넘길 수 없는 일, 그렇다면 그 모기는 다른 누군가에 의해 옮겨졌다는 얘기인 것이다.

"모기의 몸 안에는 뭐가 없나요? 예를 들어 말라리아의 오오시스트랄지…."

★작은 와포자충 같은 원충류가 인체 밖으로 내보내는 일종의 충란.

이 박사는 고개를 절래절래 흔들었다.

"그건 알 수 없지. 죽은 지가 너무 오래되어서…."

이 박사는 며칠만 시간을 준다면 모기의 종이 뭔지는 알 수 있을 거라고 했다. 마태수는 고맙다고 말하고 연구실을 나왔다. 한 가지 비밀은 밝혀진 셈이었다. 누군가 말라리아에 감염된 모기를 서재에다 뿌려 놨다는 것, 그리고 그 모기가 마회장을 살해하는 흉기가 되었다는 것!

마태수는 경제신문 기자로 일하는 후배에게 연락을 했다. 후배는 오늘은 몹시 바쁘지만, 술을 '찐' 하게 산다면 만나 주겠다고 했다.

'기자들이란… 밥 한 번 사는 꼴을 못 본다니까!'

속이 쓰렸지만 그러겠다고 했다. 그들은 어느 근사한 횟집에서 만났다. 미녀 종업원들이 짧은 치마를 입고 서빙을 해, 손님들은 눈이 핑핑 돌 지경이었다.

"치마 좀 길게 하고 값을 싸게 받으면 안 되나?"

마태수의 말에 후배가 웃었다.

"좀더 비싼 데 가면 말이죠, 여자가 나체로 누워 있고 그 위에 회가 얹혀져 나오죠. 한 점씩 먹는 기분이 아주 죽여요."

순진했던 후배의 변한 모습에 마태수는 조금은 당황스러웠다.

"그나저나, 이번에 죽은 마 회장 말이야, 그에 대해서 아는 것 좀 있어?"

"어떤 거요?"

"뭐, 그저 누구한테 원한을 샀다든지, 그런 거 있잖아."

후배는 묘한 웃음을 흘렸다.

"아, 마 회장에 대해 수사하고 있나 보죠? 글쎄, 원한이라… 그 정도 부자면, 원한 가진 사람이 어디 한둘이겠어요?"

후배가 뭔가를 아는 듯했기에, 마태수는 보채기 시작했다.

"그러지 말고 말 좀 해 주게. 내 근사한 곳에서 2차도 사겠네."

"그렇게 나오신다면야… 이건 경제부 기자들은 다 아는 사실인데요, 자식들 간에 그다지 사이가 좋지 않아요."

"어떻게?"

"뻔하죠, 뭐. 알짜 회사를 누가 물려받느냐 하는 건데요, 원래는 장남인 마달호가 물려받기로 되어 있었지만 워낙 능력이 없는 데다 방탕한 생활로 회장의 눈밖에 났답니다. 연예주간지를 장식하는 재벌 2세 M씨와의 염문 어쩌고 하는 건 전부 마달호를 가리키는 말이라나요. 급기야는…."

그는 마태수 쪽으로 얼굴을 대고 속삭이듯 말했다.

"작년 1년 동안 맡고 있는 회사가 이익을 내지 못하면 후계자를 바꾸기로 약속을 했답니다. 그래서 마달호는 한 해 동안 악마처럼 직원들을 닦달한 모양인데, 워낙 능력도 없고 세계 경제의 유래 없는 침체까지 겹쳐 이익은커녕 아주 기록적인 적자를 냈지요. 마달호는 외부 여건이 열악했던 점을 내세워 1년간 기회를 더 달라고 애원을 했지만, 마 회장은 이미 마음을 굳혔던 모양입니다. 오는 5월 주총에서 차남인 마세호에게 회장 자리를 물려주고 은퇴한다는 게 거의 기정사실처럼 받아들여졌지요."

마태수는 회 한 점을 상추에 싸서 입에 넣었다.

"마 회장의 갑작스러운 죽음으로 가장 이득을 보는 사람은 마달호인 셈이군."

"그렇지요. 기존 유언장대로 한다면 그가 주식의 대부분을 물려받을 테니까요."

"음… 그러니까 마 회장의 죽음이 타살이라면 마달호가 가장 유력한 용의자가 되는 건가?"

후배는 눈을 동그랗게 떴다.

"그거야 그렇지만… 마 회장이 뇌졸중으로 죽은 거 선배도 아시잖아요? 뇌졸중을 고의로 일으킬 수도 있나요?"

마태수는 차갑게 웃었다.

"글쎄, 지금부터 한 번 조사해 보려고."

"선배, 뭔가 있지요?"

기자라고, 후배는 뭔가 냄새를 맡은 듯했다.

"전 아는 걸 다 얘기해 줬는데 치사하게 숨기기에요?"

뜨끔했지만, 마태수는 그의 약점을 잘 알고 있었다.

"좋아. 2차를 자네가 거하게 산다면 내가 아는 걸 말해 주지."

후배는 갑작스러운 제의에 당황한 기색이 역력했다.

"선배, 그건 좀…."

"됐네. 없던 걸로 하세. 2차도 내가 사겠네."

사건의 윤곽이 어느 정도 잡혔다고 마태수는 생각했다. 이제 물증만 확보하면 되는데, 어떻게 한다? 갖가지 생각으로 인해 머릿속이 복잡했다. 마태수는 연거푸 소주잔을 들이켰다. 후배가 좋아하는, 금가루가 들어간 소주를.

과음 탓으로 아침 늦게까지 침대에 누워 있는데, 휴대폰이 울렸다. 이 박사의 전화였다. 마태수는 반쯤 몸을 일으켜 전화를 받았다.

"마태수, 어제 갖다준 샘플 말이야, 종이 뭔지 알아냈네. '아노펠레스 아라비엔시스(Anopheles arabiensis)' 라는 종인데, 아프리카 북부 지역에 서식하고 있지. 케냐와 수단, 말라가시 등지에서 열대열 말라리아를 전파한다네."

"벌써 알아내셨어요?"

"어제 이거 때문에 집에도 못 들어갔어. 급한 거 같아서 말야."

"제가 나중에 크게 대접하겠습니다. 정말 감사합니다."

전화를 끊으려는데 이 박사가 한마디 덧붙였다.

"이것도 도움이 될지 모르겠는데, 영국 런던 대학의 말라리아 연구소에서 그 모기를 키우고 있다네. 내가 최근에 석 달간 거기서 연수를 한 적이 있어서 알지."

소머리국밥으로 배를 채우고 난 뒤, 마태수는 수원지검에서 검사로 일하는 친구 정희찬을 찾아갔다.

"그러니까 마달호가 최근 외국 여행을 한 적이 있는지 알아봐 달라는 거지? 잠깐만 기다려."

컴퓨터로 조회를 하는 그를 보면서 마태수는 검찰에 아는 사람이 없었다면 탐정 일을 하는 게 얼마나 어려웠을까를 생각했다. 따지고 보면, 우리 사회는 모든 게 다 '연줄' 이 아닌가. 공적인 채널보다는 사적 관계가 일을 하는 데 훨씬 중요하다.

마태수는 자신도 연줄 문화의 수혜자이긴 하지만 아는 사람 하나 없어 불이익을 받는 수많은 사람들을 생각하니 씁쓸했다. 모두들 입으로는 '이런 사회 풍토는 깨져야 마땅하다' 고 소리치지만, 정작 자신의 경우에 대해서는 아무 말 못하는 위선자들의 세계….

친구는 1분도 안 되어 마달호의 출입국 리스트를 뽑아냈다.

"야, 검사 정말 좋구나! 벌써 알아냈어?"

정희찬은 씩 웃었다.

"내가 해 줄 게 그런 거밖에 더 있겠냐? 필요한 거 있으면 얼마든지 말해."

"아냐, 이거면 충분해."

리스트에는 그가 지난 1년간 방문한 지역이 나와 있었는데, 수단이나 케냐 같은 아프리카 나라는 들어 있지 않았다. 마태수가 주목한 건 그가 올 1월 초, 그러니까 1월 5일부터 11일까지 영국을 방문했다는 사실이었다. 지난 1년 동안 그가 영국을 간 건 딱 한 번뿐이었다.

그 후, 마태수는 분주한 나날을 보내야 했다. 이곳 저곳을 다니며 증거를 수집했고, 영국에도 한 차례 다녀왔다. 준비를 마친 후, 그는 정희찬이 소개해 준 서울지검의 최훈 검사와 함께 마달호의 회사로 갔다. 그 덕에 마태수는 경호원들과 몸싸움을 벌일 필요가 없었으며, 혼자였다면 만나기 힘들었을 마달호와 한 테이블에 마주앉을 수 있었다.

"검사님께서 이런 누추한 곳에 어쩐 일이신지요?"

마달호는 능글맞게 웃어 보였다.

마태수가 말했다.

"1월 초에 영국에 다녀오신 적이 있던데, 왜 가신 겁니까?"

"제가 그런 걸 말해야 할 의무가 있나요? 뭐, 사업차 갔다고 해 두죠."

마태수를 쏘아보는 그의 눈이 매서웠다.

"제가 알아본 바에 의하면, 귀하의 회사는 영국과 어떤 거래 관계도 없던데요?"

마달호는 잠시 긴장한 듯하더니 이내 평정을 되찾았다.

"하하, 꼭 거래 관계가 있어야 가나요? 거래를 트려고 갈 수도 있는 거 아니오?"

"귀하의 회사가 말라리아 연구소와 무슨 관계가 있다는 거죠?"

그의 말에 마달호의 얼굴이 잠시 창백해졌다.

"말라리아 연구소라니, 그게 무슨 말이오?"
마태수는 마달호의 사진을 내밀었다.
"저도 얼마 전에 그곳에 다녀왔는데, 당신 사진을 보였더니 다들 기억하더군요. 말라리아 실험을 위해 키우던 모기를 몇 마리 구입하셨다고요."
"말도 안 돼! 누가 그런 소리를 해? 난 연구소 같은 데 간 적도 없다고!"
문이 열렸고, 연락을 받았는지 변호사가 달려왔다.
"당신들, 지금 뭐 하는 거요? 영장은 있소?"
검사가 아무 말을 못하자 변호사는 더욱 기세가 등등해졌다.
"당신들, 콩밥 먹을 각오해! 여기가 어디라고 감히…."
마태수와 검사는 더 이상 버틸 수가 없었다.
"할 수 없군요. 이 방법은 안 쓰려고 했는데…."
마태수는 준비해 간 가방에서 우주복 두 벌을 꺼냈고, 그 중 한 벌을 최검사에게 내밀었다.
"입으시죠."
그들이 우주복을 입는 걸 마달호는 시큰둥한 눈으로 바라보았다. 변호사도 어리둥절한 표정이었다. 옷을 다 입은 마태수와 검사는 오토바이 조종사들이 쓸 법한 헬멧을 뒤집어썼다. 마태수는 장갑을 낀 손으로 가방 속에서 커다란 상자를 꺼냈다. 상자를 보자 마달호의 안색이 변했다.
"마달호 씨, 이 상자는 기온과 습도를 유지하면서 모기를 안전하게 운반할 수 있는 기구지요. 상자 안에 산소를 공급하는 장치까지 있답니다. 당신도 알다시피 영국제고, 아주 비쌉니다. 자, 이 안을 보면 모기가 잔뜩 들어 있습니다. 오래 굶어서 피에 잔뜩 굶주려 있을 테지요. 자, 제가 상자의 출구를 열면 어떤 일이 벌어질까요?"
마달호는 공포에 질린 표정이 되었지만, 변호사는 여전히 영문을 모르는 것 같았다.

"참, 이 모기가 우리 주위에서 흔히 볼 수 있는 게 아닌 건 아시겠지요? 제가 얼마 전에 당신도 다녀왔던 런던 말라리아 연구소에 다녀온 건 아까 말했을 테고…."

마태수는 상자의 출구를 천천히 열었다. 모기 한 마리가 밖으로 빠져 나와 주위를 맴돌았다.

"그, 그만! 모두 자백하겠소!"

마태수는 회심의 미소를 지으며 말을 이었다.

"자백이라뇨? 당신이 무슨 죄를 지었다고? 난 이 게임을 좀더 즐기고 싶은데… 굶주린 모기는 당신처럼 살이 포동포동한 사람의 살을 어떻게 뚫을까요?"

"사, 살려주시오. 내, 내가 죽였소. 아버님 방에 모기를 풀어 놓은 건 바로 나요."

마태수는 의기양양하게 옆을 보았다.

"검사님, 들으셨지요? 변호사님, 지금 마달수 씨는 자신의 아버지를 죽였다고 고백하고 있잖아요?"

그 때, 풀려난 모기가 마달호를 물었는지 그가 발작적인 비명을 질렀다.

"으! 살려줘!"

검사가 물었다.

"다시 묻겠습니다. 당신이 아버지, 마달피 씨를 죽인 걸 인정하십니까?"

마달호는 손으로 몸을 감싸면서 고개를 끄덕였다.

"인…인정한다니까요. 제발 좀 살려주세요!"

최 검사의 지시를 받고 달려온 수사관이 마달호의 손에 수갑을 채웠다. 마태수가 말했다.

"평소 아버님께 신뢰를 받지 못하던 당신이 서재가 춥다면서 난방

기구를 사서 기증한 건, 당신이 뿌린 모기가 살 수 있는 환경을 맞추기 위함이었지요. 기온이 16° 이하가 되면 모기 체내에서 말라리아의 발육이 억제된 것을 알고 있기에."

마달호가 마태수를 무섭게 노려봤다.

"아, 그렇게 노려보면 당신한테 말라리아 약을 주고 싶은 생각이 없어지는데…. 앞으로 보름 후면 당신한테서 열이 나겠군요. 열대열은 삼일열과 달라서 약 구하는 게 쉽지가 않다던데요. 하하하."

사태를 파악한 변호사가 마태수의 바짓가랑이를 잡았다.

"저도 물린 것 같은데, 당장 약을 주시오!"

마달호는 부친 살해 혐의로 구속되었다. 그는 마태수에게 속았던 것이다. 한 마리에 1백 달러가 넘는 말라리아 감염 모기를 살 능력은 그에게 없었으니까. 상자 속에 들어 있던 모기는 국립보건원에서 기르는, 그러니까 말라리아에 감염되지 않은 것들이었다.

지금까지는 칼이나 총 등의 원시적 무기가 살인에 사용되었다면, 앞으로는 증거를 잡기 어려운 기생충이나 미생물 등을 이용한 살인이 좀더 많아지지 않을까. 점점 치밀해져 가는 범죄를 생각하다 보니 마태수는 뒷목이 뻣뻣해져 옴을 느꼈다.

"이거, 수고 많으셨습니다."

최 검사가 내게 손을 내밀었다.

"검사님이 도와주신 덕분이죠. 그리고 환자의 사인을 밝히기 위해 애쓴 의사도 큰 수훈을 세웠습니다."

"검사가 될 사람은 범죄에 이용될 수 있는 박테리아나 기생충에 관해 배우는 게 좋을 것 같네요. 아예 연수원 과목에 포함이 되었으면 싶어요. 무식하게도 전 기생충이 다 멸종한 줄 알았다니까요, 하하하."

그 사건은 신문과 방송에서 '톱'으로 다루어졌다. 하지만 매스컴의 스포트라이트를 받은 사람은 최훈이었다. 말라리아의 위험성에 관해

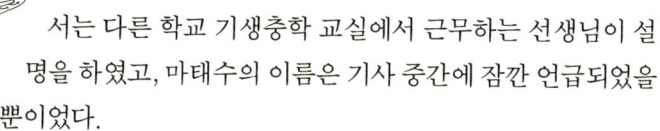

서는 다른 학교 기생충학 교실에서 근무하는 선생님이 설명을 하였고, 마태수의 이름은 기사 중간에 잠깐 언급되었을 뿐이었다.

'한편 이번 사건을 해결하는 데 있어서 기생충탐정 마태수 씨가 약간의 도움을 주었다고 최 검사는 전했다.'

서운한 마음이 없지는 않았지만, 범인을 잡는 데 공헌했다는 사실에 만족하는 것으로 마태수는 기분을 달랬다. 그가 원하는 것은 기생충을 가지고 세계 평화를 위협하는 사람을 막는 것이지, 자신의 명성과 부귀를 쌓는 것은 아니었기에.

"여기요!"

선배가 '한턱 쏜다'는 술집에 미리 와 있던 마태수는 자리에서 벌떡 일어났다.

"선배님 혼자 오셨습니까?"

"그럼, 누가 또 오기로 했나?"

"아, 아닙니다."

미모의 선배 와이프를 또 한 번 볼 수 있다는 희망이 좌절된 마태수는 그다지 맛도 나지 않는 술잔을 들이켰다. 서로, 약간의 취기가 오를 즈음에 선배가 이렇게 말했다.

"2차는 어디 갈까? 내가 아는 근사한 술집에 갈까, 아니면 우리 집에 가서 한 잔 할까?"

마태수의 얼굴이 갑자기 밝아졌다. 물론, 선택의 여지는 없었다.

"돈도 아낄 겸, 선배님 댁에 가죠."

"그래? 그럼 그렇게 하자고. 마침 우리 마누라가 친정에 내려가 집이 비었거든."

마태수의 머리가 갑자기 어지럽기 시작했다.

'복도 지지리도 없는 나… 지금, 근사한 술집으로 가자고 바꾸면 안 될까?'

개의 눈

"**왜** 이렇게 눈이 따갑지?"
 산풍 제약 회장 신찬섭은 짜증이 났다. 하룻밤 자고 나면 좀 나을지 알았는데 더 악화된 느낌이었다. 그는 책상 앞에 비치된 대형 거울에 얼굴을 비춰보았다.
 "어라? 이, 이게 뭐야?"
 신찬섭은 분명히 보았다. 자신의 눈 표면에 하얀 벌레 한 마리가 기어가고 있는 것을.
 "김 비서! 잠깐 이리 와서 내 눈 좀 봐 줘!"
 입사한 후, 7년째 신 회장을 모셔온 김 비서가 또각또각 하이힐 소리를 내면서 다가왔다.
 "무슨… 일이신가요?"
 "내 눈에 벌레가 있다고!"
 "네? 그럴 리가요."
 평소 점잖으신 분이 왜 이러실까 하는 생각을 하면서, 김 비서는 조심스럽게 얼굴을 회장의 눈에 갖다댔다.
 "어머나! 이게 뭐야?"
 회장의 눈을 들여다보던 김 비서는 소스라치게 놀랐다.

"지, 진짜 있어요! 저, 저기…."

신찬섭의 주치의가 연락을 받고 달려왔다. 눈을 들여다본 주치의는 고개를 갸웃거렸다.

"글쎄요, 저도 이런 경우는 처음 봅니다. 안과에 가서서 검사를 받으셔야 할 것 같습니다."

"아니, 월급을 그렇게 받으면서 이런 것도 몰라요?"

주치의의 얼굴이 붉게 상기됐다.

"제가 내과를 전공해서 눈 쪽이 좀 약하거든요…."

신찬섭은 회사 근처에 있는 조안과에 가서 진료를 받았다. 벌레를 빼내러 온 사람이 자기말고도 여러 명 있다는 사실에 그는 놀랐다. 자신의 신분을 밝힌 탓에 신찬섭은 대기실에 앉아 있던 환자들을 제치고 가장 먼저 진료실에 들어갈 수 있었다.

"아, 이건 말이죠, 기생충의 일종인데, '동양안충'이라는 겁니다. 너무 걱정하지 마십시오. 벌레를 빼내고 약을 조금 드시면 금방 좋아지니까요."

벌레는 한 마리가 아니었다. 무려 세 마리의 동양안충이 신찬섭의 양쪽 눈에서 끌려나왔다. 그 벌레들을 보고 있자니 속이 메스꺼웠다.

"어떻게 제가 그 기생충에 걸린 거죠?"

"면역이 약해져서 그런 겁니다. 회장님께서 요즘 너무 무리하신 탓이죠. 술 조금만 드시고 운동 자주 하세요. 등산 같은 게 몸에 좋습니다."

의사는 약병을 하나 꺼냈다.

"오신 김에 면역 증강제 하나 드릴까요? 이게 소의 초유에서 추출한 건데, 각종 면역 성분이 들어 있답니다."

"따르릉"

찌는 듯한 여름을 에어컨도 없이 보내고 있던 마태수는 오랜만에 울리는 전화벨 소리가 무척 반가왔다. 한 달여간 아무런 사건 의뢰가 없어 무료하던 차였기 때문이다.
"여… 보세요?"
"마태수! 요즘 어떻게 지내나?"
"아, 회장님!"
전화를 건 사람은 신찬섭이었다.
"요즘 사업은 잘 되나?"
"그렇죠 뭐. 그런데 어쩐 일이세요?"
"물어 볼 게 있어서 전화했는데…."
얘기를 들은 마태수는 고개를 갸웃거렸다. 동양안충은 벌레를 빼내기만 하면 진단과 치료가 동시에 이루어지는데, 약은 무엇이고 면역증강제는 또 뭐란 말인가. 그가 아는 한, 동양안충과 면역은 별 상관이 없는데 말이다.
"등산을 하라고 그랬다고요?"
동양안충 환자들이 대개 등산이나 하이킹을 하다가 감염된다는 것을 감안하면, 등산을 하라는 의사의 처방은 말도 안 되는 것이었다. 하지만 그럴 의사가 어디 있겠는가, 혹시 그게 아니라면…. 마태수는 갑자기 의혹이 일었다. 그는 산풍 제약이 위치한 은평구에서 안과를 개업하고 있는 김지영에게 전화를 걸었다.
"야, 김지영! 나야 나, 마태수! 물론 잘 지내지. 넌 어때, 병원은 잘 되니?"
옛날만 해도 의학에서 메이저 과라고 하면 내과, 외과, 산부인과, 소아과로 이들 과에 성적 우수자가 몰렸지만, 지금은 안과, 피부과 등 마이너 과목들의 인기가 상한가를 치는 중이다. 마태수가 졸업하던 당시에는 졸업 성적 1, 2, 3등이 모두 안과를 지원해 화제가 되기도 했는데, 그 때 2등을 했던 사람이 바로 김지영이었다.
마이너과가 선호되는 이유로, 메이저과가 취직이 어려워져 개업이 용이한 과로 몰린 탓도 있지만 잘못된 보험 급여 체계도 이런 현상을 부추겼다.

'휘플 수술'이라고, 췌장암 환자에서 담낭과 췌장, 십이지장 등 근처에 있는 장기 일체를 떼어내는 수술이 주름살을 펴는 보톡스보다 수가가 훨씬 낫다는 사실을 안다면, 의사들이 일반외과보다 성형외과를 선호하는 걸 비난할 수만은 없을 거다. '의술은 인술'이라고 하지만, 의사들도 인간인지라 돈에 초연할 수는 없는 일 아닌가.

"뭐 하나 물어 볼 게 있어서 전화를 했는데, 혹시 최근에 동양안충 환자 본 적 있어?"

"응, 가끔. 아, 그러고 보니까 우리 동네에 요즘 들어 동양안충 환자가 급속히 늘어난 것 같아. 그거 1년에 환자가 몇 명쯤 생겨?"

"잘해야 1백 명 정도?

"그지? 그런데 최근 몇 달간 우리 동네에서만 거의 1천 명 가까운 환자가 발생했어. 좀 이상하지 않아?"

동양안충이, 보고되는 것보다 빈도가 높긴 해도 몇 달간 1천 명이 생겼다는 것은 분명 이상했다. 김지영은 덧붙였다.

"그래서 나도 너한테 한 번 좀 물어 보고 싶었거든."

"알았어. 내가 내일 그리로 갈게."

공부는 물론이고, 성격도 좋고 놀 때는 또 확실하게 놀던 그녀! 게다가 미모까지 갖춘 어디 한 군데 빠지는 것이 없는 완벽한 학생이었다. 학생 때 그녀의 노트를 복사해 시험 공부를 하던 기억이 떠 올라 마태수는 '피식' 웃음이 나왔다.

그녀가 개업하고 있는 불광동은 과연 '안과촌'으로 불릴 만했다. 그리 많은 인구가 사는 것도 아닌데, 개업한 안과는 무려 스무 곳이 넘었다. 그러다 보니 안과 간의 경쟁이 치열했는데, 그 중에서도 세 곳이 대부분의 환자를 쓸어가고 있었다. '조안과', '주안과', '도안과'가 바로 그곳으로, 그들은 환자를 유치하기 위해 자전거, TV 등 고가의 경품을 내걸고 있었다.

그녀의 병원으로 가는 동안, 마태수는 길거리에서 나누어 주는 전단을 받았다. '당신의 눈에 벌레가? 동양안충 전문병원 조안과' 라는 문구와 함께 옷을 거의 안 걸친 듯한 여인이 미소를 짓고 있었다.

마태수는 원장실 문을 열고 들어갔다. 마침 김지영은 점심으로 라면을 먹고 있었다.

"점심으로 라면… 먹어?"

김지영은 면발을 입에 넣으며 고개를 끄덕였다.

"계란도 안 넣고?"

"얘는? 계란이 얼마나 비싼데."

마음이 아팠다. 외모로 보나, 사회적 지위로 보나 계란에 참치까지 넣어야 할 지영이가 아닌가. 마태수의 시선을 의식했는지 그녀가 덧붙였다.

"너무 그렇게 보지 마. 이 동네 안과 선생들, 다 도시락 싸 가지고 다녀."

어렵다더니 정말인 것 같아 마태수는 갑자기 눈시울이 화끈해져 오는 걸 느꼈다.

"오다 보니까 안과마다 전단지를 돌리더라. 넌 그런 거 안 해?"

국물을 마시던 김지영은 냄비를 내려놓았다.

"마태수, 난 그런 짓 안 할 거야. 의사는 인술을 파는 사람이지, 장사꾼이 아니야. 의사들이 모두 돈의 노예가 되어 양심을 속이더라도, 난 그러지 않을래. 굶어 죽더라도 학교에서 배운 대로 약과 주사를 필요할 때만 쓰면서 살 거야. 내가 양심을 위반해야 할 상황이 닥친다면, 미련 없이 옷을 벗겠어."

마태수는 자신에게 그런 친구가 있다는 게 자랑스러웠다.

우리 나라에서 동양안충을 매개하는 건 야생에서 사는 초파리의 한 종류다. '아미오타 바리가타(Amitota varigata)' 라고 하는 이놈들은 사람이나 동물의 눈물을 먹고 발육하기 때문에 산에 놀러온 사람들의 눈에 목숨을 걸고 달려든다. 그 과정에서 초파리의 침샘에 도사리고 있던 기생충의 새끼가 사람 눈에 들어가게 되는 것이다.

동양안충에 걸린 사람들이 "파리들이 눈에 들러붙은 적이 있다"고 하는 건 바로 그 때문이다. 눈을 가진 동물은 일단 종숙주가 되며, 눈에 들어간 새끼는 그 안에서 어른으로 자라고, 그들이 낳은 새끼를 초파리가 눈물을 핥을 때 먹음으로써 생활사가 이루어진다.

사슴이나 소, 기린 등 눈이 큰 동물이나 그에 못지 않게 눈이 큰 연예인 하춘하 씨나 나현이 씨 등도 좋은 종숙주가 될 수 있는 것이다. 1천여 명의 환자가 발생할 정도라면 종숙주들이 초파리한테 대규모로 기생충의 새끼를 공급해 줘야 하는데, 그렇게 안정적인 종숙주는 일단 숫자가 많아야 하고, 파리 한 마리가 통째로 들어가도 의연하게 식사를 할 정도로 눈의 감각이 둔한 동물이어야 한다. 우리 나라에서 그런 안정된 종숙주 역할을 하는 건 바로 '개' 다. 도처에서 볼 수 있는 데다 눈에 벌레가 살아도 말 한 마디 하지 못하니 동양안충으로 봐서는 유리한 조건인 것이다.

하지만 야생 초파리가 도심까지 내려와 민가를 습격하는 일은 아주 드문 일이어서, 집에서 기르는 개가 원인일 확률은 그리 많지 않다. 한두명이면 모를까, 1천여 명의 환자를 발생시키는 건 말도 안 되는 일이다. 그렇다면, 산에 눈이 큰 동물이 산다는 말일까? 그게 도대체 뭘까?

복잡한 머리를 식히기 위해 마태수는 잠자리채를 들고 북한산에 올랐다.

"뭐야 이거?"

산기슭부터 초파리들이 맹렬히 눈을 공격한다. 마태수는 자신의 작은 눈도 눈인 줄 알고 공격하는 초파리들이 오히려 대견스러웠다. 물안경을 쓰고 온 게 천만다행이었다. 마태수는 잠자리채를 휘둘러 상대를 잘못 고른 그놈들을 포획해 생수 병에 담았다. 그놈들은 때와 장소를 가리지 않은 탓에 실험실로 끌려가 해부될 운명이 되고 만 것이다.

등산로를 따라 올라갈수록 초파리의 숫자는 더 많아졌고, 마태수는 계속해서 잠자리채를 휘둘렀다. 이마에 땀이 구슬같이 맺혔을 무렵, 생수 병은 초파리들로 차 있었다.

정상에 올라가 '야호'를 두서너 번 외친 후 산을 내려오던 마태수는 중간쯤 왔을 때 산에서는 맡기 힘든 매우 독특한 냄새를 맡을 수 있었다.

바쁘다는 핑계로 김지영의 저녁 요청을 거절한 마태수는 사무실로 달려가 입체 현미경을 꺼냈다. 현미경으로 관찰하면서 마태수는 잡아온 초파리들을 하나씩 해부하기 시작했다.

"아니, 이럴 수가!"

한 마리를 해부할 때마다 그는 비명을 내질렀다. 열 마리의 파리를 봤는데, 한 마리도 빼놓지 않고 몽땅 동양안충의 새끼를 보유하고 있는 거였다. 품고 있는 새끼도 최소 열 마리는 넘었다. 이러니 이 동네에 환자가 많은 건 당연한 일이었다.

말라리아를 전파시키는 모기는 평균 7천 마리 중 한 마리가 말라리

아 원충을 품고 있다는 통계가 있다. 동양안충의 경우, 조사된 자료는 없지만 외국 자료를 아무리 봐도 25%가 고작이다. 그런데 100%라니! 마태수는 머리가 혼란스러웠다.

그간 불광동에서 환자가 안 나온 건 아닐 테지만, 이 정도였던 적은 없었다. 그런 곳이 왜 갑자기 동양안충의 성지로 탈바꿈했을까? 이 정도라면 당장 등산로를 폐쇄해야 할 수준이 아닌가? 여러 가지 생각에 마태수는 거의 잠을 이루지 못했다.

초파리의 감염률이 이 정도로 높다면 산에 안정된 종숙주가 있을 건 틀림없는 사실이었다.

마태수는 다음 날 다시 북한산에 올랐다. 선글라스도 아닌 물안경을 쓰니, 더운 것도 그렇지만 남들의 시선이 못내 괴로웠다. 그는 등산로를 이탈해 여기저기를 쏘다녔다.

두 시간이 넘도록 산을 누볐지만, 그가 원하는 동물은 발견되지 않았다. 어디 가서 시원한 맥주나 마셔야겠다고 생각하며 터벅터벅 산을 내려오던 그는, 어제 맡았던 그 냄새가 다시 한 번 코를 자극해 오는 걸 느꼈다. 그는 그 냄새가 나는 곳으로 가 봐야겠다는 생각을 하고 그쪽을 향해 발을 내딛었다. 등산로가 아니라서 그런지 길이 험했고, 땀이 비오듯 쏟아졌다.

10분쯤 갔을까. 마태수는 그만 그 자리에 주저앉아 버렸다. 창살로 된 개집이 스무 개가 넘게 놓여 있고, 그 안에는 송아지만한 개들이 한 마리씩 들어앉아 있는 게 아닌가. 아무리 생각해도 그 곳은 개를 기를 장소는 아니었다. 개 밥그릇과 물그릇이 있는 걸로 보아 누군가가 먹이를 주고 있는 건 확실했다. 그 때 마태수는 그가 맡은 냄새의 정체가 뭔지 깨달았다.

"페로몬…."

그건 바로 페로몬이었다. 곤충이 다른 곤충을 꼬시기 위해 분비하는 물질로, 그 일종인 '지풀러'는 유인 효과가 매우 강렬해서 1~4.5 km 떨어진 수컷까지 유인하는 힘이 있을 정도다.

개 우리 근처는 페로몬 냄새가 진동했고, 그 영향 때문인지 야생 초파리가 들끓고 있었다. 개들의 눈은 달려드는 초파리들로 범벅이 되어 있었는데, 개들은 더위와 싸우는 것만으로도 지쳐 있는 것 같아 보였다. 마태수가 다가가자 개들은 꼬리를 치며 반가워했다. 그는 물통에서 물을 떠다가 개들에게 주었다. 오랫동안 갈증에 시달렸는지, 개들은 일제히 물을 먹기 시작했다.

마태수는 몇 마리의 머리를 쓰다듬으며 개들과 친해지려고 노력했다. 사람의 손길을 그리워해서인지 개들은 금방 마태수와 친해졌다. 개들이 자신을 경계하지 않는다고 확신한 그는 개 우리 안에 들어갔고, 뭐가 뭔지 모르고 꼬리를 치는 개들을 구슬려 핀셋으로 눈꺼풀을 뒤집어 봤다.

예상대로였다. 개 눈 안쪽으로 하얀 동양안충 수백 마리가 실타래처럼 엉겨 있었다. 물릴 뻔한 위기를 극복하면서 몇 마리를 더 봤지만, 다른 개들도 마찬가지였다.

동양안충에 걸린 개를 갖다 놓고 초파리를 유인하기 위해 페로몬을 뿌려 놓은 걸 보면 범인은 동양안충의 생활사에 대해 잘 알고 있을 것이고, 등산객들에게 동양안충을 전염시켜 뭔가를 도모하고 있을 게 틀림없었다. 보신탕을 해먹기 위해 개를 기른다면, 굳이 산 속에서 기를 필요가 없지 않은가.

그놈이 누굴까? 갑자기 '동양안충 전문병원'을 표방하면서 환자 몰이를 하고 있는 조안과에 의심이 갔다. 하지만, 증거를 잡아야 했다.

마태수는 개집 옆에 있는 나무 뒤에 숨었다. 누군가 먹이를 갖다줄 때를 기다릴 생각이었다. 하지만 그 누군가는 그리 쉽사리 나타나지 않았다.

산 속의 밤은 추웠다. 반팔 차림으로 온 마태수는 이내 추위를 느끼기 시작했다. 참아 보려 했는데 10시를 넘기자 도저히 견딜 수가 없었다. 마태수는 개 우리 안으로 들어갔다. 개털 때문인지 조금 나았다. 처음엔 경계하던 개들도 이내 마태수의 옆에 엎드려 잠을 청했다.

    자정이 지나자 마태수는 오늘은 그놈이 안 오는 게 아닌가 하는 조급한 생각이 들었다. 어떤 인간이 밤 12시가 넘어서 개밥을 주러 오겠는가. 갈까 말까를 망설이는 중에 한 시간이 또 흘렀다. 그 때, 자고 있던 개들이 갑자기 일어나 꼬리를 치기 시작했다. 어디선가 플래시 불빛이 비추었다.

    "이놈들아! 나 왔다!"

    사내의 걸쭉한 목소리가 들렸다. 어둠 속에서 보니 사내는 가지고 온 물을 물통에 부은 뒤, 맨 오른쪽 개부터 물과 사료를 주기 시작했다. 개들은 꼬리를 치며 먹기에 바빴다.

    사내는 점점 마태수 쪽으로 다가왔다. 이제 와서 도망칠 수도 없는 노릇, 어떻게 해야 할지 머리를 써 봤지만 뾰족한 수가 없었다. 마태수는 개집 입구 앞에 개처럼 포즈를 잡고 앉았다. 이윽고 사내가 든 플래시의 불빛이 그를 향했다. 마태수는 가볍게 외쳤다.

    "멍!"

    "으악!"

    사내가 비명을 지르는 동시에 마태수는 개집을 뛰쳐나왔다. 놀란 사내는 물러서다 헛발질로 인해 뒤로 나동그라지고 말았다. 마태수는 균형을 잃고 쓰러진 사내를 잽싸게 끌고 가 나무에 묶고 나서 그에게 물었다.

    "왜 여기서 개들을 기르는 거지?"

    체념한 듯한 얼굴로 사내는 입을 열었다.

    "어떤 사람이 내게 돈을 주면서 개를 좀 돌봐 달라고 그러더군. 그게 다야."

    "그 어떤 사람이란 게 누군데?"

"그가 누군지는 사실 잘 몰라. 난 이 동네에서 슈퍼를 하는데, 그 사람이 찾아와 개를 돌봐달라고 했지. 그 이후엔 그 사람을 본 적이 없어."

사내가 거짓말을 하는 것 같지는 않았다.

"그 사람의 인상 착의는?"

"글쎄… 키는 170cm 정도고, '꽁지머리'를 했었어. 그 밖에는 생각나는 게 없어."

"사료 값은 어떻게 충당하지?"

"그 사람이 인건비까지 합쳐서 매달 20만 원씩을 내 통장으로 보내주고 있어."

"통장? 자네 계좌번호를 알려줄 수 있나?"

사내가 머뭇거리자, 마태수는 알려준다 하더라도 사내에게는 전혀 해가 될 일이 없을 거라는 사실을 납득시켜야 했다. 그리고 동양안충의 설명도 곁들어, 사내가 하는 일이 얼마나 잘못된 일인가를 이야기했다. 심성이 나쁘지 않은 사내는 그저 돈 때문에 한 일이라고 후회한 후, 마태수의 요구에 응해 주었다.

마태수는 정희찬 검사를 찾아가 사건에 대해 설명했고, 사내의 계좌에 돈을 부치는 사람이 누군지 알아봐 달라고 했다.

"그게 사실이라면 정말 나쁜 놈이네? 그런 의사는 다 콩밥 먹여야 한다고!"

정희찬은 자신의 일처럼 흥분했다. 잠시 뒤, 컴퓨터를 두들기던 정희찬이 입을 열었다.

"조우영이라고… 지금 부동산 일을 하고 있어."

"조우영?"

조안과 원장의 이름은 조일영, 마태수는 그에게 조우영의 형제 관계가 어떻게 되는지 물어 봤다.

"형과 누나가 하나씩 있는데, 형의 이름은 조일영이고, 의사라고 나와 있어."

이쯤되면 실마리가 잡힌 셈이었다. 마태수는 그에게 거듭 고맙다는 말을 전하고 검사실을 나왔다.

마태수는 조우영의 사진을 들고 서울 인근의 개 시장을 여기저기 찾아다녔고, 그 중 한 군데에서 그를 본 적이 있다는 사람을 만날 수 있었다.

"아! 이 사람, 눈에 벌레가 있는 개를 아주 비싼 값에 사겠다고 했지. 그래서 사람들이 개 눈 뒤집어 까 보느라 난리도 아니었어. 그 사람이 한 50마리쯤 사 갔지, 아마. 나도 몇 마리 팔았는데, 그런 대로 짭짤했다네."

50마리? 마태수가 관찰한 개는 20마리 정도, 마리 당 벌레의 숫자를 많게 하기 위해 개 두 마리에 든 벌레를 한데 합친 것 같았다. 마태수도 해 본 적이 있는데, 한쪽 개에서 동양안충을 빼서 다른 개의 눈에 심으면 벌레들이 알아서 자기 자리를 찾아간다. 이 정도의 증거면 충분할 것 같다고 생각한 마태수는 조일영이 일하는 안과로 향했다.

김지영의 안과와는 달리 그 병원은 환자로 넘쳐 났고, 고용 의사도 두 명이나 두고 있었다. 조일영은 바쁘다며 마태수의 면담을 거절했지만, 산 속에 있는 개 얘기를 하자 낯빛이 변했다.

"내가 환자 좀 더 보겠다고 벌레에 걸린 개를 산 속에 풀었다고? 그게 말이 되는 소리야? 당신 지금 무슨 소리를 하고 있는지 알아?"

조일영은 목소리를 높이며 우겨댔지만, 그는 흔들리고 있었다. 마태수가 찾은 증거들을 제시하자 그는 이렇게 둘러댔다.

"난 아무 것도 몰라. 내 동생이 형 돈 좀 많이 벌라고 그렇게 했는지 몰라도, 하여간 개 어쩌고 하는 건 동생과 상의해 본 적도 없소."

"올해 들어, 갑자기 '동양안충 전문병원'을 표방하고 대대적으로 홍보 활동을 한 건 사실이지 않습니까? 그게 우연일까요?"

"그건 올 들어 우리 동네에 환자 수가 급증해서 기민하게 대응한 거요. 돈을 벌려면 그 정도 센스는 있어야 한다고."

"환자가 늘기 시작한 건 5월부터이고, 당신이 홍보를 시작한 건 4월입니다. 좋습니다, 좋고요, 당신은 안과를 찾는 환자들에게 등산을 권유했다면서요? 동양안충이 산에서 초파리에 의해 걸린다는 걸 모르셨나요? 명색이 동양안충 전문병원이라면서. 알면서 그랬다면 파렴치범이고, 정말로 몰랐다면 당신은 안과 의사 자격이 없는 사람이죠!"

"모, 몰랐어요. 학생 때 기생충학을 배우면서 동양안충에 대해 들어 본 적은 있어도, 생활사가 어떤지는 전혀 기억이 안나오. 모르는 것도 죄가 되나요?"

더 이상 얘기해 봤자 소용없는 일이라 판단한 마태수는 자리에서 일어났다. 사실 조우영이 한 짓은 범죄임이 입증되지만 조일영이 계속 모른다고 할 경우 어찌할 도리가 없었다.

"좋습니다. 계속 그렇게 양심을 속이고 사십시오. 당신 동생이 무더운 감옥 속에서 하루하루를 보내건 말건, 당신은 아무 거리낌이 없겠지요. 언제까지 당신이 그렇게 잘 사나 한 번 보겠습니다."

문을 열고 나가는 마태수에게 조일영은 맘대로 해 보라는 듯이 냉소적인 미소를 흘렸다.

마태수는 사건의 개요를 정리해 인터넷에 띄웠고, 따로 3천 장을 복사해 시민들에게 나누어 주었다. 안과 의사의 동생이 시민들에게 기생충을 걸리게 해서 구속되었는데, 형은 동생의 단독 범행임을 주장하며 자신은 전혀 모르는 일이라고 우긴다는 사실을. 그리고 김지영 안과야말로 정말 훌륭한 안과라는 구절도 조그맣게 적어 넣었다.

그 전단은 금방 동이 났다. 당연하게도 시민들은 조일영이 사전에 그 사건을 몰랐다는 사실을 전혀 믿지 않았다. 동양안충에 걸렸던 사람들이 조안과에 몰려가 항의하는 소동이 거의 매일 일어났고, 조안과의 환자 수는 급격히 줄었다. 그로부터 2주가 못 되어 조안과는 폐업하고 말았다.

마태수는 김지영과 마주앉았다.
"정말로 그런 범죄를 저지르다니, 사람이란 게 참 무서운 존재라는 걸 느껴."
"사람이 무서운 게 아니라, 그 안의 탐욕이 무섭지. 그나저나 너, 몸 생각 좀 해라. 라면에 계란도 넣어서 먹고."
마태수는 준비해 간 계란을 꺼냈다.
"어머, 이렇게나 많이? 고마워. 잘 먹을게."
김지영은 하얀 이를 드러내며 활짝 웃었다. 간호사가 환자가 왔다고 알려왔다. 문틈으로 슬쩍 내다 보니 열 명이 넘는 환자가 소파에 앉아서 기다리고 있는 모습이 보였다.
"네 전단 덕분인지 환자가 조금 늘었어."
"그래? 다행이다, 야, 나 갈게. 환자를 기다리게 해선 안 되지!"
문을 열고 나가려는데, 김지영이 쫓아왔다.
"연락할 테니 다음에 술 한 잔 꼭 하자, 응?"
마태수는 밝게 웃어 보이고 병원을 나왔다.
사무실에 돌아와 앉았는데 갑자기 눈이 따끔했다.
"설마?"
마태수는 거울을 들여다봤다. 하얀 벌레 한 마리가 마태수의 눈에서 유유히 헤엄치고 있는 것이 아닌가.
"참 나, 네가 번지수를 잘못 찾았구나. 감히 나한테?"
마태수는 서랍에서 이쑤시개를 꺼내들었다.
"덤벼라!"
잠시 뒤, 마태수는 동양안충 두 마리의 시신을 수습한 후, 빨개진 눈으로 득의양양한 웃음을 지어 보였다.

날아라 독수리

"꺅! 혜식 오빠!"

중세 귀족의 복장을 한 신혜식이 등장하자, 여성 팬들은 비명을 질러대기 시작했다. 입만 뻥긋거리는 가수들이 판을 치는 현실을 개탄하며 가창력 있는 가수들을 위해 만들어진 '무붕 콘서트'의 무대에 오른 신혜식은, '인형의 가시' 등 자신의 히트곡 세 곡을 연속해서 불렀다.

"사랑해요!!"

"신혜식 짱!"

콘서트장을 가득 메운 팬들은 야광 봉을 휘두르며 열광했다.

"여러분!"

신혜식은 손짓으로 청중들을 진정시킨 뒤 말을 이었다.

"오늘이 무슨 날이죠?"

"13일의 금요일이요."

누군가의 대답에 작은 웃음소리가 일었다.

"오늘은 미선이와 효순이가 저세상으로 간 지 1년이 되는 날입니다. 지금 광화문에는 1만 명이 넘는 시민들이 그들을 추모하기 위해 모여 있습니다. 여러분, 전 이 공연이 끝나고 광화문에 갈 예정입니다. 저와 함께 추모 행진에 동참합시다!"
혜식의 말이 끝나자 동의를 뜻하는 함성 소리가 터져 나왔다.
"내가 아주 작을 때 나보다 더 컸던 내 친구…."
신혜식이 그의 히트곡 '날아라 독수리'를 부르자 모든 사람이 따라 부르기 시작했다. 오래 전에 나온 노래이지만, 최근의 추모 분위기에 힘입어 다시 인기몰이를 하고 있는 노래였다.
"굿바이 미선, 이젠 아픔 없는 곳에서 하늘을 날고 있을까, 굿바이 효순, 너의 조그만 무덤가엔 올해도 꽃은 피는지."
원래 가사는 혜식이 키우던 독수리의 이름인 '포먼'이었지만, 언젠가부터 그 대목은 장갑차에 깔려 죽은 여중생의 이름으로 바뀌어 불리고 있었다. 감정이 북받친 듯, 혜식의 눈에서 눈물이 흘렀다.

"이거, 큰일입니다. 유행할 게 없어서 반미가 유행을 하다니…."
어두운 방에 몇 명의 남자가 모여 있었다. 그 중 곱슬머리를 한 남자가 입을 열었다.
"그러게 말입니다. 아니, 촛불이 전기 나가면 쓰라고 있는 거지, 데모하라고 만든 겁니까? 요즘 애들은 저렇게 철이 없다니까요. 우연히 교통 사고 난 거 가지고 몇 년을 우려먹자는 건지…."
매부리코의 사내가 곱슬머리의 말을 받았다.
"맞습니다. 남의 땅에서 피를 흘려주는 사람한테 배은망덕도 유분수지, 지금 워싱턴 분위기가 심상치 않아요. 주한미군, 우리가 원하지 않으면 철수하겠다는 겁니다."
머리가 벗겨진 사내가 말했다.
"연예인들이 문제입니다. 그들이 설치니, 아무 것도 모르는 10대, 20대가 덩달아서 흥분하는 거 아닙니까. 본때를 보여줘야 합니다."
"딴따라들이 뭘 안다고? 배우지도 못한 것들이…."
매부리코가 그를 제지했다.

"아닙니다. 요즘은 서울대 나와서 가수 하는 사람도 있다는군요."
"허, 그래요? 정말 말세로군요. 아니 가수면 노래나 잘 부를 것이지, 왜 순진한 애들을 선동하고 난리인지 한번 손을 봐 줄 필요가 있긴 하군요."
대머리가 말했다.
"안 그래도 우리가 모인 이유가 바로 그거 아니겠습니까? 우리가 아직 기가 죽지 않았다는 걸 보여 줍시다. 가장 극렬한 좌경분자 한 놈만 조지면 다들 알아서 기겠지요."
"누구 생각해 두신 놈이라도…?"
"바로 이놈입니다."
화면에 비친 사람은 바로 신혜식이었다.

"영예의 1등은….”
'생방송 인기가요'의 MC는 힘찬 목소리로 쪽지에 쓰인 글자를 읽어나갔다.
"신-혜-식! 축하드립니다."
꽃종이가 흩뿌려 대는 가운데, 우주 비행사처럼 차려 입은 신혜식이 무대로 뛰어올라왔다. 그와 1위 자리를 경합하던 '어덜트복스'가 그에게 꽃다발을 걸어줬다. MC가 그에게 마이크를 갖다댔다.
"에… 제가 가요 프로에서 1위를 한 건 10년도 더 된 일인 것 같습니다. 이 영예를 하늘에 있는 미선이와 효순이에게 바치고 싶습니다."
말을 하는 신혜식의 얼굴이 갑자기 창백해졌다. 그냥 들어가려는 혜식의 어깨를 MC가 붙잡았다.
"어, 오랜만에 1등 하셔서 정신이 없으신가 보네요. 자, 신혜식 씨의 1위곡을 청해 들으면서 생방송 인기가요, 이만 마치겠습니다. 저희는 다음 주에 찾아뵙겠습니다!"
하지만 신혜식은 MC의 손을 거세게 뿌리치고 들어가려 했다. 순간

고성능 마이크를 통해 "북―" 소리가 들렸다. 그와 동시에 무대 밖으로 퇴장하던 신혜식은 그 자리에 우뚝 선 채 꼼짝할 수 없었다. 하얀 우주복의 엉덩이 부분이 밤색으로 변해갔다. 사람들은 보았다. 바지 사이로 밤색의 액체가 흘러내리는 것을. 거의 매일 봐 온 그 액체가 무엇인지 모르는 사람은 시청자 중에는 아무도 없었다.

다음 날 모든 스포츠신문의 1면은 '신혜식 망신… 생방송 중 설사!'라는 헤드카피를 뽑았다.

스포츠신문 중 한 곳은 '설사투혼'으로 칭송하긴 했지만, 신혜식과 그가 속해 있는 기획사는 죽을 맛이었다. 혜식이 화를 냈다.

"거 봐요. 내가 안 나간다고 했잖아요."

화가 나긴 매니저도 마찬가지였다.

"방귀 뀐 놈이 성낸다고, 왜 나한테 그래?"

매니저와 실랑이를 벌이고 있는 중에 혜식에게 엽서 한 장이 배달되었다. 매니저가 받은 엽서에는 단 한 줄만 씌어 있었다.

"BBB, 이게 뭐지?"

혜식은 엽서를 빼앗아 찢어 버렸다.

"가뜩이나 화나 죽겠는데 장난 엽서를 보내? 나쁜 놈들 같으니."

그의 얼굴이 다시 창백해졌다.

"으… 또 나온다!"

하지만 3m도 못 가서 "북―" 소리가 났고, 그 날 매니저는 냄새가 빠질 때까지 대걸레질을 해야 했다.

거듭되는 설사로 신혜식은 결국 입원을 했다. 수시로 나오는 설사 때문에 버린 팬티만 수십 장, 잘못하다간 탈수로 생명이 위험할 수도 있는 노릇이었다.

의사들은 콜레라를 의심했지만 검사 결과는 세균성 이질도 아닌, 엉뚱하게도 기생충 감염이었다. 대변에 항산성 염색을 한 결과 와포자충에 특징적인 붉은색 오오시스트가 무수히 검출되었다.

"안녕하십니까? 이렇게 뵙게 되어 영광입니다."
 사람들 보기가 낯뜨거워 독방으로 해놓고 아무도 들이지 말라 했거늘, 이 사람은 도대체 누구란 말인가, 신혜식은 짜증이 났다.
 "누구…시죠?"
 "아, 저는 기생충탐정 마태수라고 합니다. 담당 의사가 제게 전화를 해서요. 기생충이 많이 나왔다고 들었습니다."
 "기생충? 아니 요즘도 기생충이 있나요? 그것도 나 같은 인텔리가! 윽!"
 이젠 귀에 익어버린 "북—" 소리! 많이 경험을 해서인지 신혜식도 그다지 당황하지 않았다.
 "간호사! 기저귀 갈아줘!"
 한 때는 신혜식의 열혈 팬이었기에, 간호사는 성가신 표정 없이 환하게 웃으며 기저귀를 갈았다. 지독한 냄새에 마태수는 코를 찡그렸다. 사태가 수습되고 난 뒤 마태수가 입을 열었다.
 "혜식 씨가 걸린 기생충은 와포자충이라는 겁니다. 면역 기능이 약한 사람이면 설사를 하다 죽을 수도 있지만, 건강한 사람에게서는 2주 정도 설사를 유발하다 말지요. 문제는, 신혜식 씨의 대변으로 추정하건대 너무도 많은 와포자충에 걸려 있다는 겁니다. 그게 좀 이상해요."
 마태수는 뾰족한 턱을 쓰다듬으며 물었다.
 "혹시 집에서 소를 키우거나, 아니면 축사 근처에 가신 적이 있습니까?"
 혜식은 짜증을 냈다.
 "전 가수에요! 뮤지션이라고요! 제가 왜 소를 가까이 하겠어요? 제발, 설사나 좀 멎게 해 주세요!"
 "불행히도 그 기생충은 약이 없습니다. 수액 공급을 잘 해 주고, 혈중 전해질을 맞춰 주면서 설사가 멎기만을 기다리는 방법밖에."
 혜식은 화가 났다.

"뭐야? 그럼 당신은 왜 온 거야? 심난해 죽겠으니 당장 꺼지라고!"
마태수는 주머니에서 뭔가를 꺼냈다.
"혹시 제 도움이 필요하면 이쪽으로 연락 주세요. 그럼 이만."
마태수가 사라진 뒤 신혜식이 중얼거렸다.
"뭐? 기생충탐정 사무소? 별의별 놈이 다 설치는군. 으…윽. 간호사! 기저귀 가져와!"

'탁' 소리와 함께 공은 포물선을 그리며 날아갔다. 뒤에서 "나이스 샷"이라고 외치는 소리가 들렸다.
"이번 일은 잘 하셨습니다."
대머리가 주위를 둘러보며 말했다.
"그러게 말입니다. 그 녀석, 똥 싸고 당황하는 꼴이란…."
매부리코가 티샷할 준비를 하면서 말했다. 갑자기 곱슬머리가 소리쳤다.
"어, 쟤들은?"
일행은 곱슬머리가 가리키는 곳을 응시했다. 젊은 여자 몇몇이 골프를 치고 있었다.
"흥, 세상 좋아졌네요. 머리에 피도 안 마른 애들이, 그것도 여자가 이런 고급 CC에 와서 골프를 치다니."
대머리의 말에 곱슬머리가 핀잔을 줬다.
"아이고, 저 사람들 몰라요? 가운데 있는 사람은 유명 골프 선수 박세희이고, 그 옆은 강소연인 것 같은데…."
"아, 그래요?"
대머리가 머쓱한 표정으로 이마를 쓰다듬었다.
"강 머시기라고? 고것 참 예쁘게 생겼네. 같이 한번 라운딩 해 봐야겠는데."
매부리코가 친 공이 1백 야드 떨어진 연못에 빠져 버렸다.

"아이 참. 이거, 형씨의 미인계에 당한 것 같소."
"좀 어때요? 그 동안 많이 땄잖아요?"
대머리가 일행을 제지했다.
"하던 얘기를 마저 마무리하죠. 일차 공격이 성공적이긴 했지만, 여기서 멈춰서는 안 됩니다. 우리가 얼마나 무서운 집단인지를 충분히 알릴 수 있도록 좀더 확실한 조치가 있어야 합니다."
대머리의 말에 일행은 모두 고개를 끄덕였다.
"물론입니다. 저도 다 생각이 있으니, 지켜보기만 하십시오. 음하하하하!"

1주일이 지나 설사가 어느 정도 멎자 신혜식은 슬슬 퇴원 준비를 했다. 새 앨범 준비, 라디오 DJ 복귀 등 그간 밀린 일을 생각하면 한시라도 빨리 나가고 싶었다. 그런데 이틀 전부터 고환이 너무 아팠다. 처음에는 대수롭지 않게 생각했지만, 도저히 참을 수가 없었다. 혜식은 바지를 내리고 고환을 들여다봤다.
"아니!"
왼쪽 고환에 뭔가가 튀어나와 있었다. 좀더 자세히 들여다보았다. 돌기는 딱 한 개 있었는데, 쌀알보다 좀 컸다.
"이게 뭐지?"
좀더 얼굴을 가까이 댔다.
"사마귄가?"
이왕 병원에 들어온 거, 조금이라도 병이 될 만한 기미가 있는 것은 검사를 해야겠다고 생각한 그는 회진하는 의사에게 자신의 증세를 설명했다.
"조직 검사를 해 봐야 확실하겠지만, 이건 십중팔구 스파르가눔입니다. 기생충의 일종인데…."
의사는 안경을 고쳐 썼다.

"혹시 뱀 같은 거 드신 적 있습니까?"
혜식은 고개를 저었다. 뱀을 먹다니, 맹세코 그런 적은 없었다.
"그게… 위험한 건가요?"
"수술로 고환을 잘라내야 합니다."
"네?"
혜식은 황당했다.
"저 선생님, 전 애도 낳아야 하는데요."
의사가 껄껄 웃었다.
"걱정 마세요. 오른쪽이 남았으니 애 낳는 데는 지장이 없습니다."
"그러다가 오른쪽마저 스… 그 뭣이냐, 하여간 그 기생충에 걸리면 끝장이지 않습니까?"
의사는 근엄한 표정을 지었다.
"그러니까 정력에 좋다고 무엇이든지 먹으면 안 되지요. 정력이란 말이죠, 가진 대로 쓰는 겁니다."
결국 신혜식은 수술대에 누웠고, 왼쪽 고환을 수술했다. 그리고, 그 사실은 모든 스포츠신문의 톱기사로 실렸다.

'신혜식, 고환 수술! 왜??
마한대학 기생충학교실 돈병한 교수는 "이 기생충은 뱀을 날로 먹어서 걸린다"면서 "신 씨가 얼마 전 결혼을 해서 정력이 필요했을 듯 싶다"고 추정했다는….'

"뭐야?"
신혜식은 화가 머리끝까지 났다.
"결혼을 해서 정력이 필요하다고? 아니, 내가 뱀을 안 먹었다는데 왜들 이러는 거야, 아주 소설들을 써 대는군!"
혜식은 손에 든 신문을 찢어 버렸다. 그 때 의사가 들어왔다.

"혜식 씨, 너무 흥분하면 상처가 터질 수 있습니다. 진정하세요."
"지금 그게 문제에요? 기자란 놈들이 이런 말도 안 되는 짓거리를 하는데? 아―악!"
"왜 그러세요? 혜식 씨! 아니 이런!"
의사는 무전기에 입을 갖다댔다.
"응급이다! 5409호 환자, 수술 부위가 터졌다!"

2차 수술이 끝나고 빈사 상태로 누워 있는 혜식에게 또 한 통의 엽서가 배달되었다. BBB란 글자만이 지면을 채우고 있었다. 그리고 보니, 전에 한 번 본적이 있는 엽서였다. 혜식은 벌떡 몸을 일으켰다. 최근 벌어진 일련의 사태가 누군가 자신을 노리고 자행된 것이라는 생각이 들었기 때문이다.
"왜? 무엇 때문에?"
혜식은 환자복 상의에 처박아 둔 명함을 꺼내 그곳에 적힌 번호대로 전화를 걸었다. 그리고 몇 시간 뒤, 그의 병실로 마태수가 찾아왔다.
"거 봐요! 내가 다시 만난다고 했지 않소!"
마태수는 빨간 트레이닝복 차림으로 병실에 나타났다.
"뭐에요, 그 촌스러운 옷차림은?"
"하, 이거요. 저의 활동복이죠. 탐정이란 옷차림이 간편해야 합니다. 콜롬보처럼 바바리를 입고 수사하던 시대는 지났습니다."
혜식은 'BBB' 가 쓰인 엽서를 마태수에게 내밀었다.
"사건이 벌어질 때마다 이런 엽서가 왔습니다."
마태수는 고개를 갸웃거렸다.
"BBB가 무슨 뜻일까요? 언뜻 생각나는 건, 혈액-뇌 장벽(blood-brain barrier)이라고, 혈액의 나쁜 것들이 뇌로 진입하지 못하게 하는 가상적인 장벽을 가리키는 말이고…."
혜식은 고개를 저었다.

"그건 아닐 겁니다. 백인 우월주의 단체인 KKK처럼 뭔가의 약자 같은데…."

"1차 대전 때 영국의 3C 정책, 즉 캘거타, 카이로, 케이프타운에 맞서 독일이 추진한 정책이 바로 3B정책이죠. 베를린, 비잔티움, 바그다드를 합병하는 …."

혜식은 역시 고개를 저었다.

"지금 그게 왜 나옵니까? 아는 게 많다고 자랑하는 것도 아니고."

마태수는 은근히 화가 났다.

"그렇게 잘 알면, 당신이 생각해 보시오."

혜식은 잠시 미간을 찡그렸다. 귀공자 풍모의 그인지라 인상을 써도 여전히 멋있어 보였다.

"이걸 가지고 우리가 고민할 필요는 없습니다. 지금 중요한 것은 범인을 잡는 거지요. BBB가 뭔지는 범인에게 물어 봐도 되는 것 아닐까요?"

"당신 말이 맞소. 나도 머리가 아프던 참이니 그만하도록 합시다."

마태수는 혜식에게 지침을 내렸다. 자신의 허락 없이는 아무 것도 먹지 말 것, 개인 위생에 신경쓸 것, 수상한 사람을 보면 무조건 잡아서 '족칠' 것 등이었다.

마태수는 오랜 시간 병원에서 상주하며 외부에서 반입되는 음식물을 체크했다. 그러던 어느 날이었다. 돋보기로 상추를 검사하던 마태수가 버럭 소리를 질렀다.

"바로 이거요!"

"무슨 일이에요?"

"여길 보시오. 뭔가 동글동글한 게 보이죠? 이게 바로 간질이란 기생충의 피낭유충입니다."

과연 상추 위에 동그란 것들이 많이 보였다.

"간질?"

"이건 소의 간디스토마죠. 담도에 사는데 사람 몸에 들어오면 간뿐 아니라 눈, 심지어 뇌로도 갑니다."

그 말에 혜식은 몸을 부르르 떨었다.

"잔인한 놈들 같으니… 마태수 씨, 당신이 있는 게 천만다행이네요."

이틀이 지난 후 엽서가 한 장 배달되었는데, 이번에도 어김없이 'BBB'라는 글자가 씌어 있었다.

"좀 어떠세요?"

꾀꼬리 같은 목소리를 가진 아름다운 간호사가 혜식의 병실로 들어왔다.

"오늘 새로 왔어요. 홍기옥이라고 해요."

기옥은 혜식의 손을 잡았다.

"맥이 힘차게 뛰는 걸 보니 곧 건강해지실 거에요."

뒤돌아서 나가는 기옥의 뒷모습을 마태수는 물끄러미 바라보았다.

"어쩜 저렇게 예쁠까…요?"

"그러게요… 산소만 먹고 사나 봐요."

둘은 가볍게 농담을 주고받았다. 혜식은 출출하던 차에 열성 팬들이 선물로 가지고 온, 손수 구워 만든 빵을 집어 입에 넣으려 했다.

"잠깐!"

마태수가 몸을 날리며 빵을 쳐냈다. 혜식은 너무나 놀랐다.

"아니 당신, 이게 무슨 짓이에요?"

멱살을 잡은 혜식을 마태수는 뿌리쳤다.

"당신, 병원 다니면서 저렇게 예쁜 간호사 본 적 있소?"

"……."

"내가 저렇게 예쁘다면, 아마 난 간호사를 안 했을 거요."

"그래서요?"

어리둥절해하는 혜식을 두고 마태수는 밖으로 뛰어나갔다. 20분이 지나고 난 뒤, 마태수가 가쁜 숨을 몰아쉬면서 돌아왔다.
"분하다. 놓쳤소. 차 번호는 적어 놨지만…."
"도대체 무슨 일인데 그래요?"
혜식은 여전히 영문을 몰랐다.
"병원에 알아보니 오늘 새로 뽑은 간호사는 없더군요. 아마 BBB에서 보낸 자객일 겁니다. 그리고 보니, 아까 그녀가 당신 손을 잡았죠?"
마태수는 장갑을 끼고 혜식의 손을 돋보기로 들여다봤다.
"역시… 이걸 보시오."
혜식은 돋보기를 들여다보았다.
"히익! 이, 이게 뭐에요?"
투명한 감씨 같은 게 손에 가득 묻어 있었다.
"이건 바로 요충알이요. 이것에 걸리면 항문 주위가 굉장히 가렵죠. 그녀가 당신의 손을 어루만지는 게 영 미심쩍었소. 그건 손에다 뭔가를 묻히려는 것처럼 보였거든요."
혜식은 식은땀이 났다.
"이렇게 과감하게 공격해 오는 걸 보면, 보통 놈들이 아닌 것 같소. 각별히 조심합시다."
경찰에 조회한 결과, 마태수가 적은 차번호는 도난차량의 것으로 밝혀졌다.
저녁 무렵, 마태수는 작은 '바'에 앉아 맥주를 마셨다. 치밀하게 공격해 오는 적에 비해 자신은 너무도 무력하기만 했다. 적의 공격을 막아내는 데만 급급할 뿐, 이렇다 할 단서를 잡지 못하고 있는 게 너무나도 괴로웠다.
계산을 하고 사무실로 터벅터벅 걸어가는데, '삐끼' 하나가 그에게 전단지를 내밀었다. 반라의 여인들 사진과 함께 다음과 같은 글귀가 눈에 띄었다.
'브랜드뉴 나이트클럽 오픈… 부킹 보장, 꽃뱀들 100명 대기.'

순간, 머릿속에서 어떤 영감이 스쳐지나갔다.

"그래, 바로 그거야! 내가 왜 그 생각을 못했을까?"

"꼬—끼오!"

새벽 두 시를 알리는 닭 울음소리가 났다. 모두가 잠든 그 시각, 옥저대에 플래시 불빛이 한 줄기 비추어졌다. 연구실 문이 열리고 한 사내가 들어왔다.

"저기가 좋겠군!"

사내는 능숙한 솜씨로 거울 뒷면에 도청 장치를 설치했다. 일이 끝나자마자 사내는 재빨리 밖으로 나와 담을 넘었다. 복면을 벗은 사내의 얼굴이 달빛에 드러나 보였다. 그는 바로 마태수였다.

신혜식을 공격한 것은 와포자충과 스파르가눔, 간질과 요충이었다. 다른 기생충들은 맘만 먹으면 얼마든지 구할 수 있는데 반해, 스파르가눔은 그렇지 않았다.

스파르가눔이 뱀을 통해 전파되는 것은 사실이다. 하지만 굳이 뱀을 먹지 않더라도, 스파르가눔에 걸린 물벼룩을 물과 함께 삼키면 감염이 된다. 뱀을 먹지 않은 여성 환자들이 이따금씩 출현하는 것은 바로 그 때문이다. 신혜식은 분명 뱀을 먹지 않았다. 그렇다면 감염된 물벼룩을 구해야 하는데, 그러기 위해서는 스파르가눔의 생활사를 실험실에서 유지할 수 있어야 한다. 우리 나라에서 그걸 할 수 있는 학자는 단 한 명, 옥저대의 우제혁 교수뿐이었던 것이다.

보름이 지난 후, 마태수는 도청 장치로부터 기다리던 전화가 걸려오는 것을 들었다. 우 교수의 휴대폰 벨소리가 났고, 그가 자신의 연구실로 들어오는 소리가 들렸다.

"아, 네… 감사합니다… 핫핫, 마지막 공격인데 화끈하게 해야죠… 네, 그렇습니다… 제가 유구낭미충을 준비해 두었습니다… 내일 점심 때 거기서 뵙겠습니다."

우 교수의 목소리를 들으면서 마태수는 주먹을 불끈 쥐었다.

다음 날 11시 반이 되자, 우제혁의 차가 정문을 빠져나갔다. 마태수는 인근에 대기해 둔 택시를 타고 뒤를 밟았다. 차는 어느 중국집 앞에서 멈췄다. 우제혁은 이미 예약을 해둔 방으로 들어섰다.

"미행은 없었겠지요?"

"물론입니다."

"어떻게 먹이면 되나요?"

"이걸 보시면… 쌀알처럼 생겼잖습니까? 밥에다 섞어 주면 잘 먹을 겁니다."

"흠… 이쯤 되면 신혜식도 정신을 차리겠죠?"

"물론입니다."

식사가 끝난 방에서 대머리의 한 사내가 나왔다. 마태수는 조용히 그의 뒤를 밟았다. 2분도 채 못 가서 외딴 건물이 나왔다. 대머리는 다시 한 번 뒤를 돌아보고 열쇠를 꺼내 문을 열었다. 마태수가 그에게 다가가, 잽싸게 사내의 손을 붙잡아 옆으로 비틀었다.

"누구야, 아—아! 이거 왜이래?"

마태수는 사내의 옆구리를 발로 차서 건물 안으로 밀어 넣었다. 그리고는 사내를 의자에 앉힌 뒤 준비해 간 밧줄로 꽁꽁 묶었다. 사내의 눈빛이 공포에 질렸다.

"전 마태수라고 합니다. 당신같이 기생충을 가지고 세계 평화를 위협하는 놈들을 혼내 주는 사람이지요."

"기…생…충이라니… 난 모르는 일이야."

마태수는 사내의 주머니를 뒤져 캡슐을 찾아냈다.

"자… 이래도 모른 척할 텐가요? 이 쌀알 같은 게 바로 유구낭미충이지요. 그럼, 이건 대체 어디다 쓸 건가요?"

사내의 얼굴이 흙빛으로 일그러졌다.

"그, 그건…."

"그걸 신혜식에게 감염시키려 했던 것 아닌가요?"

"그걸 어떻게….'

"내가 궁금한 건, 왜 신혜식을 그토록 괴롭히는가 하는 겁니다."

사내가 침묵을 지키자 마태수는 사내의 팔을 조금 꺾었다. 사내의 얼굴이 고통으로 일그러졌다.

"아야! 알았어, 말하면 될 거 아냐!"

사내가 입을 열었다.

"신혜식 그놈이 아무 것도 모르는 젊은이들을 반미주의자로 만들고 있어. 그래서 난 본때를 보여주려고 한 거야."

마태수는 작은 눈을 가늘게 뜨며 날카롭게 대꾸했다.

"여중생이 미군 장갑차에 깔려 죽었는데 책임지는 사람은 아무도 없고, 그런 일들에 대해 항의 한마디 못하는 현실이 당신은 옳다고 생각합니까?"

사내는 고개를 저었다.

"그건 우발적인 교통 사고야! 미국이 아니었다면 이 나라는 공산 치하에서 신음하고 있을 테고, 너나 신혜식은 아마 정치범 수용소에 있겠지. 배은망덕도 유분수지, 어려울 때 그렇게 도와준 미국을 욕해?"

흥분한 탓인지 사내의 얼굴이 붉어졌다.

"지금 나라꼴이 이게 뭔가? 노조는 일 안하고 파업만 하고, 가수는 노래 안 부르고 반미 시위나 하고, 대통령이란 자는 코드가 맞는 사람과 어울려 보수를 반통일, 반개혁 세력으로 몰고 있어. 이 나라, 그렇게 만만한 나라가 아니야. 니들이 지금 수구라고 몰아붙이는 보수주의자, 그들이 바로 잿더미 속에서 이 나라를 건설했고 지켜오고 있어. 사회주의자 대통령의 집권은 한 번으로 족했어야 돼. 이젠 더 이상 참을 수 없어. 우리 보수 세력이 총단결해서 청와대에 침투한 좌파들을 몰아내고 말거야."

"이 나라를 건설한 게 보수 세력이라고요?"

날아라 독수리

마태수는 쓴웃음을 지었다.
"혹시 군대 다녀오셨나요?"
마태수의 갑작스러운 질문에 사내는 머뭇거리며 말했다.
"과체중으로 면제받았다, 왜?"
겉으로 보기에도 사내는 100kg이 넘어 보였다.
"그럼, 그렇지."
마태수는 눈을 크게 떴다.
"당신네들이 군대도 안 가며 사리사욕을 채우는 동안, 경제 성장을 이룬 장본인은 바로 살인적인 저임금에 시달리면서 착취를 당한 노동자들이에요. 그 공을 보수 세력이 독점하려 하는 건 도무지 말이 안 되지요. 이 나라는 보수만의 나라가 아닙니다. 이곳은 진보와 보수가 새의 두 날개처럼 공존해야 하는 나라라고요!"
"그만 해!"
사내가 짜증스럽게 말했다.
"당신과 말싸움을 하고 싶지는 않소. 그래, 이제 날 어떻게 할 건가?"
"당신을 경찰에 넘길 겁니다. 당신은 기생충을 이용한 생물학전을 이 땅에서 최초로 감행한 사람이니, 당분간은 햇볕을 보지 못하겠지요."
"맘대로 하시오. 당신이 나를 잡아가도 별 소용이 없을 거요. 우리는 한둘이 아냐. 내가 없더라도 또 다른 내가 나타날 거요. 전경련, 중소기협협동변방회, 대한의자협회, 대한변기협회 등 수많은 단체가 우릴 후원하고 있어!"
"호오, 그래요? 당신 같은 '또라이'가 또 나타나면 그놈도 내가 잡아넣을 거요. 나도 나와 뜻을 같이하는 사람들이 아주 많으니까, 얼마든지 해 보시오. 그나저나 BBB는 무슨 약자인 거요?"
사내는 씩 웃어 보였다.

"보수, 보수, 보수의 약자!"
마태수는 너털웃음을 터뜨렸다.
"보수, 보수, 보수라고? 내 참, 다른 BBB 회원은 누구요?"
"절대 말할 수 없지."
사내는 이를 악물었다.
"그래요? 당신 같은 사람을 위해 준비한 게 있소."
마태수는 가방에서 병 하나를 꺼냈고, 거기서 회충 몇 마리를 꺼내 손에다 감았다.
"이게 회충인데… 얼마나 견디나 볼까?"
마태수는 손에 든 회충을 사내의 입에다 넣었다.
"으—으! 살려줘! 제발! 다 말하겠다!"
회충을 꺼낸 뒤에도 사내는 한참 동안 헛구역질을 해댔다.
"BBB는… 허정우 대종무역 사장, 유태길 주류도매상협회회장, 임상백 전국상담협회 이사…."
열다섯 명으로 구성된 BBB 회원은 전원 구속되었다. 계속되는 촛불 시위는 결국 미국 대통령의 사과를 받아냈고, 말썽 많던 'SOFA'도 독소 조항이 빠지는 등 상당 부분 개선되었다.

"똑똑!"
노크 소리와 함께 문이 열렸다.
"어, 신혜식 씨, 이런 누추한 곳에 어쩐 일이십니까?"
자신의 사무실에서 짐을 싸고 있던 마태수는 신혜식의 방문에 당황한 듯했다.
"여러 가지로 고맙습니다. 당신이 아니었다면 정말 위험할 뻔했어요."
"아, 아닙니다. 제가 당연히 해야 할 일인걸요."
마태수는 이마에 흐르는 땀을 닦았다.

날아라 독수리

"고맙다는 뜻으로 제가 귤을 좀 사왔습니다."
신혜식이 어깨에 메고 있던 귤 상자를 탁자에 내려놓았다.
"그런데, 왜 짐은 챙기세요? 어디, 사무실이라도 이전하나 보죠?"
"그게 아니라…."
마태수는 장갑을 벗고 신혜식 앞으로 걸어왔다.
"다름이 아니라 제가 프랑스로 유학을 갑니다. 기생충탐정으로 활동하는 동안 스스로 부족한 걸 많이 느껴서요."
신혜식은 의아한 표정을 지었다.
"프랑스? 왜 하필 프랑스에요?"
"프랑스 소르본 대학에 세계적인 기생충탐정 '야니크 노아' 라는 분이 계시는데, 제가 그 밑에서 1년간 연수를 받을 기회가 생겼거든요."
아쉬운 듯, 신혜식이 입을 열었다.
"뭐, 공부하는 건 좋습니다만, 마태수 씨가 없는 동안 이번과 같은 일이 생긴다면 누굴 믿어야 하나요?"
"아, 제가 없는 동안 후배에게 1년간 사무실을 맡아달라고 부탁해 두었습니다. 심서보라고, 저보다 훨씬 더 뛰어난 학자이니만큼 잘 할 거예요."
"이거… 서운해서 어쩝니까? 좋은 친구가 하나 생겼다 싶었는데."
신혜식의 말에 마태수는 껄껄 웃었다.
"겨우 1년인데요, 뭐. 우리 같은 30대에게 1년은 금방 아니겠어요?"
신혜식은 매니저가 건네준 스케줄표를 확인했다.
"어디 보자… 오늘 저녁 때 시간이 있는데, 술이라도 한 잔하면 안 될까요? 그냥 보내긴 영 서운한데."
마태수는 흔쾌히 승낙했다.
"그러지요. 지금이 아니면 제가 또 언제 신혜식 씨와 술을 마셔 보겠어요?"

그리고 1주일 후, 마태수는 프랑스로 향하는 비행기에 올랐다. 한국의 푸른 하늘을 내려다보며, 마태수는 조용히 중얼거렸다.

'기생충을 이용해 세계 평화를 위협하는 무리들아, 조금만 기다려라. 내가 간다!'

그 때였다. 스튜어디스의 상냥한 목소리가 들렸다.

"커피나 음료수 드시겠습니까?"

"코, 콜라 주세요."

순간 마태수는 그녀의 손에 요충알이 듬뿍 묻어 있는 것을 보았다. 건너 편 옆자리의 중년 부인은 콜라를 막 입에 갖다대려는 중이었다.

"안 돼!"

마태수는 그녀를 향해 몸을 날렸다.

"꺄!"

부인의 비명 소리가 비행기 안에 울려퍼졌다.

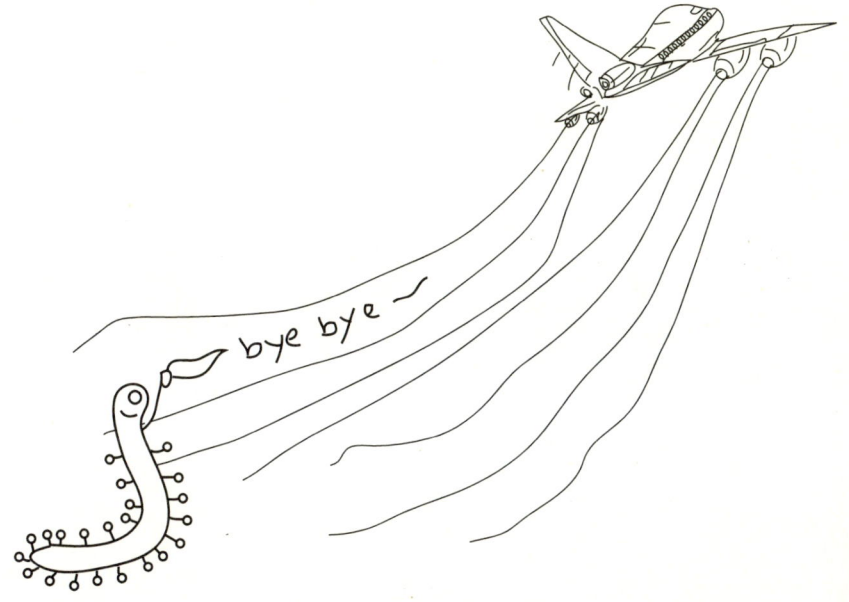

날아라 독수리

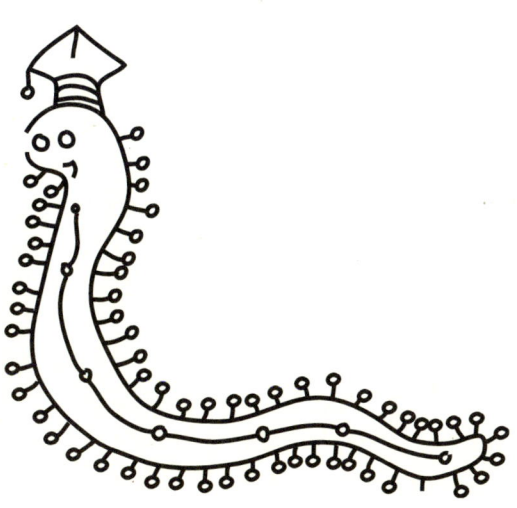

부록

기생충, 알아야 예방한다!

개회충

개를 사랑하는 길

모든 동물은 자신만의 회충을 갖는다. 사자에는 사자회충이, 고래에는 고래회충이 있고, 개, 고양이도 마찬가지다. 회충은 숙주 특이성이 매우 강해, 원래 숙주가 아니라면 어른으로 자라지 못한다. 사람이 사람

회충의 알을 먹는다면 30cm 길이의 징그러운 벌레를 배 속에서 키울 수도 있지만, 돼지회충의 알을 모르고 먹었다면—알고 먹을 사람이 누가 있담?—그냥 대변으로 배출되어 버리고 만다.

하지만 언제나 그런 것은 아니다. 우리가 애완용으로 기르는 개와 고양이에게 회충이 있다면, 그다지 좋지 않은 결과를 초래할 수도 있다. 예를 들어 아파트에서 기르는 개회충에 걸린 개가 놀이터에 대변을 쌌다고 치자. 제대로 치워지지 않은 대변은 분해되고, 그 안에 있던 개회충알은 성숙하여 감염력을 갖게 된다. 이 때, 흙장난을 좋아하는 아이들이 우연히 땅에 손을 대면 개회충알이 그 아이의 손에 묻게 되고, 무심코 입으로 손을 가져가게 되면 손에 붙어 있던 개회충의 알이 아이의 몸 속으로 들어오게 되는 것이다.

사람회충에 걸리면 배가 조금 아프고 그만인 반면, 개회충은 어른이 되지 못한 채 유충 상태로 장기를 침범하는데 가장 많이 가는 곳이 간이다. 간으로 간 개회충은 할 수 있는 한도 내에서 최선을 다해 간을 망가뜨리다 죽는데, 이 때 간에 염증이 생겨 간이 커지고, 간세포가 파괴되어 GPT 같은 효소의 혈중 농도가 증가하게 되는 것이다.

지금까지 개회충이 별 문제가 되지 않았던 것은 진단이 워낙 어렵기 때문이다. 아이들이 열이 나고 배가 아파서 병원에 왔을 때, 개회충을 의심하는 의사가 과연 얼마나 되겠는가? 대부분 배탈로 생각하고 약을 지어 주기 마련이다. 초음파를 해 보면 간이 조금 커진 것을 발견할 수도 있다. 그렇지만 대부분

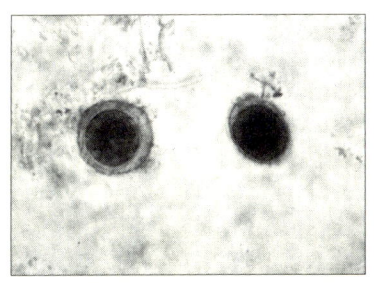 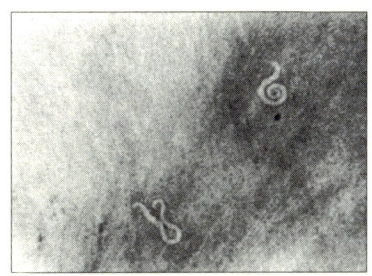

개의 대변에서 나온 개회충알. 물론, 깨끗이 씻고 난 후의 정제된 모습!   개회충의 유충이 흰 쥐의 뇌를 괴롭히고 있다.

의 간염이 바이러스성이니, 개회충을 생각한다는 건 역시 쉬운 일은 아니다.

개회충을 확진하기 위해서는 간 속에 개회충이 있는 부분을 정확히 생검해야 하지만, 그 드넓은 간에서 몇 mm도 안 되는 개회충을 찾는 것 또한 결코 쉬운 일이 아니다. 그러면 개회충 진단은 어떻게 할까? 직접 찾기는 어려워, 개회충이 있었다는 증거를 찾아야 하는데 피 속에 남아 있는 항체가 바로 그 증거로, 우리 나라에서 나온 개회충은 대부분 이런 식으로 진단된 경우다.

간이 조금 망가지고 만다면 생명에는 큰 지장이 없을 테지만 수백, 수천 개의 개회충을 먹는다면 제아무리 튼튼한 간이라도 견딜 수 없게 된다. 개회충 알만 모아서 엑기스를 먹는다면 사람이 죽는 경우도 충분히 가능하다. 게다가 개회충은 간으로만 가는 것이 아니라, 눈으로 가서 망막에 큰 손상을 줄 수도 있다.

따라서 만약 개를 기르고 있다면, 자기 자식의 안전은 물론이고 다른 아이들의 안전을 위해서라도 개에 기생충이 있는지 꼭 의심해 봐야 한다. 그리고, 개회충이 있으면 약을 먹이자. 그게 진정으로 개를 사랑하는 길이 아니겠는가? 사람회충도 그렇지만, 개회충 역시 약에 아주 잘 듣는다.

개가 밖에다 대변을 본다면 반드시 치우도록 하자! 그 대변으로 인해 모든 개들과 그 주인이 욕을 먹을 뿐 아니라 국민 건강 위생이 위협받을 수 있으니 말이다. 오죽하면, 각종 공원에 애완견을 데리고 들어가지 못하도록 하는 법률이 만들어지겠는가. 고양이 역시 위에서 언급한 각종 증상을 일으킬 수 있으므로 주의 사항은 역시 동일하다.

기생충, 알아야 예방한다! 231

스파르가눔

뱀, 정력에 좋다고요?

스파르가눔 또한 몸 여기저기를 돌아다니며 문제를 일으키는데 주로 피하 조직을 침범한다. 희한한 것은 스파르가눔이 주로 침범하는 부위가 남자는 음낭, 여자는 유방이라는 점이다. 이 역시 성에 대한 호기심이 팽배하는 청소년의 심리와 비슷하지 않은가.

이 기생충이 피부에만 머물면 그래도 다행이지만 가끔 뇌, 척수, 눈 등 인체의 중요한 장기를 침범하는 경우에 문제는 더 심각해진다. 피부에 머무는 경우, 움직이는 뭔가가 있다는 느낌을 주거나 기껏해야 조금 아픈 정도에 그치지만, 눈으로 갈 경우에는 눈을 적출해야 하는 일이 생길 수 있고 뇌를 침범하면 두통을 유발하고, 발작을 일으키기도 한다. 특히 우리 나라는 뇌스파르가눔의 보고로, 전 세계적으로 보고된 35건의 증례 중 27건에 해당했다.

그렇다면, 유독 우리 나라 사람들에게 뇌스파르가눔증이 많은 이유는 뭘까? 그것은 '정력 강화' 음식을 선호하는 우리 국민들의 희한한 '식습관'에서 연유한다. 이 기생충은 뱀을 먹으면 걸린다. 거의 모든 자연산 뱀에는 스파르가눔이 있다. 우리 나라 사람들은 정력에 좋다면 물불을 안 가리는지라, 정력의 상징인 뱀을 날로 먹으면서까지 부족한 정력을 보충하려 한다. 우리 나라가 스파르가눔의 천국이 된 건 바로 이런 이유 때문이다.

과거 박정희 정권 시절, '생존 훈련'이라는 게 있었다. 군인들을 식량도 없이 산 속에 떨어뜨려 놓고선 자기 부대로 찾아오도록 하는 훈련이었다. 산 속에 고립된 군인들이 먹을 게 뭐가 있겠는가. 다람쥐도 있고 오소리

스파르가눔은 참 재미있는 기생충이다. 이 기생충은 개나 고양이를 종숙주로 삼고, 중간숙주인 사람의 몸 안에서는 어른으로 자라지 못한다. 청소년에게 있어 탈선과 방황이 심각한 문제이듯, 어른이 되지 못한

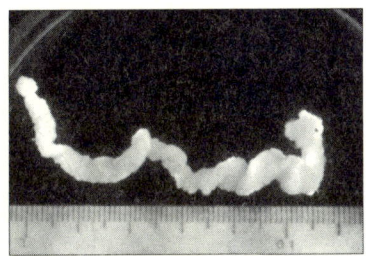
대략 8cm 길이의 이 스파르가눔이 바로 사람의 몸에서 나온 놈!

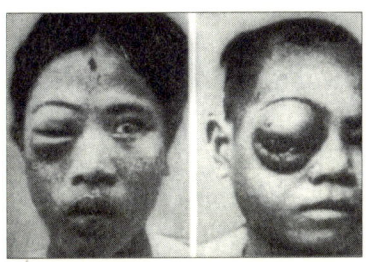
스파르가눔이 눈을 침범하면 이렇게 엽기적인 모습이 된다.

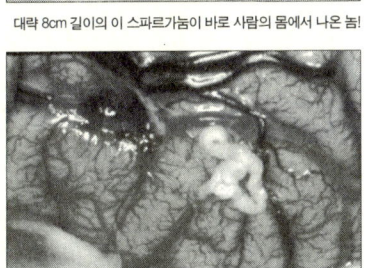
뇌로 간 스파르가눔. 오히려 뇌가 더 징그러운가?

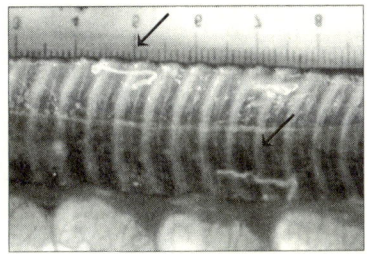
뱀 껍질을 벗기면 스파르가눔을 쉽게 발견할 수 있다.

도 있겠지만, 뭐니뭐니 해도 고단백 고칼로리인 뱀이 최고라 생각했을 것이다. 그 덕분에 스파르가눔에 걸린 군인들이 꽤 많았는데, 나중에 생존 훈련이 전면 중단된 건 스파르가눔 탓도 있었으리라.

그런데 뱀을 안 먹을 것 같은 여자가 심심치 않게 이 기생충에 걸리는 이유는 뭘까? 답은 물벼룩 때문이다. 이 기생충은 물벼룩이 제1 중간숙주이고 개구리, 뱀이 제2 중간숙주로, 사람은 이 중 어느 것을 먹더라도 걸리게 마련이다. 뱀을 먹지 않더라도 물벼룩이 든 물을 먹으면 스파르가눔에 걸릴 수 있다는 얘기다.

약수터마다 커다란 물통을 들고 길게 줄을 선 사람들을 보면 약간은 걱정스럽다. 아직까지 단체로 스파르가눔에 걸렸다는 얘기가 없는 걸 보면 약수에 물벼룩이 없든지, 있

더라도 기생충을 가진 물벼룩의 빈도가 낮은 모양이다. 혹시, 아는가. 당신의 몸 속 어딘가에서 스파르가눔이 헤엄치고 있을지….

기생충, 알아야 예방한다! 233

날아온 기생충 필리핀에서

장모세선충

서점까지 팔아치운 그 사람은 마지막 희망을 걸고 서울대병원으로 왔다. 환자는 장 일부를 절제하는 수술을 받았는데, 장 조직을 현미경으로 조사한 결과 웬 벌레가 보였다. 그게 바로 '장모세선충'이라는 기생충! 환자는 결국 회충약에 쓰이는 '알벤다졸'을 먹고 설사가 멎었으니, 허탈하기까지 하다. 처음 간 병원에서 대변 검사만 제대로 했던들 그렇게까지 고생하지 않아도 됐을 텐데….

'카필라리아 필리피네시스(Capillaria phillippinesis)'라는 이름에서 알 수 있는 것처럼 이 기생충은 필리핀에서 한 때 크게 유행했다. 남원에서 태어나 쭉 그곳에서 살았고 한번도 외국에 나간 경험이 없는 이 환자로 인해 국내에도 이 기생충이 분포하고 있음이 밝혀졌고, 이 환자는 우리 나라 최초의 장모세선충 환자로 기록되었다.

몇 달 후, 두 명의 환자가 더 발견되었는데 한 명은 인도네시아에 살았던 경험이 있는 사람으로 심한 설사로 인해 8개월 동안이나 고생을 했다. 환자는 결국 내시경을 통한 생검에서 충체가 발견되었고, 4주간 알벤다졸을 먹고 치료가 되었다. 이 환자 역시 대변 검사에서 충란이 발견되었으니, 검사만 제대로 했다면 8개월이나 고생할 필요는 없었던 것이다.

세 번째 감염자 역시, 외국에 가 본 적이 없는 남원 사람이었다. 동남아에서 산 적이 있는 두 번째 환자를 빼고 나머지 두 사람이 모두 '남원' 사람임을 알게 되자, 우연이라고 간과할 수만은 없었다. 따라서 남원의 물고기를 잡아다 검사를 했지만 유감스럽게도 인체에

93년, 환자 한 명이 원인을 모르는 설사 때문에 1년이 넘도록 이 병원, 저 병원을 전전했다. 86kg이던 사람이 50kg 미만이 될 때까지 설사가 났다니 문제가 정말 심각했다. 병원비를 충당하기 위해 운영하던

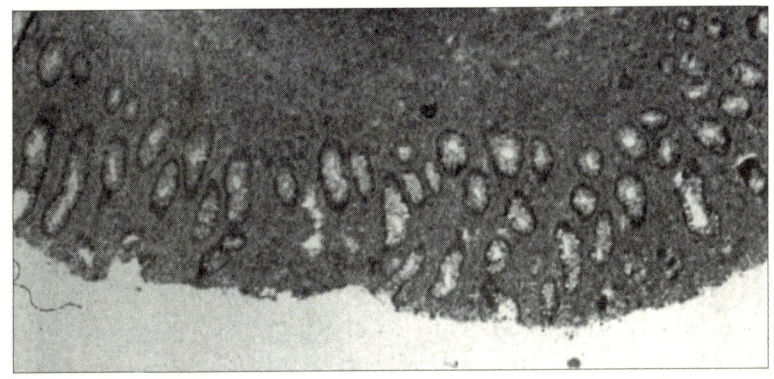
장모세선충 환자의 장. 물결치는 융모가 부드럽게 깔려 있는 건강한 사람의 장과 달리 융모가 하나도 없다.

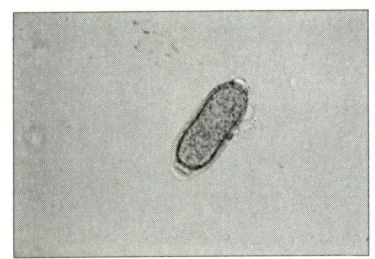
장모세선충알.

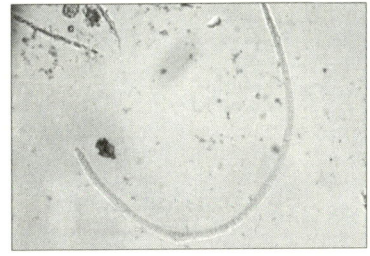
장모세선충의 성충으로 길고 투명하다.

감염되는 장모세선충의 유충을 발견하지 못했고, 더 이상 남원에서는 물론 다른 곳에서도 환자가 나오지 않아 유야무야 되고 말았다.

이 세 번째 환자 역시 수 개월간 설사를 하면서 24kg이나 체중이 줄었는데, 처음엔 대수롭지 않게 생각하다 결국엔 의료원에 가서 대변 검사를 받고 충란이 발견되어 14일간 약을 먹고 완치될 수 있었다.

전세계적으로 많은 희생자가 발생했음에도 불구하고 이 기생충은 아직까지 정확한 인체 감염원이 밝혀져 있지 않은 상태다. 민물 생선을 날로 먹었다는 환자들의 말로 미루어 볼 때 물고기가 감염원인 것으로 추측되고 이 기생충의 권위자인 크로스 박사 역시 그런 주장을 하고 있지만, 아직까지 물고기에서 유충이 확인된 바는 없다.

크기가 2mm가 채 못 되는 조그만 것들이 어떻게 그렇게도 맹렬한 설사를 일으킬 수 있는지 궁금하다.

요충

아이들, 특히 조심!

어머니가 아이의 항문에서 1cm 가량 되는 흰 벌레가 꼬물거리는 것을 발견한다. 놀란 어머니는 당장 그놈을 죽이지만, 그건 울고 싶은데 뺨 때려 주는 것과 다를 바 없다. 그놈은 지난 석 달간 아이의 몸 속에 들어앉아 어머니의 정성이 담긴 음식을 뺏어먹고 생식, 수면, 놀이 등 할 짓을 다 하고 난 뒤, 마지막으로 알을 낳고 죽기 위해 항문으로 기어나온 거니까. 다시 말해서, 단물을 다 빼먹고 죽으려는 놈을 어머니가 대신 죽여 준 것에 불과하다.

이 발칙한 기생충이 바로 '요충' 이다. 요충은 여러 면에서 강자가 될 자질을 충분히 갖추고 있다. 그 중 가장 큰 강점은 '전파력' 이다. 가족 중 한 명이 요충에 걸리면 결국에는 전 가족이 다 걸리게 된다. 그 때문에 요충 환자가 있는 경우, 요충에 걸리지 않은 사람까지 포함해 같은 집단 내의 전 구성원이 동시에 치료를 받아야 한다.

요충에 걸리는 이유는 요충 알을 먹어서인데, 요충 알은 내구성이 뛰어나 건조한 환경 등 악조건 속에서도 2~3주간 감염력을 유지한다. 그러니까 요충 환자가 마음을 굳게 먹고 지하철 손잡이마다 요충알을 묻혀 놓는다면 지하철 이용객의 반 이상을 요충 환자로 만들 수 있는 것이다. 항문 주위 가려움증이 요충의 일반적인 증상인데 사람들이 단체로 엉덩이를 긁는 장면은 상상만으로도 충분히 엽기적이지 않은가.

요충의 또 다른 강점은 대변 검사로 진단이 잘 되지 않는다는 거다. 사람의 소장에 사는 대부분의 기생충은 먹고 놀고 알 낳는 걸 모두 그 자리에서 하므로 대변 속에 자신이 있다는 증거를 남길 수밖에 없지만, 요충은 맹장에 살면서 몸 가득히 알을 채우고 난 뒤 대장과 직장, 항문에 이르는 길고 긴 여정을 마친 후 항문 주위에 알을 낳고 전사한다. 대

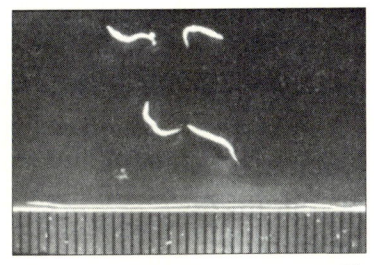
요충.

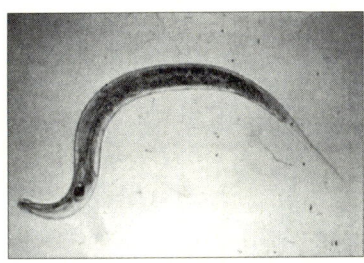
암컷 요충.
어느 정도 기간이 지나면 몸 전체가 알로 꽉 차게 된다.

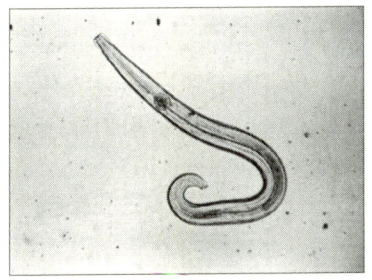
수컷 요충. 암컷과 하룻밤을 보낸 뒤 죽어버려, 발견하기 어렵다.

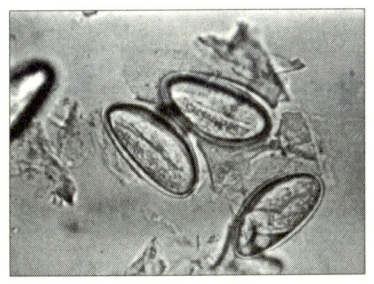
흔히 '감씨 모양'이라 불리는 요충알.

변 검사에서 요충의 흔적을 찾기 어려운 이유가 바로 그 때문이며, 이런 까닭에 대변 검사로 확인된 요충의 감염률은 기생충이 많던 1971년에도 1.3%에 불과했다.

항문 주위에 알을 낳으므로 요충의 존재는 항문 주위를 스카치테이프로 도말해서 알아봐야 하는데 그런 방식으로 조사한 결과 2000년, 충청남도 한 초등학교에서 14.8%, 같은 지역의 유치원에서 26.1%가 요충 환자였고, 춘천 지역 유치원생 4천711명 중 9.2%에 해당하는 434명이 요충에 걸려 있다는 통계가 나왔다.

통상적인 대변 검사에서 요충알이 나온다면 분명 굉장히 많은 요충을 몸 속에 보유하고 있다고 봐야 한다. 전문가들이 요충을 숨은 실력자로 꼽기를 주저하지 않는 이유는 바로 그래서이다.

요충이 아이들의 기생충이라는 것도 강점이라면 강점이다. 간흡충이 회를 좋아하는 어른들을 목표로 삼는 데 비해 의사 표현을 제대로 못하고 위생 관념이 희박한데다 방금 항문을 만진 손가락을 쪽쪽 빨아대는 아이들의 습성은 요충이 서식하기에는 최적의 조건이 된다. 아이를 잘 먹이는 것도 중요하지만 요충이 있는지 감시하는 것도 부모가 해야 할 중요한 일임을 명심하자!

기생충, 알아야 예방한다! 237

광절열두조충

농어, 연어회가 원인!

도다. 비타민 B_{12}의 흡수를 방해해 빈혈을 유발한다는 보고가 있지만, 그런 경우는 극히 드물다. 흔히 나타나는 증상은 기생충의 끝부분이 떨어지면서 대변에 섞여 나오는 것이며, 환자가 이 기생충을 발견하는 경우도 대부분 이런 경우다.

대변은 생각보다 많은 정보를 말해 주는 유용한 지표다. 대변이 '자장' 색깔처럼 까맣다면 위나 십이지장에서 출혈이 있는 것으로 궤양이나 위암을 의심할 수 있다. 대변에 빨갛게 피가 묻어난다면, 대장암일 수도 있지만 십중팔구 치질이기 쉽다. 대변 냄새가 지나치게 난다면, 흡수 장애를 생각할 수 있다.

기생충학적으로 봤을 때 대변의 중요성은 두말 할 필요도 없다. 기생충의 특성이 대변을 통해 자신의 자손을 퍼뜨리는 것이 아닌가. 만약 자신의 변이 더럽다고 일을 보자마자 물을 내려버려서 대변 속에서 살아 움직이는 기생충의 조각을 발견하지 못한다면, 오랜 기간 동안 광절열두조충을 몸에 지닌 채 살아갈 수밖에 없을 것이다.

위생 시설이 잘 갖추어지지 않았던 옛날에는 회충이 만연하였고, 이는 곧 가난한 자들의 질병으로 인식되었다. 기생충에 걸린 사람은 손가락질을 받았고, '왕따'를 당했다. 하지만 기생충은 더 이상 가난한 사람의 병이 아니다. 광절열두조충은 바다 생선의 회를 먹으면 걸릴 수 있다. 회가 예전보다야 쉽게 접할 수 있는 음식이기는 하지만, 회를 먹으려면 아직도 주머니 사정을 생각하지 않을 수 없다. 그러니 이 기생충에 걸렸다고 해서 '나 같은 인텔리가 기생충에 걸리다니!' 라며 탄

광절열두조충은 피부도 하얗고, 모양도 예쁘다. 길이가 10m에 달할 정도로 길지만, 사람 몸에 들어오면 별 다른 증상을 나타내지는 않는다. 약을 먹어 뽑아내고 나면 그제야 '어쩐지 속이 거북하더라' 라고 할 정

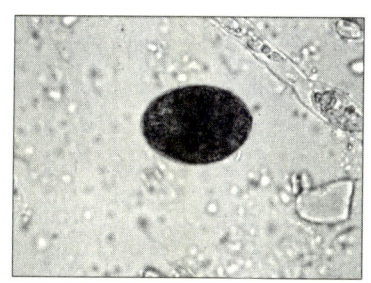 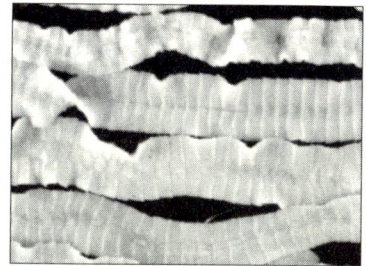

좌우대칭의 이상적인 모양을 갖춘 광절열두조충의 알. 광절열두조충의 일부. 전체의 길이가 짐작이 되지 않는가?

식할 일은 아니다. 소득 수준이 높은 북유럽에서도 이 기생충은 유행하고 있다.

　큰 덩치에 비해 광절열두조충은 '프라지콴텔' 약 한 알이면 싱겁게 죽어버린다. 앞의 소설에 나온 것처럼 설사약을 먹고 나서 벌레를 손으로 빼낼 필요까지는 없다. 또 굳이 설사약을 먹지 않더라도, 몇m나 되는 광절열두조충의 시체는 나중에 대변을 통해 몸밖으로 나온다. 평소에는 변기를 자주 들여다보는 습관을 지녀야 하지만, 기생충 약을 먹고 난 뒤에는 변기를 들여다보지 말기를! 몇m나 되는 벌레가 대변을 휘감고 있는 걸 발견한다면 아무리 비위가 좋은 사람이라도 한 1주일은 밥을 먹을 수 없을 테니까.

　이 기생충의 유행지인 북유럽에서는 연어가 주된 인체 감염원이지만, 아직까지 우리 나라의 생선에서 이 기생충의 유충이 발견된 적은 없다. 우리 나라 감염자에게 물었을 때 '연어회'를 먹었다고 대답한 사람이 있기는 하지만 확실한 건 아니다. 감염자가 수십 명이 넘는데도 아직 정확한 감염원을 밝혀내지 못하고 있는 것에 대해, 우리 나라 기생충학자들의 자질을 탓할 수도 있을 것이다. 그러나, 붕어 같은 민물고기와는 달리, 바다 생선

은 하나같이 비싸다. 연구비를 받아 봤자 연어나 농어 단 몇 마리를 사면 끝이다. 감염률이 높은 것도 아니라서 한 1천 마리 정도는 조사해 봐야 하니, 사재를 털어 연구해야 할 처지이니 그 일에 달려든 학자가 없었던 것도 무리는 아닐 것이다.

　그럼 어떡해야 하는 걸까? 기생충은 기생충학자들만의 문제가 결코 아닌 만큼 모든 국민이 경각심을 가질 필요가 있다. 바다 생선 회를 조리할 때, 혹은 먹을 때, 하얗고 길다란 물체를 본다면 지체없이 인근에 있는 기생충학 교실로 전화를 하자. 광절열두조충의 유충을 발견했다고 하면 연구자들도 반가워서 만사 제쳐 두고 달려갈 것이다. 간첩 잡는 게 국정원의 힘만으로 되는 게 아니듯, 기생충 박멸도 국민적 관심이 필요한 법이다.

기생충, 알아야 예방한다! 239

회충

그들의 최후의 선택은?

기생충은 '거주 이전의 자유'와는 전혀 상관없는 삶을 산다. 처음 선택된 숙주 내에서 정해진 수명을 채우고 죽어버리기 때문이다. 그건 30년까지도 사는 '간흡충'은 물론, 1년여를 사는 '회충'에게도 마찬가지

이다. 일단 회충이 사람 몸 속에 자리를 잡은 뒤에는 자신이 죽지 않는 한 그 몸을 떠날 수가 없다. 그 사람의 영양 상태가 극히 부실해 먹을 것이 부족해도 회충들은 그저 운명이려니 하고 살 수밖에 없는 것이다.

왜 회충은 살아 생전 숙주를 옮길 수가 없는 걸까. 사람이 회충에 걸리는 건, 크기가 60㎛에 불과한 회충알을 먹는 경우다. 이것은 사람 눈에는 절대로 보이지 않는 작은 크기다. 혹시라도 이것이 사람의 몸 안에서 30cm 가량의 크기로 자란 다음 몸 밖으로 나오는 데 성공한다 할지라도, 다른 사람의 입 속으로 들어가는 건 불가능하다. 30cm나 되는 벌레가 자기 입 안으로 들어가는 걸 모를 사람이 누가 있단 말인가.

그렇다면 회충이 숙주를 옮기는 건 영영 불가능한 것일까? 꼭 그렇지는 않을 것이다. 회충의 지능이 지금보다 발달한다면 사람이 잠자는 틈을 타서 입 밖으로 나올 수 있을 것이고, 다음 날 아침에 먹으려고 싸둔 유부 초밥 안으로 숨어 들어갈 수도 있을 것이다. 유부 초밥의 색과 회충의 색이 비슷하므로 유부 안에 둥글게 몸을 숨긴다면 사람의 눈에 띄지 않는 건 어렵지 않다. 특히, 신문을 보면서 유부 초밥을 먹는 경우, 유부 안에 뭐가 있는지 알게 뭔가. 이 때 회충에게 중요한 건 이빨에 씹히는 일이 없도록 일단 사람 입에 들어가자마자, 유부 속에서 탈출해 목 안으로 들어가야 한다는 것이다. 그런 다음, 산을 내뿜는 위를 통과하고 소장에 정착한다면 성공적으로 숙주를 옮기게 되는 것이다.

숙주를 자유롭게 옮길 수 있다면 회충은

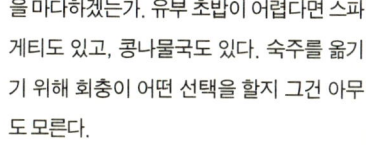

을 마다하겠는가. 유부 초밥이 어렵다면 스파게티도 있고, 콩나물국도 있다. 숙주를 옮기기 위해 회충이 어떤 선택을 할지 그건 아무도 모른다.

기생충의 대표 주자인 회충. 꼬리가 말린 것이 수컷, 크고 우아한 것이 암컷이다.

여럿이 뭉친 회충은 장을 막기도 한다.

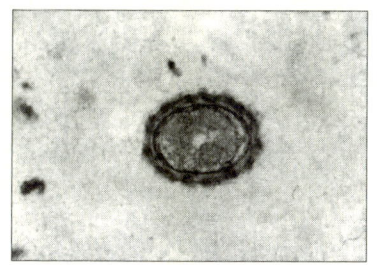

물결 모양의 단백질 층이 주위를 둘러싸고 있는 회충알.

멸종 위기에서 벗어나 제 2의 전성기를 누릴 수도 있지 않을까? 과연 그런 일이 가능하냐고 묻고 싶을 것이다. 물론, 현 상태의 지능 가지고는 어림도 없는 일이다. 하지만 우리가 달에 가는 게 아주 옛날에는 말도 안 되는 일이었듯, 회충의 지능이 지금보다 훨씬 좋아지는 게 꼭 불가능한 것만은 아닐 것이다. 궁지에 몰린 쥐가 고양이를 무는 것처럼 멸종 위기에 처한 회충이 종의 보존을 위해 어떤 일

기생충, 알아야 예방한다! 241

편충

예쁘다고? 기생충도

기생충 하면 떠오르는 게 '회충, 편충, 십이지장충' 이듯 편충은 회충과 더불어 한때 우리 나라를 지배했다. 1971년 편충의 감염률은 회충(54.9%)의 수치를 넘어선 65.4%였고, 76년에는 42.0%, 81년만 해도 23.4%로 10년간 기생충 부문의 최강 자리를 굳게 지켰다. 그러던 것이 서울에서 아시안 게임이 열리던 86년에는 4.2%, 바로셀로나 올림픽에서 황영조가 금메달을 따던 92년에는 0.2%로 줄었으니, 지금 남아 있는 편충들은 어두컴컴한 맹장벽을 바라보며 화려했던 과거를 회상하고 있을 게 틀림없다.

회충이 그 흉측한 용모로 '기생충은 징그럽다'는 잘못된 믿음을 심어 놓았지만, 모든 기생충이 다 그런 것은 아니다. 편충을 보라. 얼마나 미학적으로 아름다운가. 가늘고 긴 앞부분은 가을 하늘 아래 그네를 타는 여인네의 모습을 연상케 하고, 뭉툭한 아랫부분은 냇가에서 빨래를 하는 아주머니 같다. 혼자만의 생각이라고?

어쨌거나 편충이라는 이름이 붙은 이유는 앞부분이 채찍처럼 생겼기 때문이란다. 편충이 흡혈을 하는지의 여부는 아직 논란이 있지만, 감염된 편충의 개수가 많아지면 빈혈이 생기기도 하는 만큼 전혀 피를 안 먹는 건 아닐 것이다.

일단 감염되면 편충은 얌전히 맹장을 지킨다. 다른 곳으로는 절대로 가지 않는다. 그저 별다른 증상 없이 자신을 닮아 예쁜 알을 낳아 외계로 내보낼 뿐이다. 아주 드물게 '탈장' 같은 증상을 일으키기는 하지만, 3~5cm쯤 되는 아름다운 벌레가 장 안에 있는 게 뭐 그리 문제가 될까.

편충의 불행은 회충과 치료약이 같다는 것이었다. 우리 나라의 기생충 박멸 사업은 사실상 회충과의 전쟁이었고, 그 전쟁은 애꿎게도 편충의 멸종까지 초래했다. 우리 나라에 회

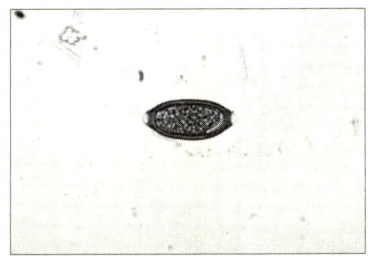
'술통' 모양으로 생긴 편충알은 기생충알 중 가장 아름답다.

채찍 모양의 편충 암·수. 꼬리가 동그랗게 말린 것이 수컷이다.

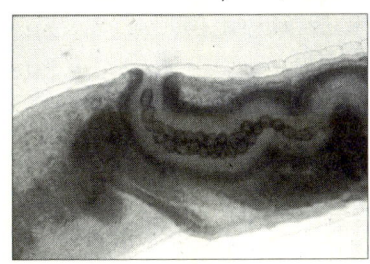
암컷 편충이 출산하고 있다.

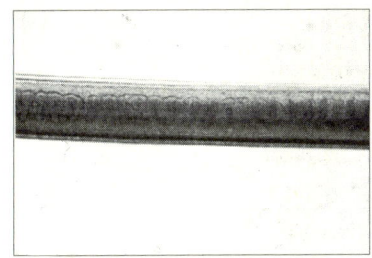
편충의 채찍 부분을 확대한 것으로 '식도' 역할을 한다.

충이 없었다면 편충은 애완 동물처럼 채찍을 늘어뜨린 채 지금까지도 우리의 몸 안에 도사리고 있었을지도 모른다. 그러니 자고로 친구를 잘 사귀어야 하는 법! 거의 사라져 버린 편충을 한 번 목놓아 불러 보자.

"편충아!"

유구낭미충

돼지고기는 바싹 구워야 할까?

서민들이 즐겨먹는 안주 1위의 자리를 굳건히 지키고 있는 삼겹살을 '바싹 구워야 한다' 라는 신화는 우리 나라에서만 통하는 말로, 다름 아닌 유구낭미충 때문에 생겨난 것이다.

그 옛날 제주도에서는 사람의 똥을 먹여 돼지를 키웠는데 그게 바로 '똥돼지' 다. 큰일을 보려고 뒷간에 앉으면 돼지들이 꿀꿀거리며 입맛을 다셨다니, 정말이지 화장실 분위기 치고는 최악이 아닌가. 그렇게 대변을 먹여서 키운 돼지를 우리가 잡아먹는다는 것도 지금 생각하면 엽기적이기 그지없다. 이렇듯 사람에서 돼지로 이어지는 사이클은 제주도를 유구낭미충의 보고로 만들었는데, 자세한 경로는 다음과 같다.

몸 안에 일명 갈고리촌충이라고 하는 유구조충을 가진 사람이 대변을 보면 그 안에 있던 알이 돼지에게 가고, 알에서 나온 새끼인 유충이 돼지의 근육으로 가 사람에게 먹히기를 기다린다. 유충은 하얀색으로 언뜻 보면 쌀알처럼 생겼는데, 유구낭미충에 걸린 돼지를 '쌀알 든 돼지' 라고 부르는 이유는 바로 그 때문이다.

돼지 고기를 바싹 익히지 않는다면 그 유충은 사람 몸에 들어가 장 내에서 몇m나 되는 유구조충이 되며, 충체가 낳은 알이 우연한 기회에 사람 몸 안에서 부화되어 유충,즉 유구낭미충이 되면 피부를 비롯해서 여러 곳으로 가 문제를 일으키는데, 가장 흔히 침범하는 장기는 뇌다. 기생충 때문에 설사와 복통이 생기는 건 그럴 수 있다고 쳐도, 유충으로 인해 간질 발작을 하는 건 아무래도 무섭다.

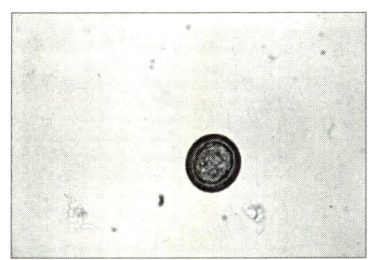

타이어 모양의 유규조충알.

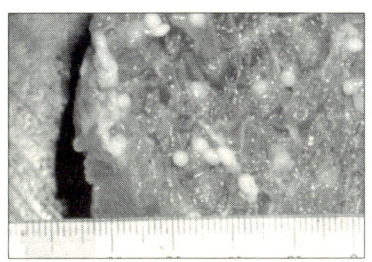

남미에는 아직도 이런 돼지가 존재한다.

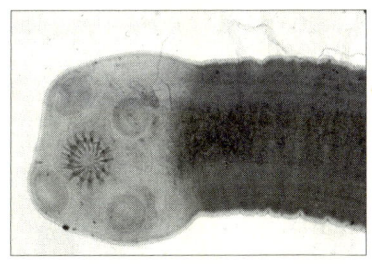

유구조충의 머리.

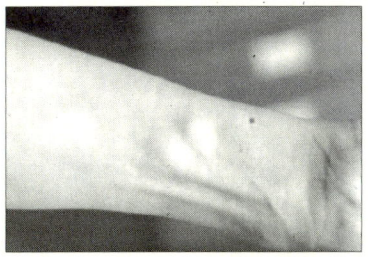

유구낭미충이 팔을 침범한 것으로 수술로 간단히 제거할 수 있다.

사람들이 유구조충을 경외하게 된 건 바로 이런 능력 때문이며 여기서 돼지 고기를 바싹 익혀 먹어야 한다는 신화가 탄생한 것이다. 유구조충과 모양과 증상이 비슷한 무구조충은 쇠고기를 덜 익혀 먹을 때 걸릴 수 있으나, 결정적인 차이점은 무구조충의 유충은 뇌로 가 문제를 일으키지 않는다는 것이다. '쇠고기는 그냥 먹어도 돼' 라는 말을 흔히 들을 수 있는 것은 바로 이 때문이다.

지금 똥돼지는 없어졌고, 돼지도 어엿하게 사료를 먹고 자란다. 다시 말해 사람의 대변에서 나온 알이 돼지에게 전달되는 고리가 끊긴 셈이다. 그와 더불어 돼지에 대한 감시가 심해져, 돼지의 근육 속에 흰 쌀알이 있는 돼지는 그대로 폐기 처분된다. 그 바람에 유구조충은 크게 감소했고, 돼지 고기는 다시 안전해졌다.

최근 10여 년간 우리 나라 돼지 중에 유구조충에 감염된 돼지는 한 마리도 발견되지 않았다. 아직도 나오는 유구낭미충 환자는 그 전에 감염되어 뇌에서 살던 유구낭미충이 증상을 일으키는 것이지, 새로 감염된 건 아니다. 유구조충 유충의 수명이 10여 년 정도 되니, 지금 생기는 환자들은 유구낭미충이 최후의 발악을 하고 있는 결과라고 생각하면 된다.

유구낭미충은 그렇게 없어지고 있지만, 사람들의 뇌리에 각인된 공포의 기억은 아직도 남아 삼겹살은 여전히 불판에서 까맣게 달구어지고 있는 것이다.

기생충, 알아야 예방한다!

폐흡충

폐에만 사는 건 아니지

폐흡충은 게나 가재 등을 먹어서 걸린다. 크기가 1cm 정도로 마치 땅콩처럼 생겼는데 귀여운 모양과는 달리 사람을 꽤 괴롭힌다. 대개는 폐에서 기침과 흉통, 피가 섞인 가래 등의 증상을 일으키지만, 다른 장기로 가서 문제를 일으킬 수도 있다. 피부에 사마귀 같은 종괴를 만들거나 난소에 염증을 일으킬 수 있으며, 심지어 뇌로 가서 건전한 사고에 지장을 초래하기도 한다. 주요 기생 부위가 폐인지라 다른 기생충들처럼 대변으로 알을 내보내지 않고, 가래를 통해 자신의 알을 우아하게 배출하는 것도 폐흡충의 특징이다.

하지만 가래를 통해 폐흡충의 알이 나오려면 병변이 기관지와 잘 연결되어야 하는데, 그게 그다지 쉬운 일이 아닌지라 어떤 연구에 의하면 30명의 폐흡충 환자 중 세 명만이 가래에서 알이 검출되었다고 한다. 그러니 가래로 알을 내뱉는 환자가 다섯 명 있다면, 우리 나라에는 최소한 50명의 환자가 있는 셈인 것이다. 최근에는 한 가족이 민물게장을 같이 먹었다가 단체로 폐흡충에 걸리는 바람에 가족이 공동운명체임을 입증해 준 적도 있다.

60년대만 해도 1백만 명 이상이 폐흡충을 가지고 있었다지만, 지금은 그 수가 현격히 줄어들었다. 이렇게 된 건 정부의 노력 때문이 아니라, 환경 파괴로 인해 폐흡충의 중간숙주가 되는 다슬기 등이 크게 줄어들었기 때문이다. 혹시 최근 활발히 벌어지는 환경 운동은 기생충의 영광을 되살리려는 음모는 아닐지….

폐흡충은 결핵과의 구분, 감별 진단이 필요하다. 요즘의 최첨단 장비들은 그 두 가지를 문제없이 구별해 내리라 믿지만 폐흡충의 가능성을 전혀 의심하지 않는다면 오진의 가능성은 항상 존재한다. 폐흡충을 결핵으로 진단하는 거야 그렇게까지 큰 문제는 없을지라도, 기생충으로 인해 폐가 망가져서 좋을 것은 없

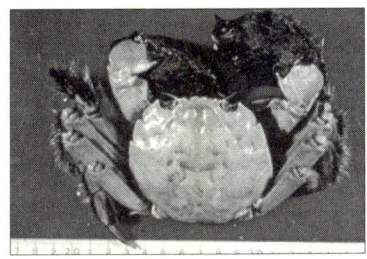
폐흡충에 감염된 참게.

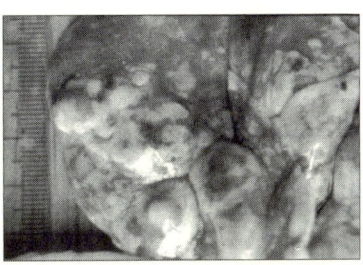
폐흡충에 감염되어 망가진 개의 폐.

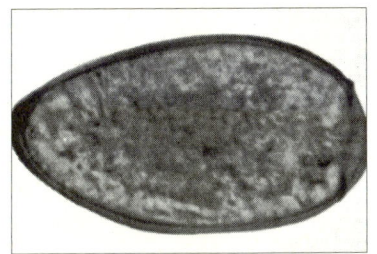
폐흡충의 알.

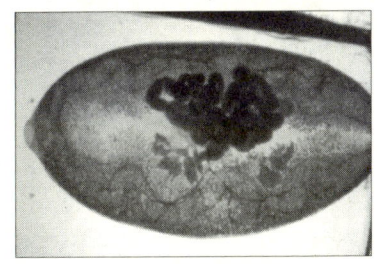
현미경으로 관찰한 폐흡충의 성충.

땅콩처럼 생긴 폐흡충.

는 만큼 치료를 해도 듣지 않는다면 결핵이란 진단이 틀리지 않았는지 생각해 볼 일이다.

선모충

덜 익은 바비큐는 조심!

선모충은 곰이나 바비큐 같은 고기 음식을 덜 익혀 먹으면 감염될 수 있으며 감염된 지, 3일 안에 어른으로 자라고, 몸 안에서 수천 마리가 넘는 새끼를 낳고 죽는다.

다른 기생충들이 알을 낳아 대변으로 배출해 대를 잇는 반면, 선모충은 유충 상태의 후손을 낳고, 이 유충들은 장에 연결된 혈관을 타고 온몸으로 퍼져 곳곳에 정착한다. 다른 장기에 간 유충은 금방 죽어버리지만, 근육 속으로 간 유충들은 그곳에 웅크리고 앉은 채 오래도록 생존한다.

이물질이 있으니 근육에 염증이 생기고, 염증이 생기니 몸이 붓고 아픈 건 당연하다. 심장이나 횡격막도 근육의 일종이니 선모충이 들어와 살 수 있으며, 그 경우 심장이 안 뛰고 호흡이 곤란해질 수도 있다. 하지만 이런 위험한 경우는 극히 드물고, 대개는 어깨 근육이나 얼굴 근육이 붓는 선에서 타협을 본다.

선모충은 회충과 달리 모양이 귀엽게 생겨 그다지 혐오감을 유발하지는 않는다. 대변으로 알을 낳지 않으므로 대변 검사는 해봤자 소용이 없다. 유충이 들어 있는 근육에서 벌레를 확인해야 확실한 진단이 가능하지만, 오소리를 먹었다든지 하는 경험이 있으면 일단 의심을 해 보아야 한다.

근육을 파괴하니까 근육 속에 있던 효소(CPK, LDH)의 혈중 농도가 증가하는 것도 진단에 도움이 되며, 혈중에 선모충의 항체가 있으면 더더욱 확실해진다. 알벤다졸에 그럭저럭 잘 들으니, 진단만 하면 치료야 그다지 어렵지 않다.

자신이 낳은 알을 대변으로 배출하는 기

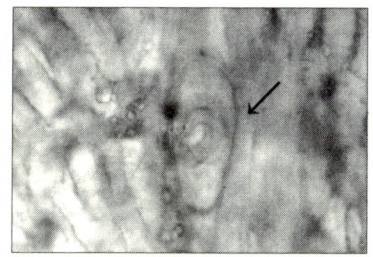

근육 내에서 똬리를 틀고 있는 선모충의 유충.

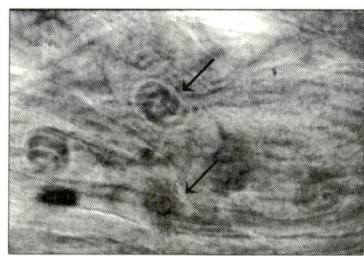

근육 속에서 선모충의 유충들이 떼를 지어 서식하고 있다.

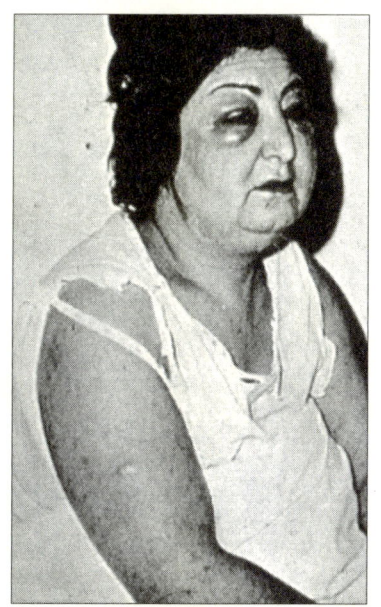

선모충에 심하게 걸리면 이렇게 된다!

생충은 그 후손들이 멀리까지 가서 새로운 삶을 살 수가 있지만, 선모충의 유충은 오직 근육 속에만 있기에 근육을 덜 익혀 먹지 않는 한, 전파될 수가 없다. 프로테메우스가 인류에게 불을 가져다 주기 전까지 우리 조상들은 멧돼지를 비롯한 모든 고기를 날로 먹었을 테고, 많은 사람들이 선모충에 걸려 고생했을 게다. 그 당시 인류를 그려 놓은 걸 보면 하나같이 얼굴이 험상궂고 어깨가 우람하던데, 그게 혹시 선모충 감염의 증거가 아닐까.

하지만 그런 좋은 시절은 다 지나가고 지금은 모든 고기를 불에 구워서 먹으니, 서로 잡아먹는 야생 동물들끼리야 선모충의 생활사가 활발히 유지되겠지만, 사람에게서 이 기생충이 발견되는 일은 자연히 드물어졌다. 더군다나 야생 동물이 살 만한 환경이 전혀 아닌 데다가 곰 고기보다는 웅담을 선호하고, 모든 고기를 바싹 익혀 먹어야 한다는 신화가 지배하는 우리 나라에서 선모충 환자가 드문 건 당연한 일이 아닐까.

말라리아

나쁜 공기? mal + air →

말라리아를 영어로 쓰면 'malaria' 다. 'mal' 은 'bad' 즉, 나쁘다는 뜻이고 'aria' 는 'air' 로 공기라는 뜻이다. 즉, 말라리아는 '나쁜 공기' 라는 뜻이다. 지금이야 모기가 전파하는 것으로 알려져 있지만, 의학적 지식이 일천했던 과거에 말라리아는 나쁜 공기에 의해 전파된다고 생각했기에 붙여진 이름이다.

기생충이 사람을 죽이는 경우는 극히 드물다. 숙주가 죽는다면 자신도 살아 남지 못하기에, 가능한 한 숙주를 괴롭히지 않고 사는 게 기생충 자신에게도 유리하기 때문이다. 광절열두조충을 보라. 몇m에 달하는 커다란 덩치를 가지고도 사람의 장 속에 꽁꽁 숨어서 별다른 증상도 일으키지 않고 지내지 않는가.

그런데 말라리아는 사람을 죽인다. 마땅한 치료약도 없다. 말라리아에 대한 효과적인 약제가 개발된다 해도, 얼마 가지 않아 저항성을 띤 균주가 생겨나게 되고, 애써 개발한 약제는 무용지물이 된다. 아니, 인간을 얼마나 우습게 보면 사람을 중간숙주로 이용하겠는가. 우리가 보기에 보잘 것 없는 모기를 종숙주로 섬기면서 말이다.

말라리아의 서식처도 매우 도발적이다. 다른 기생충들은 기껏해야 사람의 장내에 살면서 음식 쪼가리를 받아먹지만, 말라리아의 서식처는 혈액이다. 혈액에는 수많은 항체가 있고 인터페론처럼 세균이 무서워하는 물질들이 떠돌아다니고 입방mm당 5천 개가 넘는 백혈구도 있다. 이 모든 면역 기제들을 유유히 피한 채 살아가는 말라리아! 이 벌레를 어떻게 박멸해야 할까. 종숙주인 모기를 박멸하면 되겠지만, 그건 바퀴벌레를 박멸하는 것만큼이나 어려운 일이다.

현재 세계보건기구는 말라리아 박멸에 심혈을 기울이고 있다. 말라리아 백신을 만들어 내는 것에 성공만 한다면 많은 생명을 구할

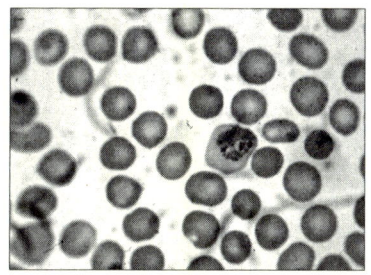
삼일열 말라리아로, 걸리면 적혈구가 커진다.

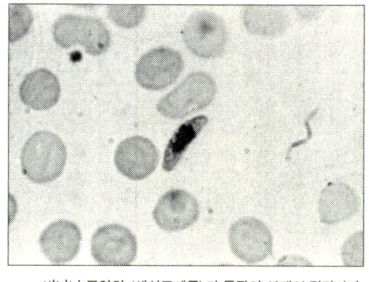
바나나 모양의 '생식모세포'가 특징인 열대열 말라리아.

수가 있는 획기적인 연구가 될 수 있다. 노벨상이 창조적인 아이디어를 낸 사람에게만 수여되긴 해도, 그 흉측한 말라리아의 백신을 개발한다면 기생충 분야에서 세번째로 노벨상을 탈 수 있지 않을까 하는 게 기생충학자들의 공통된 관심사다. 기생충 분야에서 노벨상을 받은 사람은 두 사람뿐인데, 모두 말라리아를 연구한 사람이기 때문이다.

모기에 물리면 몸 안에 '스포로조이트'★ 말라리아 발육 단계의 하나로, 우리 몸에 들어오는 단계를 말함. 라는 게 들어오며, 그놈은 30분 내에 간으로 간다. 간에서 숫자를 불린 뒤 혈액으로 가서 적혈구 안으로 침범해 다시 숫자를 불린다. 어느 정도 숫자가 늘어나면 적혈구를 터뜨리고 다른 적혈구로 또 다시 이동한다. 적혈구가 터질 때, 그 안에 있던 발열제가 방출되면서 높은 열이 난다.

삼일열 말라리아에서 48시간 간격으로 열이 나는 것은, 적혈구를 터뜨릴 충분한 개수가 되는 데 필요한 시간이 48시간이기 때문이다. 이런 엽기적인 생활사를 거치면서 말라리아는 몸의 각 부분에 영향을 미치게 되고, 말라리아가 들어 있어 끈적끈적해진 적혈구들이 엉겨붙으면서 혈관을 막게 되는데, 그것이 뇌라면 치명적이 되는 것이다.

현재 통용되는 방법은 약제에 의한 예방이다. 말라리아가 유행하는 지역에 갈 때는 말라리아약을 여행 1주 전부터 먹기 시작해서 다녀온 뒤 4주까지 복용해야 한다. 그렇게 한다면 거의 말라리아를 예방할 수 있다. 탤런트 고 김성찬 씨가 예방약을 먹었다면 그런 비극은 막을 수 있지 않았을까.

정말 다행스럽게도 우리 나라에는 이런 악성 말라리아가 존재하지 않는다. 80년대 우리나라에서 자취를 감췄던 말라리아가 93년 무덤 속에서 부활한 이래, 해마다 수천 명의 말라리아 환자가 생기고 있지만, 우리 국민들이 별반 관심을 갖지 않는 이유가 바로 그것이다. 이틀 간격으로 열이 나긴 하지만, 약에 잘 듣고 그로 인해 죽음에 이르는 경우가 없는 말라리아가 바로 우리 나라의 삼일열 말라리인 것이다. 우리 나라 정말 좋은 나라다.

동양안충

눈이 커도 죄!

장 흔한 증상이고, 이로 인해 실명까지 가는 일은 거의 없어 높은 발생 빈도에 비해 사람들에게 잘 알려져 있지는 않다.

다른 나라에서는 기린, 사슴 등의 동물에서 동양안충을 발견한 예가 있지만, 우리 나라에서 알려진 동양안충의 보유 숙주는 개가 유일하다. 개는 사람과 달리 눈 안쪽에 '깜빡막(nictitating membrane)'이라는 막이 하나 더 있어 동양안충이 편히 지낼 수가 있다. 세퍼드 같은 큰 개의 눈꺼풀을 들춰보면, 그 막 안에 수십 마리의 흰 벌레가 우글거리는 것을 종종 발견한다.

그렇게 벌레를 가지고 있으면 자신도 무척이나 답답하고 신경 쓰일 테지만, 그렇다 해도 말을 못하는 개인지라 어디다 하소연할 방법은 없다. 그러니, 개가 원하는 대로 주인이 눈 속의 벌레를 꺼내 줄 확률은 극히 희박하다. 그래서 개들은 어느 나라에서건 간에 동양안충의 만만한 '밥' 역할을 하고 있다.

애완견들이야 별 위험이 없겠지만, 근처에 산이 있는 집의 개라면 한 번쯤은 눈을 검사해 보는 게 좋다. 건국대 의대 유재란 교수의 연구에 의하면 산기슭에 사는 세퍼드의 30% 정도에서 이 기생충을 발견했다고 하니 말이다.

개가 눈에 염증이 있건 말건 나랑 무슨 상관이냐고 할 사람도 있을 테지만, 문제는 개로부터 사람에게 동양안충이 옮겨질 가능성이 있기 때문이다. 그 매개체가 되는 것이 빨간 눈을 가진 야생 초파리인데, 이것은 포유 동물의 눈물을 핥는 이상한 습성을 가졌다. 개의 눈에 사는 동양안충이 새끼를 낳으면 초파

동양안충은 사람의 눈 속에 사는 기생충이다. 이 기생충은 초파리를 통해 사람에게 옮겨지며, 벌레를 꺼냄으로써 진단과 치료가 동시에 이루어진다.

눈에 '뭐가 있다' 싶은 느낌이 드는 게 가

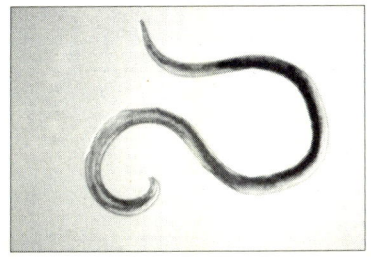
암컷 동양안충.

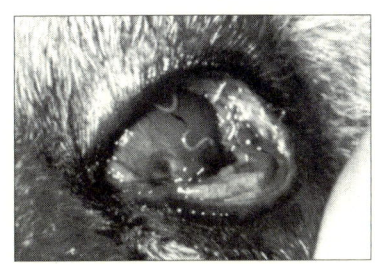
개의 눈꺼풀 안에 동양안충이 기어다니고 있다.

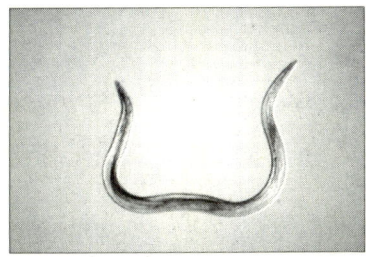
수컷 동양안충.

가 개의 눈물을 핥아먹다가 새끼까지 삼킨다. 파리의 몸에 들어간 새끼는 그 안에서 성숙해져 인간에게 감염력을 가진 3기 유충으로 자라며, 파리의 입으로 이동해 새로운 표적을 찾게 된다. 파리가 사람의 눈에 달려들 때 3기 유충이 사람의 눈에 들어와 감염이 이루어지는 것이다. 산에 갔을 때, 눈에 벌레가 달라붙으면 긴장해야 함을 상기하자!

Tip

이렇게 드세요 기생충약,

이 징그럽기 짝이 없어, 사람들이 그 공포에서 벗어나지 못하고 있기 때문이며, 그 계절 또한 회충의 빈도가 높았던 경험에서 연유한 탓일 게다.

그러나, 지금은 전혀 그럴 필요가 없다. 특히 농촌이 아닌 도시에 산다면, 회충이 떼로 공격하지 않는 한 회충에 걸리는 것 자체가 지극히 힘들다.

어느 약이나 그렇지만, 회충약도 부작용이 있기 마련이다. 토끼에서 기형을 유발한 것처럼 임산부가 먹었을 때는 태아에게 해로운 효과를 미친다. 간에서 대사되므로 간 기능이 안 좋은 사람에게도 좋지 않다. 회충 감염률이 0.1%로 떨어진 마당에 회충약을 먹는다면 배야 부르겠지만 그다지 좋을 건 없지 않겠는가.

회충약으로 알려져 있지만, 알벤다졸은 회충뿐 아니라 몸 안에 사는 다른 지렁이처럼 길다란 벌레인 선충들에도 잘 듣는다. 회충 박멸을 위해 알벤다졸을 투여한 결과 편충, 십이지장충 등 회충과 같이 살던 다른 기생충들까지 된서리를 맞은 건 바로 그래서이다.

나중에 알려진 사실인데, 알벤다졸은 유구낭미충이 뇌를 침범한 경우, 그리고 중동 지역에 파견된 근로자에서 이따금씩 발견되는, 간이나 폐에 커다란 주머니가 생기는 질환인 포충증에도 탁월한 성능을 보이는 것으로 드러났다.

어린이들에게는 알벤다졸이 필요한 경우가 흔히 있다. 아이들에게 많은 요충 때문이다. 아이가 항문 주위를 자주 긁는다면, 혹은 우연히 애가 싸 놓은 설사변에서 하얀 벌레를 발견한다면, 알벤다졸을 먹여야 한다. 알벤다

우리 나라에는 아직도 봄, 가을로 회충약을 먹어야 한다고 생각하는 사람이 많다. 회충이 1% 이하로 감소한 지 벌써 10년이 지났는데도 말이다. 그것은 회충이 워낙 오랫동안 우리 나라를 지배해온 데다, 생긴 모양

졸을 먹으면 어른 요충들은 다 죽지만, 유충들은 약에 저항성을 보여 계속해서 아이들을 괴롭힐 수가 있으니, 한 번 먹이고 난 뒤 20일쯤 후에 다시 약을 먹여야 한다.

자신의 애가 다니는 유치원이나 학교에서 요충 환자가 발생한 경우, 요충 검사를 해보는 게 좋다. 요충은 전염력이 어느 질환보다 뛰어나기 때문이다.

약도 약이지만, 아이들에게 밥을 먹기 전에는 꼭 손을 씻도록 가르치는 것이 무엇보다 중요하다. 하지만 지금의 어른들을 보면 화장실에 다녀오고도 손을 잘 씻지 않으며, 공공장소에서 코를 후비적거리는 경우도 자주 눈에 띈다. 어른들부터 깨끗하고 위생적인 생활을 몸소 실천할 때, 요충은 우리 사회에 더 이상 발을 붙이지 못할 것이다.

길다란 벌레는 알벤다졸이 처리하지만, 그렇지 않은 기생충들은 '프라지콴텔' 의 몫이다. 알벤다졸이 외국에서 개발된 약인데 반해, 프라지콴텔은 우리 나라 기술진의 힘으로 만든 약으로, 신풍 제약이 처음 만들어 '디스토시드' 라는 이름으로 판매하고 있다. 알벤다졸이 기생충으로 하여금 포도당 섭취를 못하게 함으로써 기생충을 굶어 죽게 만드는 다소 잔인한 약인데 비해 프라지콴텔은 기생충의 신경 근육계를 차단함으로써 기생충을 고통 없이 죽게 만든다. 약효도 아주 좋아, 장내 기생충의 경우는 한 번, 간흡충 같은 경우는 다섯 시간 간격으로 세 번만 먹으면 거의 100% 완치된다.

기생충이 걱정된다면, 사실 알벤다졸보다는 프라지콴텔이 오히려 더 필요하다. 요충을 제외한다면 회충, 십이지장충 등 소위 선충들의 감염률은 크게 낮은 데 비해, 간흡충이나 조충(촌충), 기타 장흡충의 감염률은 제법 높기 때문이다. 특히 강 유역에 살면서 회를 날로 먹는 사람은 우리가 소위 '디스토마' 라 부르는 기생충에 걸려 있을 확률이 아주 높다.

혹 회를 먹는 즐거움을 포기하지 못하는 분들을 위해, 정기적으로 기생충약을 복용할 것을 권한다. 회충약 같은 것을 먹어 봤자 아무 소용이 없고, 반드시 생선에 있는 기생충을 죽일 수 있는 '프라지콴텔' 을 드실 것을 권한다. 하지만 문제는 가격이다. 알벤다졸에 비해 프라지콴텔은 좀 많이 비싸기 때문이다. 하지만 보건소를 통해서 약을 받는다면, 훨씬 저렴하게 약을 살 수 있을 것이다.

*※ 기생충에 관한 기본 상식 테스트입니다.
괄호 안은 난이도를 표시하였습니다.

1️⃣ 네 살 짜리 어린애가 자꾸 항문을 긁는다. 부모가 해야 할 올바른 행동은? (하)
☐ 1) 그러지 말라고 야단친다.
☐ 2) 같이 긁는다.
☐ 3) 성에 눈을 뜰 나이이므로 애써 무관심한 척한다.
☐ 4) 보약을 먹인다.
☐ 5) 항문 주위를 스카치테이프로 붙였다 떼어 병원에 가져다 준다.

2️⃣ '회충' 에 관한 설명으로 옳은 것은? (상)
☐ 1) 지능이 발달해 집단 행동이 가능하다.
☐ 2) 한 숙주에서 다른 숙주로 이동할 수 있다.
☐ 3) 70~80년대 대변 검사에서 1위를 석권했다.
☐ 4) 집에서 기르는 개로부터 전염될 수 있다.
☐ 5) 알고 보면 그렇게 나쁜 놈은 아니다.

3️⃣ 정력 증강을 목표로 뱀을 먹었는데 한쪽 고환이 커졌다. 취해야 할 올바른 행동은? (중)
☐ 1) 다른 쪽도 커지기를 기대하며 뱀을 더 먹는다.
☐ 2) 원래 고환은 짝짝이므로 신경 쓰지 않는다.
☐ 3) 정력이 정말 세졌는지 시험하러 다닌다.
☐ 4) 다른 사람에게 뱀을 먹으라고 권한다.
☐ 5) 병원에 가서 검사를 받는다

4️⃣ 살을 빼는 방법으로 올바른 것은? (하)
☐ 1) 단식을 한다.
☐ 2) 이뇨제를 복용한다.
☐ 3) 설사를 유발하는 기생충에 감염된다.
☐ 4) 삭발한다.
☐ 5) 운동을 열심히 한다.

5️⃣ '광절열두조충' 에 관한 설명으로 옳은 것은? (중)
☐ 1) 사고 능력이 있어 '생각하는 기생충' 으로 불린다.
☐ 2) 몸이 열두 조각으로 되어 있다.
☐ 3) 외형이 예뻐서 애완용으로 기르는 사람이 많다.
☐ 4) 회를 즐겨먹는 인텔리가 걸리기 쉽다.
☐ 5) 긴 몸으로 사람의 목을 졸라 죽게도 한다.

6️⃣ 선모충에 감염될 수 있는 음식은? (중)
☐ 1) 쉰 김치
☐ 2) 계란 흰자
☐ 3) 병든 닭발
☐ 4) 발정기의 멧돼지 바비큐
☐ 5) 뿔이 하나밖에 없는 염소

7 '열대열 말라리아' 에 관한 설명으로 옳은 것은? (중)
- □ 1) 인간에게 좋은 친구다.
- □ 2) 우리 나라에서도 해마다 3천 명씩 환자가 발생한다.
- □ 3) 오염된 바나나를 먹으면 걸릴 수 있다.
- □ 4) 걸리면 이틀 간격으로 열이 난다.
- □ 5) 살인의 도구로 쓰일 수 있다.

8 편충에 관한 설명으로 옳은 것은? (상)
- □ 1) 채찍처럼 생긴 앞부분은 누군가를 때리기 위한 것이다.
- □ 2) 뇌로 가서 사람의 행동을 지배할 수 있다.
- □ 3) 걸려도 마음이 편해 '편충' 이란 이름이 붙었다.
- □ 4) 술통 모양의 아름다운 알을 낳는다.
- □ 5) 편두통을 일으켜 '편충' 이란 이름이 붙었다.

9 알벤다졸에 관한 옳은 설명은? (중)
- □ 1) 맛이 좋아 식사 대용으로 널리 소비된다.
- □ 2) 알약이다.
- □ 3) 먹으면 다리에 알이 배긴다.
- □ 4) 요즘도 봄, 가을로 먹어야 한다.
- □ 5) 한 알만 먹으면 모든 종류의 기생충을 박멸할 수 있다.

10 기생충에 걸렸다는 것을 알았을 때 취해야 할 옳은 행동은? (하)
- □ 1) 석유를 마신다.
- □ 2) 비관해서 누워만 있는다.
- □ 3) 술을 많이 마신다.
- □ 4) 혼자 힘으로 싸운다.
- □ 5) 가까운 병원에 간다.

*수고하셨습니다. 정답을 꼭 확인하세요!

정답 ➡

정답

① 5) 요충일 가능성이 높으므로 항문 주위에 요충알이 있는지 검사해 봐야 한다.

② 5) 소설은 소설일 뿐, 회충의 집단 행동은 가능하지 않다. 숙주 이동도 불가능하고, 70년대 대변 검사 1위는 편충이다. 모든 동물은 자기만의 회충을 가지며, 개로부터 회충이 전염될 수는 없다.

③ 5) 스파르가눔에 걸리면 병원에 가야 한다.

④ 5) 단식을 하면 살이 빠지지만, 밥을 먹기 시작하면 원래대로 돌아간다. 이뇨제는 잘못하면 죽을 수가 있으며, 설사로 빠지는 건 물이지, 지방이 아니다.

⑤ 4) 사고 능력이 없다. '광절열두조충'이란 이름이 붙은 건 몸이 열두 조각이라서가 아니라, 머리에 홈이 있어서 갈라져 보이기 때문이다. 이 기생충은 사람을 떠나서는 살지 못하므로 애완용으로 기르는 것은 불가능하다. 길이가 길지만 매우 약해 목을 조르지는 못한다.

⑥ 4) 염소는 초식 동물이라 선모충에 걸릴 수가 없다.

⑦ 5) 우리 나라에서 발생하는 말라리아는 모두 삼일열이며, 이것은 이틀 간격으로 열이 난다. 모기에 의해 걸리며 바나나와는 상관이 없다.

⑧ 4) 소설은 소설일 뿐, 편충은 뇌로 가지 못한다. 채찍같이 된 부분은 식도이며, 모양이 채찍 같다고 해서 '편충'이란 이름이 붙었다.

⑨ 2) 맛은 없다. 회충이 거의 멸종된 요즈음엔 봄, 가을로 먹을 필요가 없다. 회충, 요충 같은 선충에만 효과가 있지, 디스토마나 촌충은 이 약에 안 듣는다.

⑩ 5) 약 한 알이면 해결되는 걸 혼자 힘으로 이기려고 하지 말자. 기생충에 걸린 건 부끄러운 게 아니다. 기생충에 걸리면 빨리 가까운 병원에 가자!

평가

9~10개: 훌륭한 독자입니다. 앞으로 기생충 문제로 고민하실 일은 없을 듯 싶네요.

6~8개: 준수한 독자입니다. 웬만한 기생충은 혼자 힘으로 해결하실 수 있을 것 같습니다.

3~5개: 그냥 독자시군요! 기생충을 만나면 기생충 박사에게 연락해 주세요.

0~2개: 죄송합니다. 가까운 시일 안에 책을 한 번 더 읽어 주시길!

| Epilogue |

알면 사랑하게 된다

같이 술을 마시던 그녀가 물었다.
"저, 기생충 같은 거 매일 만지면 징그럽지 않나요?"
이런 질문을 한두 번 받는 건 아니었지만 그날은 좀 지겨웠는지 나도 이렇게 반문했다.
"기생충이… 그렇게 싫어요?"
"그럼요. 전 너무너무 싫어요."
난 그녀를 열심히 설득했다. 우리 나라 사람들 중에서 기생충에 걸려 죽은 사람이 도대체 얼마나 되느냐, 교통 사고를 당해 죽는 사람이 해마다 1만 명인데 그렇다고 네가 차를 싫어하는 건 아니지 않느냐, 기생충보다는 뱀이나 지렁이, 지네 따위가 더 징그럽지 않느냐, 외모가 처진다는 이유로 차별을 하는 게 옳다고 생각하느냐… 한참 동안 내 말을 듣고 있던 그녀는 한 마디로 내 긴 설득을 일축했다.
"그래도 싫은 걸 어떡해요!"
그렇다. 싫다는 데 무슨 이유가 있을 것이며, 이유가 없으니 아무리 논리적으로 설득한다 해도 먹히지 않는 건 당연한 일이다. 그래서 이렇게 말했다.
"그래요, 술이나 마시죠."

집에 와서 생각하니 좀 억울한 생각이 들었다. 이미 멸종한 공룡의 뒤를 쫓는 고고학자는 우러러보면서, 인간과 더불어 유구한 세월을 같이 보낸 기생충을 연구한다는 이유로 날 멀리하는 느낌이 들어서였다.

기생충 혐오론자 중 실제로 기생충에 걸린 사람은 거의 없다. 심지어, 가까운 사람 중 기생충으로 피해를 본 사람도 없을 것이다. 그럼에도, 마치 유전자 속에 이미 기생충에 대한 적대감이 새겨져 있는 것처럼 기생충을 싫어하는 건, 기생충에 대한 잘못된 인식 때문이라고 생각한다. '생명이 있는 것은 아름답다'고 하지 않았던가. 아무리 하찮은 벌레에 불과할지라도 제대로 알고 나면 사랑하게 된다는 어느 교수의 말을 떠올리며, 기생충의 올바른 이미지 재고를 위해 다음과 같은 사실을 이야기하고 싶다.

일본의 한 기생충학자가 몸 속에 기생충을 기르고 있는 것으로 밝혀져 화제가 된 적이 있었다. 그는 자신의 알레르기 질환을 고치기 위해 기생충을 먹은 것이었다. 알레르기 질환은 백혈구 중 호산구와 관계가 많은데, 기생충에 감염이 되면 호산구가 기생충 쪽으로 몰리게 된다. 따라서, 알레르기 환자가 기생충에 걸리게 되면 기생충이 호산구를 소모

하여 알레르기 증상이 완화되는 것이다.

내가 요즘 하는 실험도 쥐에게 기생충을 감염시킴으로써 알레르기 질환의 하나인 천식이 얼마나 완화되는지를 확인하는 것이다. 기생충은 몸 속에 있어 봤자 밥 한 숟갈 더 먹으면 되지만 천식 환자의 고통은 이루 말할 수 없는 정도라, 기생충이 천식 증상을 경감시킬 수만 있다면 혐오의 대상이라는 오명을 벗고 복음의 메시지로 탈바꿈할 수 있는 절호의 찬스를 맞을 것이다.

또, 뱀에서 나오는 하얀 벌레인 스파르가눔을 연구하던 외국의 한 기생충 학자는 스파르가눔에 걸린 쥐들이 다른 쥐에 비해 덩치가 훨씬 크다는 것을 발견했다. 스파르가눔에 혹시 성장을 촉진시키는 물질이 있는 게 아닐까 하는 데 생각이 미친 그는 결국 스파르가눔이 성장 호르몬과 비슷한 물질을 분비한다는 것을 확인하였다.

DNA 재조합 기술의 탄생으로 인해 사람의 것과 똑같은 성장 호르몬을 만들어 낸 결과, 사람들이 기생충의 분비물을 주사 맞는 일은 벌어지지 않았지만 당뇨병 환자들이 돼지에서 추출된 인슐린을 주입했던 것으로 미루어 볼 때, 조금만 더 일찍 그 물질이 추출되었다면 발육이 부진한 아이들에게 많은 혜택을 줬을지도 모르고, 그랬다면 기생충의 이미지도 지금보다는 좋아졌을 것이다.

　페니실린이 개발되기 전만 해도 매독은 불치병이었다. 특히 뇌매독은 걸리면 그저 죽기만을 기다리는 것 말고는 별 도리가 없었다. 이때 줄리우스 바그너 자우레그(Julius Wagner-Jauregg)란 사람이 희한한 생각을 해냈다. 즉, 매독균은 열에 약하니까 고열을 일으키는 말라리아에 걸리면 매독을 고칠 수 있지 않을까 하는 것이었다. 실제로 그는 매독 환자들에게 말라리아를 주사해 많은 환자들을 고쳤고, 그 공로로 1927년 노벨 의학상을 수상하는 영광을 안았다.

　이렇듯, 중요한 것은 어떤 일이건 간에 긍정적인 사고를 통해 발상의 전환을 꾀하고, 창조적인 아이디어를 만들어 내는 일일 것이다. 기생충학자들은 바로 그런 일을 하는 사람들이다. 제발 더 이상은 벌레 보듯 하지 말기를!

초판 1쇄 발행 | 2004년 2월 10일
초판 3쇄 발행 | 2010년 1월 12일

펴낸곳 | (주)청년의사
주소 | 서울시 마포구 신수동 99-1 루튼빌딩 2층
전화 | (02) 2646-0852
FAX | (02) 2643-0852
전자우편 | webmaster@docdocdoc.co.kr
홈페이지 | www.docdocdoc.co.kr

대통령과 기생충
서민 지음

펴낸이 | 이왕준
편집주간 | 박재영
책임편집 | 전지운
디자인, 일러스트 | MOL
인쇄 | 삼성인쇄

ISBN 89-952237-8 2 03800
가격 9,000원

ⓒ Seo-Min